Wolfgang Mock

DER FLUG DER SERAPHIM

Reihe *M.* 2003
Herausgegeben von Lisa Kuppler

DER FLUG DER SERAPHIM beginnt in West-Deutschland in den siebziger Jahren. Alex Danco schließt sich der RAF an und verschwindet in Spanien. Sein jüngerer Bruder Max versteht die Welt nicht mehr. Alex bedeutet alles für ihn, nach der Scheidung der Eltern mehr noch als zuvor. Dann meldet sich der Geheimdienst bei Max, sie wollen unbedingt den Terroristen-Bruder fassen. Ein Anruf von Alex führt Max in ein Dorf in Spanien. Doch sein Telefon wird abgehört, der Geheimdienstler Sarrazin stellt den Brüdern eine Falle. Alex wird von einer Bombenexplosion zerfetzt, zumindest ist das die offizielle Story.

Jahre später hat sich Max eine Karriere als Wirtschaftsberater mit einer Brüsseler Firma aufgebaut. Er fühlt sich noch immer schuldig am Tod des Bruders, und manchmal suchen ihn Halluzinationen heim – er meint, Alex zu sehen.
Da kommt eine Einladung zu einem Klavierkonzert. Bei dem Abend trifft Max ein Wunderkind, einen Jungen, der virtuos Klavier spielt. Sarrazin ist ebenfalls da. Der Geheimdienstler ist krank, am Ende. Er verehrt den Jungen abgöttisch. Max sieht seine Chance, Alex' Tod zu rächen. Er folgt dem Jungen und seiner Mutter auf die Kapverden.
Dort taucht er in eine fremde Welt voller Musik, Geheimnisse und ungeschriebener Gesetze ein. Alex begegnet ihm wieder, und Max beginnt an seinem Verstand zu zweifeln. Aber dann trifft er auf die einheimische Musikproduzentin Malu, die wie er eine offene Rechnung zu begleichen hat.

Wolfgang Mock

DER FLUG DER SERAPHIM

 Militzke

Für Ines, immer wieder.

1

Ganz weit draußen schwimmt Rossi.

Weit draußen, in einem Meer, das aussieht wie Raureif auf Stahl. Zu weit draußen. Auch für einen guten Schwimmer wie Rossi. Und ein guter Schwimmer war er, hatte ja auch oft genug damit geprahlt, so oft, dass wir es nicht mehr hören konnten.

Aber es ist was dran gewesen, an seiner Prahlerei. Schwamm von Insel zu Insel, nur so, ein kleines Motorboot dümpelte langsam hinter ihm her. Von weitem konnte man die weißen Schirme sehen, die seine Begleiter im Boot gegen die Sonne aufgespannt hatten.

Imponiert hatte das niemandem, den Schwarzen schon gar nicht.

Vor ein paar Tagen noch saß Rossi abends in der Kneipe neben dem eingestürzten Holzpier am Hafen, seine weiße Anzugjacke über die Lehne des benachbarten Stuhls gehängt, die Beine von sich gestreckt, die Arme hinter dem Kopf verschränkt und verlangte nach Essen. Als es vor ihm stand, mäkelte er über den gekochten Fisch, über die gottverdammten Inseln. Prahlte von den guten Zeiten, als er noch Startanlagen für Raketen in Australien gebaut hatte, in Französisch Guyana dabei war, und wie viel besser die Frauen dort waren.

»Die haben es erfunden, das sage ich euch.«

Er sah sich in der gekachelten Bar um und grinste böse.

»Und jetzt dieser Dreck hier. Die Kapverden. Nur wegen ein paar Scheißterroristen in Guyana.«

Dann spülte er das Essen mit einer Flasche Weißwein runter und krakeelte mit seiner vollen Stimme vor sich hin, übers Schwimmen und, immer wieder, über Weiber. Er bemerkte nicht einmal, wie sich die Kneipe leerte, je länger er redete und wie er uns alle vor die Tür trieb mit seinem Gequatsche.

In der warmen Nacht saßen wir auf der unverputzten Veranda, tranken, in der Glut der Zigaretten leuchtete ab und zu ein Gesicht auf, das Licht der Kneipe ließ quecksilbrige Reflexe über das Wasser huschen. Irgendwann hatte der Wein auch Rossi still werden lassen, und es war nichts mehr zu hören außer dem öligen Klatschen der Wellen am Strand.

Schließlich war Rossis mächtiger Schatten in der Tür erschienen, und bevor er wieder anfing, hatten wir uns davon gemacht.

Jetzt schwimmt Rossi also wieder da draußen. Aber anders als sonst, nicht so beweglich, weniger kraftvoll, das Meer glatt um ihn herum. Außerdem allein, kein Boot weit und breit. Und er hat seinen dämlichen weißen Anzug an, der ihn immer aussehen lässt wie einen Kolonialbeamten aus dem 19. Jahrhundert. Obwohl Rossi ganz und gar von heute ist. Nur sein Anzug, weiße Schurwolle, die Hosen mit Schlag, irgendwas war da mal bei ihm aus dem Ruder gelaufen. Bisweilen trug er sogar ein Einstecktuch in der Jacke, blau, mit weißen Tupfen.

Aber eigentlich schwimmt Rossi heute gar nicht. Er treibt, die Arme ausgebreitet, als hätte man ihn gerade vom Kreuz genommen und ins Meer geworfen, das Gesicht nach unten. Aber was heißt Gesicht, von hier oben sieht es aus, als fehle ihm der Kopf. Doch der hängt vermutlich einfach nur zwischen den ausgestreckten Armen, knapp unter der Wasseroberfläche.

Ich setze das Fernglas ab und lache vor mich hin.

Sie schicken Rossi zurück.

Ich suchte das graue Perlmutt des Morgenhimmels ab, nichts. Noch hatte kein Sonnenstrahl Meer und Himmel geteilt, nur zwei hohe Wolken färbten sich an den Rändern rosa. Vielleicht hatten sie Rossi aus dem Flugzeug geworfen. Mit geschlossenen Augen hörte ich auf das Brummen eines Flugzeugmotors. Nichts, nur das statische Summen des Himmels, der Wind und das Knacken der Steine, aus denen sich die Kälte der Nacht zurückzog.

Sollten sie Rossi aus dem Flugzeug geworfen haben, dann war es schon wieder hinter dem Horizont verschwunden.

Die kleinen Maschinen, die regelmäßig am Himmel über den Inseln auftauchten, flogen dreitausend oder viertausend Meter hoch, hoch genug. Eine, höchstens zwei Minuten wäre Rossi in Richtung Meer gestürzt, ein großes, weißes, durch die Luft ruderndes Paket. Er hätte noch ein bisschen in die Morgenluft hineinbrüllen können in seiner Todesangst. Vielleicht hätte er sich auch ausgerechnet, mit welcher Geschwindigkeit er aufs Wasser knallen würde. Zuzutrauen wäre es ihm, dem Raketenmann. Gut hundertneunzig Sachen, wenn er in seiner Panik richtig gerechnet hätte.

Ich sah wieder in Richtung Meer. Rossi war jetzt so nah, dass ich auch ohne Fernglas seine Jacke und Hose erkennen konnte. Der Anzug, der machte die Sache mit dem Flugzeug unwahrscheinlich.

Sein Anzug hätte ihn zwar gebremst, großzügig gerechnet auf hundertsiebzig, aber es hätte gereicht, mehr als das. Beim Aufschlag bricht der Brustkorb ein, die Lungen platzen, das Herz reißt sich von seinen Venen und Arterien los, Niere und Milz machen sich im Körper selbstständig, die Leber zerlegt sich.

Nur von außen sieht man mit etwas Glück noch ganz manierlich aus.

Bis auf die Kleider, die wird man bei so einem Sturz ins Wasser los, die meisten jedenfalls. Das ist gesichertes Wissen.

In meinem Büro in Brüssel hatte ich einen ganzen Ordner darüber, wissenschaftliche Arbeiten, Zeitungsausschnitte. In den fünfziger Jahren waren die ersten Jets, britische Comets, in der Luft wie Schokoladenpapier zerrissen. Als die Küstenwacht die Leichen aus dem Mittelmeer vor Neapel und Elba fischte, dachte man zuerst, die Leichen seien von Fischern ausgeplündert worden. Ein schäbiges Vorurteil. Die Kleider gehen einfach auf dem Weg nach unten verloren, den Rest reißt das Wasser beim Aufschlag herunter. Nackt tritt man dann vor seinen Herrn. Das kann man testen. Aber man muss eben darauf kommen.

Und Rossi hatte ja seinen Anzug noch an, vermutlich sogar seine Weste unter der Jacke.

Ich schloss kurz die Augen, sah Rossi aus dem fahlen Morgenhimmel fallen, die Hände nach den rosa Wölkchen ausgestreckt, kleine Krallen wuchsen ihm, ein fliegendes Meerschweinchen. Meerschweinchen hatten sie damals genommen, bei den Tests. Betäubt, mit hoher Geschwindigkeit auf eine Wasseroberfläche geschossen, seziert. Auf der Seite, auf der sie aufschlugen, waren ihre Haare verschwunden.

Irgendwie fiel es mir schwer, mich von dem Gedanken zu lösen, sie hätten Rossi aus dem Flugzeug geworfen. Die Idee gefiel mir.

Eine Strömung schien Rossi jetzt erwischt zu haben, er trieb weg von der Insel.

Ich fröstelte, der Morgen war kalt, noch war die Sonne nicht aufgegangen, noch lauerte die nervtötende Hitze des Tages hinter dem Horizont. Ich zog die Beine an, legte das Kinn auf die Knie und fixierte Rossi, der langsam größer wurde, während eine unsichtbare Strömung ihn wieder auf die Insel zutrieb.

Rossi schien die Kälte des Meeres vor sich herzuschieben, sie kroch den Berg hoch, griff nach meinen Beinen, dem Rücken. Langsam atmete ich aus, der Morgen war noch immer kalt genug, um die Insel hinter meinem Atem verschwinden zu lassen.

Der Garten der Hesperiden sollen die Kapverden gewesen sein. Ich grinste vor mich hin. Aus dem Garten war eine Wüste geworden, abgegrast und leer gefressen. Gepflügt wurde hier nur, um Steine zu ernten, und die wenigen schwarzen Ziegen brachten den Menschen bei, wie man sich von Staub ernährt. In manchen Jahren mussten die Entkräfteten ihre Toten außen an der Friedhofsmauer aufstapeln, weil der Friedhof die Opfer des Hungers nicht mehr fassen konnte.

Der Himmel schuppte sich, löste sich auf in weiße Wölkchen, im Dunst erschienen die Konturen der Nachbarinsel Santo Antão, die verlassen aus dem dunklen Meer ragte.

Noch in der Dunkelheit war ich aufgebrochen, die Serpentinenwege durch die verdorrten Felder bergan gelaufen. Ein Hahn hatte gekräht, als ich das letzte Haus hinter mir gelassen hatte, die spitzen Schreie eines Esels hatten ihm geantwortet, ab und zu hörte ich das seltsame Geräusch knackender Steine.

Nichts bewegte sich.

Nichts, bis auf den Affen, eine Meerkatze. Sie hockte auf einem verdorrten Baumstamm ein paar Ästen vor einem der Häuser. Es war nicht das erste Mal, dass ich auf die Meerkatze stieß, nur hier hatte ich sie noch nie gesehen. An dem Seil, mit dem ihr Schwanz an einem der Äste festgemacht war, schwang sie sich um den Baum, lautlos, immer und immer wieder. Sobald ich ihr den Rücken zukehrte, hatte ich das Gefühl, sie starrte mich an. Drehte ich mich nach ihr um, ließ sie sich von ihrem Ast fallen, als mache sie mein Blick nervös.

Die morgendlich Ruhe war kalt und klar, doch ich hatte es mir kälter vorgestellt, die Schwarzen im Ort hatten mich gewarnt, aber für sie zählt nur die Hitze des Tages. Irgendwann verlor sich der Weg zwischen den Steinen, ich stolperte weiter, manchmal auf allen Vieren. In der Spitze des Berges, kahl wie der Rest der Insel, lag der kleine Krater eines erloschenen Vulkans.

Ich ruhte mich aus. Ein leichter Wind war aufgekommen, zog mir die letzte Wärme aus dem Körper, ich wurde unruhig. Die Schwarzen hatten mich vor Sanchu gewarnt, dem Affen, dem Berggeist, der die Sinne der Menschen verwirrt.

Als sich schließlich das erste Licht über das Meer schob, hatte ich Rossi entdeckt.

Unter mir lag die breite Bucht, die Gerüste von Bohrtürmen ragten in das Grau des Morgens, daneben schimmerten die Wohncontainer mit ihren Satellitenschüsseln auf dem Dach silbrig im frühen Licht. Rossis kleines Imperium. Seine Spezialisten wohnten hier, während sie die Insel nach einem geeigneten Startplatz für ihre Raketen absuchten, Windstärken maßen, den Boden analysierten.

Zurückgesetzt, am Rand der Bucht, das Dorf, eine Ansammlung unverputzter Rohbauten zwischen denen magere Palmen in den Himmel wuchsen. Hinter ihnen stieg die Flanke des Vulkans in die Höhe. Am äußersten Rand der Bucht führte der verfallene Pier ins Wasser, das Haus am Pier war die einzige Kneipe am Ort. Abend für Abend mussten Rossis Leute hier sein Gequatsche ertragen.

Zuerst war ich unsicher, ob es Rossi war, der da unten im Meer trieb, aber wer trägt hier auf den Inseln schon weiße Anzüge. Er trieb auf dem Bauch, die Arme bewegten sich leicht. Gemächlich drehte er sich im Kreis, dann war er so nah, dass ich durch das Fernglas auch seinen Kopf erkannte. Kleine Wellen legten ab und zu seinen Hinterkopf frei.

Rossi wirkte irgendwie kompakter, der Anzug, der ihm sonst um den Körper flatterte, saß eng. Er hatte sogar noch beide Schuhe an.

Ich sah mich um, suchte einen bequemeren Platz, schob ein paar kalte Steine zur Seite, aber darunter waren nur noch kältere.

Rossi drehte sich langsam um sich selbst, als ihn die Strömung zwischen den Inseln erwischte, die ausgebreiteten Beine bewegten sich leicht, dann trieb er in einem weiten Bogen auf die Bucht mit den silbrigen Wohncontainern zu.

Wer immer Rossi da draußen ins Wasser geworfen hatte kannte die Strömung genau.

Ich nahm das Fernglas hoch, suchte den weißen Anzug ab. Aus dem Flugzeug hatten sie ihn nicht geworfen, dazu war er einfach zu intakt.

Abgesehen davon, dass Rossi tot war.

Inzwischen kam unten in der Bucht Leben in die Container. Der Wind trieb aufgeregtes Gebrüll den Berg hoch, einige halb angezogene Männer rannten zum Ufer. Zwei schleppten einen Außenbordmotor heran, befestigten ihn an dem Schlauchboot, das in Ufernähe lag, während andere schon das Boot in Richtung Strand zogen. Ich hörte den Motor anspringen, dann schoss das Boot auf die offene See. Drei Männer blieben am Ufer zurück, die Schultern hochgezogen, den Blick unverwandt aufs Meer gerichtet.

Ich wollte das Fernglas absetzen, als mir die drei schwarzen Frauen auffielen, die ohne Eile aus den Wohncontainern kamen. Einen Moment blieben sie an der Tür stehen, warfen noch einen Blick auf die Männer am Ufer und gingen dann den Trampelpfad hoch zum Dorf.

Als sie die breite Bucht durchquert und die ersten Häuser erreicht hatten, blieben sie noch einmal stehen und sahen zurück, ohne ein Wort zu wechseln. Ein leichter Wind aus dem Norden war aufgekommen, drückte ihnen die dünnen Kleider an die Körper.

In dem Augenblick, als das Boot bei Rossi ankam, schossen die ersten Sonnenstrahlen über den Horizont und mir in die Augen. Rossis weißer Anzug leuchtete auf, als das Boot einen kleinen Bogen um ihn herum fuhr. Sie versuchten ihn ins Boot zu ziehen, aber er glitt ihnen aus den Händen, tauchte unter. Eine kleine Ewigkeit verging, bis sein Kopf wieder durch die Wasseroberfläche stieß und einen flachen Schatten über die glatte See warf.

Dann erwischten sie ihn, zogen die weiße Gestalt ins Boot und rasten zum Ufer zurück.

Wenn ich noch was von Rossi sehen wollte, dann musste ich los. Ich setzte das Glas ab und rieb mir den Staub aus den Augen, als ich wieder das Knacken von Steinen und ein Zischen hinter mir hörte, wie von einer aufgeschreckten Schlange.

Ich drehte mich um, eine Gestalt lief ohne Eile den Berg hinunter, beide Hände in den Hosentaschen, den Kopf gesenkt. Er ähnelte mir, hatte meine Statur und trug dieselben hellen Hosen wie ich. Er musste meinen Blick gespürt haben, aber schon bevor er sich zu mir umwandte, ahnte ich, wer es war.

Alex.

Keine Frage.

Er hob die Hand, winkte mir zu. Mir war dabei, als bewege sich mein Arm. Dann öffnete er den Mund, und ein kalter Wind fuhr mir in die Kehle.

»Bleib, wo du bist.«

Seine Stimme war gedämpft, irritierend nah. Dabei wedelte er mit den Armen. Ein Zucken fuhr in meine Hände.

Ich wollte schreien. Alex. Nichts. Ein Stein saß mir im Hals.

»Alex.« Mehr als ein Krächzen war es nicht. »Alex, warte.«

Die Gestalt ruderte mit den Armen, schien etwas zu rufen, machte mir Zeichen, mich wieder hinzusetzen.

In mir brach etwas auseinander. Ohne sich noch einmal umzudrehen, hob Alex die Hand, kein Gruß, mehr eine Geste, um mich zurückzuhalten, dann ging er mit schnellen Schritten den Berg hinab.

Eine kleine Windhose schraubte sich über die Kuppe des Berges, Staub wurde hochgerissen, ich schloss für einen Moment die Augen. Als ich sie wieder öffnete, war Alex verschwunden.

Obwohl die Sonne schon blendete, fing ich an zu frieren. Ich zitterte leicht, seit Tagen war irgendetwas nicht in Ordnung mit mir. Ich schüttelte mich, um das Zittern loszuwerden

Alex war tot. Seit dreizehn Jahren.

Ich nahm das Glas vor die Augen, am Rand des Dorfes standen noch immer die drei Frauen, ihre Kleider flatterten im Wind, von den flachen Dächern der Häuser im Dorf aus beobachteten jetzt auch kleine Gruppen von Männern das Boot, wie es mit dem toten Rossi zum Ufer jagte.

Das Motorboot schlingerte auf den Strand, die Männer stiegen aus, gemeinsam mit den anderen starrten sie unschlüssig auf den nassen Rest von Rossi. Hoch bezahlte Fachleute, Ingenieure mit Frau und Kindern in Europa. Drei von ihnen hielten sich eine schwarze Kebse. Schön waren sie nicht, die drei mit ihren Stutenärschen.

Die Männer hoben Rossi aus dem Boot, trugen ihn zu einer gro-ßen Steinplatte, die wie ein Altar etwas erhöht ein paar Schritte vom Ufer entfernt lag, legten ihn vorsichtig auf die Platte, machten dann, als ob der tote Rossi ihnen plötzlich einen Schreck einjagte, einen Schritt zurück.

Sie wechselten einige Worte miteinander, knieten sich schließ-lich neben ihn und drehten ihn auf den Rücken. Viel zu sehen gab es nicht, Rossi eben, ihr Chef, ruhiger als sonst, ohne sein choleri-sches Gegröle. Rossi, der Meisterschwimmer, Spitzeningenieur, Rake-tenexperte, Heilsbringer, korrekt gekleidet, sogar die Weste hatte er noch an, darunter ein dunkles Hemd samt Krawatte.

Tatsächlich, samt Krawatte. Ich schaute genau hin. Fetter wirkte er, oder sein Anzug war im Wasser eingelaufen. Alles saß enger.

Die Männer drängten sich jetzt um die Leiche, zwei von ihnen hielten seinen Kopf, ein dritter knöpfte seine Weste auf.

Sie hatten den dritten Knopf erreicht, als Rossi den Rest selbst übernahm. Seine Brust wölbte sich, einen Herzschlag lang sah es aus, als bäume sich ein versteckter Rest von Leben in ihm auf, dann hob sich seine weiße Gestalt etwas von dem Felsblock und eine blendend helle Stichflamme schoss aus seinem Körper, in der die Männer um ihn herum verschwanden und sich in eine Wolke aus Staub auflös-ten.

Ein Brüllen rollte den Berg hoch, wälzte einen Windstoß vor sich her, der mich fast umwarf und mir den Staub in die Lungen pumpte.

Etwas Winziges, Brennendes traf meine Lippe.

Ich riss die Hand vors Gesicht, hustete, würgte. Als ich mich wie-der aufrichtete, lag eine dichte, reglose Staubwolke über dem Strand, deren Ränder immer weiter nach außen rollten.

Ich fuhr mir mit der Zunge über die Unterlippe. Sie brannte, und eine kleine Wulst bildete sich, aber sie blutete nicht.

Einer der Wohncontainer war an der Seite eingedrückt, den anderen fehlten die Scheiben, die Satellitenschüsseln waren abgeris-sen und lagen weit entfernt am Strand. Ich hustete und sah zu, wie die dunkle Wolke über das Ufer quoll. Totenstille herrschte in der Bucht, während der Wind die ersten Staubschlieren aus der dunklen Wolke zog. Kein Schmerzensschrei, nichts.

Auf den Dächern im Dorf war niemand zu sehen. Auch die Meerkatze war verschwunden. Genauso wie Alex. Der plötzlich hier in den Bergen auftauchte. Obwohl er seit dreizehn Jahren tot war.

Ich fröstelte und sah wieder runter zu der dunklen Wolke am Strand.

Exit Rossi, der Abgang hätte ihm gefallen.

2

Angefangen hatte alles im Schnee.

Noch vor einigen Tagen war es grau und nass gewesen. Krank hatte Brüssel unter dem trüben Himmel gelegen, das Regenwasser sammelte sich in riesigen Pfützen. Ich hatte an der Galerie Ravenstein auf ein Taxi gewartet, dabei im Eingang eines Reisebüros Schutz vor dem Regen gesucht. Nasse Tauben fielen wie Steine aus den grauen Ornamenten der Häuser, bremsten ihren Fall kurz über dem Bürgersteig. Ich sah ihnen nach, als sie mit den matschigen Resten eines Sandwich davon humpelten.

Ich wollte weg.

Mit dem Rücken drückte ich die Tür des Reisebüros auf.

»Irgendwohin in den Süden.«

»Das wird eng.«

Die Frau hinter ihrem Computer hustete in ihr Taschentuch und entschuldigte sich.

»Sie machen das schon«, murmelte ich.

»Wann?«

»Sofort.«

»Nichts zu machen.«

Kein Wunder, gut eine Woche vor Weihnachten.

Aber in zwei Tagen war noch was nach Faro zu haben. Ich nickte.

»Zwei Personen?«

»Eine.«

Sie hatte gestutzt, wie jemand, der in ein Tal hinein ruft und ein falsches Echo zurück bekommt. Dann hatte sie kommentarlos das Ticket ausgedruckt.

Als mich zwei Tage später das Taxi abholte, matschten die Schneeflocken auf die Scheibe. Während wir zum Flughafen fuhren, schloss sich die Schneedecke auf der Straße. Ich checkte ein, dann begann das Warten, drei Stunden später schlitterte ein Jumbo aus Thailand im Schneetreiben über die Rollbahn hinaus, im Flughafen war das Heulen der Feuerwehr zu hören.

Eine knappe Stunde später wurde der Flughafen geschlossen, eine weitere Stunde später stand ich wieder vor meiner Wohnung in der Avenue Louise.

Der Concierge öffnete mir die Tür.

»Hab's im Radio gehört. Dachte mir schon, dass Sie bald wieder da sind.«

Er blickte an mir vorbei in den dunklen Abendhimmel.

»Hoffentlich bleibt's so, weiße Weihnachten hatten wir lange nicht mehr.«

Ich schüttelte mir die Flocken vom Mantel, ließ ihn quatschen.

»Da kam noch ein Bote für Sie.«

Er ging zu den Briefkästen neben der Tür und fingerte einen weißen Umschlag aus dem Briefkastenschlitz, über dem mein Name stand.

Als er mein überraschtes Gesicht sah, grinste er freundlich. »Was meinen Sie, wie oft die Mieter den Briefkastenschlüssel verlieren?«

Ich antwortete nicht.

Er sah mich unschlüssig an, streckte mir dann seine kleine Hand entgegen. »Weiberhände. Zu klein für einen Mann, hat mein Vater immer gesagt. Nun sind sie doch noch zu etwas nutze.«

Zum ersten Mal, seit ich hier wohnte, sah ich mir den Concierge genauer an. Untersetzt, glänzende Stirn, selbst im Winter noch Sommersprossen, teigige Wangen und volle feuchte Lippen, von seinen Haaren war nur ein rötlicher Kranz am Hinterkopf übrig. Tagein, tagaus hockten er oder ein anderer Typ, dessen Gesicht mir nicht einfallen wollte, hinter dem Chromtisch in der Eingangshalle des Hauses. Manchmal war auch eine Frau dabei.

Jetzt wandte er den Blick ab, vergrub die Hände in seiner Strickjacke und setzte sich wieder hinter den Tisch.

»Wissen Sie auch was drin steht?«, fragte ich, als ich nach dem Absender auf dem Umschlag suchte. Nichts, nur mein Name in übergroßen Lettern: Max Danco.

»Soll ich nachsehen?«

Der Concierge hielt ein kleines Taschenmesser in die Höhe, seine Stimme aggressiv.

»Geschenkt.«

Ich ließ ihn stehen und nahm den Aufzug nach oben.

Es war die Einladung zu einem Klavierabend.

Ich stellte meine Heizung wieder hoch, während ich die Karte las. Nichts, was mich interessiert hätte. Satie, Skriabin, Milhaud. Seltsamer Anlass, die Weihnachtsfeier in einer Schule in der Rue des Minimes, unterhalb des Justizpalastes, wo der obere Teil der Stadt auf einer hohen Stufe über das alte Brüssel hinausragt. Zwei der Schüler hatten in einem nationalen Klavierwettbewerb erste Preise geholt.

Unter der gedruckten Einladung standen ein paar Zeilen in großen, krakeligen Buchstaben, als wolle ein Erwachsener die Schrift eines Kindes imitieren: »Lass Dir das nicht entgehen.« Der Termin war am nächsten Abend, acht Uhr.

Ich zog den Mantel wieder über und fuhr nach unten.

Der Concierge schippte vor dem Haus den Schnee vom Bürgersteig.

»Wer hat den Brief gebracht?«

»Ein Fahrradkurier, kurz nachdem Sie weg waren.«

»Hat er noch was gesagt?«

Der Concierge nickte. »Das Wetter hat ihm Sorgen gemacht. Kein Wunder, Fahrrad fahren bei dem Schnee.« Er sah mich neugierig an, auf die Schaufel gelehnt, das Kinn auf seine kleine Weiberhand gestützt. »Probleme?«

Alles war falsch an dieser Einladung. Kein Absender, die Schule sagte mir nichts, ein Klavierkonzert hatte ich in meinen Leben noch keines besucht. Nur die Schrift kam mir vage bekannt vor.

»Nein.«

Ich lief durch den Schnee. Wenn der nicht wäre, säße ich jetzt irgendwo am Meer. Aber der dichte, trockene Schnee hatte etwas Versöhnliches, ein kleines Abenteuer in der Stadt. Von einer ziellosen Aufregung gepackt, lief ich durch die Seitenstraßen der Avenue Louise, zog lange Spuren durch den unberührten Schnee, kein Mensch schien außer mir unterwegs. Mit zwei Hand voll Schnee von einem Autodach versuchte ich, einen Schneeball zu machen, doch er zerstob, als ich ihn in Richtung einer Laterne warf. Ich stapfte weiter, aus den Fenstern fiel warmes Licht auf die weißen Straßen, im Schein der Laternen tanzten dichte Schneewolken, die Geräusche der Stadt waren unter der weißen Decke verschwunden.

Plötzlich lautes Kreischen und Bellen, zwei Kinder bewarfen ihren Hund mit Schnee, zielten plötzlich auf mich, aber der Schnee war zu kalt, die Bälle hielten nicht. Ich machte ein paar Schritte zurück, lockte sie in die Nähe eines Autos und wischte ihnen den Schnee vom Autodach ins Gesicht. Kreischend tobten sie davon.

Ich lehnte mich weit nach hinten und sah den Flocken zu, wie sie sich aus dem Schwarz des Himmels lösten.

Vor einem kleinen Restaurant am Place du Châtelin klopfte ich mir den Schnee von den Füßen. Ich gönnte mir ein Huhn in Calvados. Der Wirt, ein drahtiger, kleiner Belgier mit pechschwarzem Haar und einem bleistiftdünnen Oberlippenbärtchen kam mit zwei Gläsern und einer Flasche Calvados in den Händen und setzte sich.

»Dachte mir schon, dass Sie zurückkommen.«

Am Vorabend hatte ich ihm erzählt, dass ich ein paar Tage verschwinden wollte. Er hob sein Glas und nickte mir zu.

Als ich zahlte, wirkte er beleidigt.

»Nicht geschmeckt?«, fragte er vorsichtig.

»Doch. Ausgezeichnet. Warum fragen Sie?«

»So schweigsam heute.«

»Na ja, ich dachte, ich esse am Mittelmeer zu Abend.«

Er entspannte sich. »Verstehe.«

Aber das war es nicht. Es war der Klavierabend, der mir nicht aus dem Kopf ging. Und die Handschrift auf der Einladung. Ich brauchte einen Whisky mehr als sonst um einzuschlafen.

Ich gab meinen Kode in die Tastatur neben der Haustür ein, hörte wie die Kamera auf mich zoomte, dann sprang die Tür auf.

»Hab ich mir gedacht, dass du zurückkommst«, sagte Clara, als ich an unserem Empfang vorbeilief.

Alle schienen es gewusst zu haben, nur ich nicht. Aber wenn ich schon nicht wegkam, konnte ich ja auch ins Büro gehen. Taxi hatte ich keines bekommen in dem Schneetreiben, also hatte ich die U-Bahn bis Mérode genommen und war bis zu dem alten Bürgerhaus in der Rue Charles Martel gelaufen. Die Schneedecke dämpfte den morgendlichen Lärm der Stadt.

Unsere Büros zogen sich über zwei Etagen. »I4I« war alles, was an der Tür stand. Intelligence for Industry, das hatte ich mir mit Pierre vor sieben Jahren ausgedacht.

»Die Computerfuzzis sind noch in deinem Büro«, rief Clara hinter mir her.

In meinem Büro beugten sich zwei käsige Jungs aus unserer technischen Abteilung zusammen mit zwei Männern, die ich nicht kannte, über meinen Computer. Einige Laptops standen daneben.

»Noch fünf Minuten«, sagte einer der käsigen Jungs. Was hieß, dass sie den Rest des Tages beschäftigt waren.

Einer unserer Leute stellte mir die beiden Männer vor. Es waren Mitarbeiter von Netcurrents, einem US-Laden, die über Weihnachten eine neue Software installieren wollten.

»Wie läuft's?«, fragte ich.

»Perfekt. Besser kann es kaum laufen. Das Beste was der Markt hergibt«, antwortete einer der beiden.

»Und das Teuerste«, grinste ich ihn an.

»Sicher«, sagte er ungerührt, »aber Sie werden wissen, warum Sie Ihr Geld dafür ausgeben.«

Wussten wir auch. Pierre und ich lebten ja davon. Software, die Chat-Rooms, Websites, E-Mails und was es sonst so gab im Netz, nach bestimmten Inhalten absuchte. Selbst Stimmungen konnten wir herausfiltern. Das waren die Sahnehäubchen, an denen Pierre und ich oft bis spät in die Nacht tüftelten. Zum Umsetzen unserer Ideen hatten wir dann die käsigen Jungs.

Ich rief Clara am Empfang an. »Pierre nicht da?«

»Er ist unterwegs«, klärte sie mich auf. »Eine der üblichen Weihnachtsfeiern.«

Ich ließ die Computerjungs arbeiten und ging ans andere Ende des Flurs zu Pierres Büro. Mein Büro war am rechten Ende des Flurs, seins am linken. So hatten wir unsere Leute immer im Blick. Gut dreißig waren es mittlerweile, samt technischem Support und Archiv.

Ich klopfte an sein Büro, drückte meinen Daumen auf den Scanner, und die Tür ging auf. Das Büro war leer. Der Computer und sein Notebook waren ausgeschaltet, der schwarze Schreibtisch glänzte matt.

Vor Pierres Bürofenster lag der verschneite Square Ambiorix. Zwei Erwachsene bauten einen riesigen Schneemann, ein paar Kinder schauten frustriert zu, weil der Job einfach eine Nummer zu groß für sie war. Ab und zu durften sie den Großen eine Hand voll Schnee reichen.

»So habt ihr auch angefangen.«

Ich hatte Clara nicht kommen hören. »Stimmt, so haben wir angefangen. Immerhin ist der Name unseres Ladens von dir.« Ich legte meinen Arm um sie.

Sie lächelte. »I4I, an eye for an eye, Auge um Auge. Wer hätte gedacht, dass das gut geht.«

Pierre vielleicht, ich nicht. Anfangs hatten wir Drecksarbeit geleistet für Lobbyisten in Brüssel. Geholfen, Informationen zu sammeln, um bestimmte Gesetze durchzusetzen oder zu blockieren. Clara war damals unsere erste Angestellte. Sie klagte nie, wenn ihr Gehalt Tage zu spät überwiesen wurde.

»So richtig sicher war sich wohl nur Pierre«, antwortete ich.

Sie schüttelte leicht den Kopf. »Denk mal an seine Fingernägel.«

Wir hatten damals mit Informationen gehandelt, über Unternehmen und über Gesetzesvorhaben in anderen Ländern. Das machten andere Agenturen auch. Also fabrizierten wir für ein Elektronikunternehmen falsche Informationen, um die Wettbewerber zu täuschen, lancierten die Information an die Presse. Dann warteten wir. Pierre kaute an den Fingernägeln, bis sie bluteten. Ich hatte Alpträume von Gefängnisfluren, in denen langsam das Wasser stieg.

Aber alles lief rund, wir hatten Erfolg. So kamen wir ins Geschäft. Pierres Fingernägel wuchsen nach. Meine Träume hörten auf. Wir kannten nur noch eine Richtung: nach oben.

»Ihr solltet wenigstens die Tür zumachen, wenn ihr euch in den Armen liegt.«

Pierre liebte es, sich heranzuschleichen. Jetzt stand er mitten im Zimmer, breit und kräftig, Schneeflocken tauten in seinen Haaren, der Blick war nicht mehr ganz klar. Es war früher Nachmittag, draußen wurde es dämmrig. Er grinste und schwankte leicht.

»Vorweihnachtliche Sentimentalitäten. Wir suhlen uns in Erinnerungen«, antwortete Clara, ging zu Pierre und gab ihm ein Kuss auf die Wange.

»Träum von mir«, sagte sie und zog die Tür hinter sich zu.

»War wohl nichts mit Portugal?« Pierre studierte seine Fingernägel.

Ich war immer wieder überrascht, wie wenig er sich seit unserem Studium verändert hatte. Etwas zu viel um die Taille und schwarze, lockige Haare. Selbst im Studium hatte er immer einen dunklen Blazer getragen. Nur die weiße Jeans hatte er mittlerweile gegen graue Stoffhosen eingetauscht. Nach seinem Abschluss in Biologie und Wirtschaftswissenschaften beschaffte sein Vater ihm einen Job bei der Europäischen Kommission.

Ich schüttelte den Kopf. »Der Flughafen war dicht. Und wie war's bei dir?«

Er lachte, fuhr sich durch die feuchten Haare. »Irgendwas fällt immer ab.«

Darauf hatte Pierre immer gesetzt. Als er noch bei der Kommission war, versuchte der Chef eines Unternehmens, ihn zu bestechen. Bot ihm viel Geld für Informationen über einen Konkurrenten, den Pierre gut kannte. Pierre lehnte ab und rief mich an.

»Da lässt sich was draus machen. Wärst du dabei?"

Ich war dabei. Sieben Jahre hatten wir gebraucht, bis wir in Brüssel zu den größten unserer Branche zählten. Wir handelten mit Informationen. Echten und falschen.

Pierre warf sich auf das schwarze Sofa an der Wand und zündete sich eine Zigarette an.

»Nimmst du noch mal Anlauf mit deinem Urlaub?«, fragte er.

»Keine Ahnung.« Ich sah ihn an. »Hat sich jemand nach mir erkundigt?«

»Sicher. Die übliche Klientel.«

Er wedelte den Zigarettenrauch zur Seite, und der Alkoholschleier vor seinen Augen verschwand. »Irgendein Problem?«

Ich zuckte mit den Schultern. Es gab immer mal jemanden, der nicht gut verlieren konnte und nachtragend war. Und in unserem Geschäft macht man sich keine Freunde. Pierre wusste das.

»Hat sich jemand an dich gehängt?«, hakte er nach.

»Schlimmer,« antwortete ich.

Er drückte seine Zigarette aus, wartete.

»Ich habe eine Einladung zu einem Klavierkonzert bekommen.« Ich grinste ihn an.

»Klavierkonzert?«

Ich nickte.

»Das ist hart.« Er lachte und zündete sich eine neue Zigarette an. »Aber das machst du schon.«

Wenn ich wollte, dass er die Sache ernst nahm, musste ich jetzt nachlegen. Aber ich ließ es.

Ich sah hinaus. Der Schneemann war fertig, und die Kinder standen ehrfürchtig um ihn herum. Einer der Erwachsenen hob ein Kind auf seine Schultern, das Kind drückte dem Schneemann einen Ast als Nase ins Gesicht. Da gab der Kopf nach, rollte von den Schultern und zerplatzte.

»Ich mache das schon«, sagte ich und ging aus seinem Büro.

»Bist du jetzt eigentlich da oder im Urlaub?«, rief Pierre hinter mir her.

»Wäre es dir lieber, wenn ich da wäre?«

»Immer.«

»Dann bin ich im Urlaub.«

Er grinste und warf seinen Computer an.

»Sollte es sportlich werden und du brauchst Hilfe, melde dich«, sagte er, als ich die Tür hinter mir zuzog. »Bewegung könnte ich schon gebrauchen.«

Die Schule, in der das Klavierkonzert stattfinden sollte, war nicht weit. Es konnte nicht schaden, wenn ich sie mir vorher ansah. Unterwegs trank ich einen Kaffee, um mich aufzuwärmen. Vor den Läden schaufelten sie Schnee, an ein paar Stellen hatte das Salz Löcher in die Schneedecke gefressen.

Der Schnee auf dem Place Louise war festgefahren und spiegelglatt. Immer wieder sah ich Fußgänger stürzen. Vorsichtig ging ich weiter, dann über den Platz vor dem Justizpalast, die Straße hinunter, die in Serpentinen in den unteren Teil der Stadt führte und in der Rue des Minimes endete. Rechts lag die Schule, ein dreigeschossiges Ziegelsteingebäude aus dem letzten Jahrhundert, die Fensterstürze aus massivem Sandstein, der Eingang sprang vor auf den Bürgersteig, reichte fast bis auf die kopfsteingepflasterte Straße. Die Rue des Minimes war so schmal, dass zwei Autos kaum aneinander vorbeikamen. Der Schule gegenüber stand ein verfallenes Haus, auf der Wand die verwitterte Schrift eines ehemaligen Stoffgeschäfts.

Zügig ging ich an der Schule vorbei, an der schweren Holztür hing eine Ankündigung des Konzertes am Abend. Neben der Schule stand eine Kirche, die beiden goldenen Putten auf der Tür trugen eine Schneehaube. Ich checkte die parkenden Autos, nichts Besonderes. Auf dem glatten Schnee bewegten sich die Menschen anders, steifer, wie Betrunkene.

Ich wurde nervös. Ratlos starrte ich die Schule an. Irgendjemand wollte, dass ich hier herkam. Und ich wusste nicht wer. Mit der linken Hand wischte ich mir ein paar Schneeflocken aus dem Gesicht.

Zu Hause spielte ich unruhig mit der Einladung. Immer wieder zeichnete ich mit dem Finger die Schrift nach, aber mir fiel nichts dazu ein. Meine Hände wurden kalt.

Pierre und ich, wir schlugen schon mal über die Stränge. Lockten Leute in Situationen, die sie später bereuten. Übten Druck auf sie aus.

»Lass einen Bürohengst auf die freie Wiese, und er dreht durch«, sagte Pierre nur. Manchmal sorgten wir für das Stück Wiese. Vielleicht wollte mir so ein Bürohengst ans Leder. Aber sehr wahrscheinlich war das nicht.

Gegen sechs Uhr war es dunkel, und es schneite wieder heftiger. Ich legte eine CD von Kenny Wheeler auf, »Angel Song«, warf mich aufs Sofa, hörte der Musik nach, zählte aber eigentlich nur die Stücke ab, um mich zu vergewissern, dass die Zeit verging, während die Dunkelheit ins Zimmer wehte.

Bei »Nonetheless« war eine Stunde vorbei, noch eine bis zu dem Klavierkonzert. Ich sprang auf und lief ziellos durch die Wohnung. Nach einigem Suchen erinnerte ich mich, dass ich vergessen hatte, mir eine neue Flasche Highland Park mitzubringen. Ich fand eine halbvolle Flasche Knob Creek, goss mir ein Glas ein und schlürfte den Bourbon in kleinen Schlucken.

Mühsam kam ich wieder in den grünen Bereich, stand auf und spürte meine feuchten Hände auf dem kühlen Leder des Sofas.

Vielleicht sollte ich mir meine Waffe holen. Ruhiger machte mich der Gedanke nicht. Meine Waffe. Als ob ich täglich eine Waffe bei mir trug. All die Jahre hatte ich sie so gut wie vergessen.

Ich lief an meinem Spiegelbild im Flur vorbei, blieb stehen und starrte es an. Ein schmales, blasses Gesicht sah mich an, in den hellblauen Augen ein Rest von Spott und wachsender Nervosität. Die kurzen Haare begannen, an den Schläfen grau zu werden.

»Dreh nicht durch«, murmelte ich vor mich hin.

Ich ließ mich wieder auf das Sofa fallen, nach der Musik war es still geworden, nur der Schnee rieselte leise gegen die Fensterscheiben.

»Da will dich nur jemand hochnehmen«, versuchte ich mich zu beruhigen.

Nicht sehr überzeugend.

Noch vor sieben verließ ich das Haus, der Concierge saß wieder hinter seinem Tisch.

»Neue Post?«, fragte ich ihn.

»Für Sie nicht.«

Die anderen Mieter reagierten offensichtlich dankbarer auf seine Tricks.

Vor dem Eingang der Schule hatte sich eine Traube von Menschen gebildet. Autos fuhren vor, entluden Besucher, die ihre Manteltaschen nach Eintrittskarten abklopfen, Kinder, die sich lauthals begrüßten und dann mit ihren Eltern in der Schule verschwanden.

Ich stellte mich in den Schatten eines Hauseingangs und beobachtete das Portal der Schule. Es fiel mir schwer, mich zu konzentrieren. In Gedanken versunken, sah ich den Wolken meines Atems und den Schneeflocken hinterher.

Was immer da auf mich zukam, ich wollte es nicht.

Für einen Moment war der Bürgersteig vor dem Eingang der Schule leer bis auf eine Frau, kurze schwarze Haare, Mitte dreißig, die einen kleinen Jungen an der Hand hielt. Beide warteten neben der Tür, die Gesichter fast verborgen unter den Kapuzen ihrer Mäntel.

Sie wechselten kein Wort miteinander, rührten sich kaum, ab und zu drehte das Kind seinen Kopf fragend zu der Frau, doch sie reagierte nicht.

Dann fuhren wieder Autos vor, die Frau und das Kind unterhielten sich mit den Neuankömmlingen, schüttelten den Kopf. Schweigend warteten sie auf den Stufen des Eingangs.

Unvermittelt kam Leben in die Frau. Sie sagte ein paar Worte zu dem Kind, es schien ihre Hand fester zu halten. Ein schwarzer Schatten schob sich durch die schmale Straße. Die Limousine fuhr an der Schule vorbei, stellte sich nach ein paar Metern schräg, so dass die entgegenkommenden Autos zum Halten gezwungen wurden. Eine zweite Limousine folgte, hielt vor der Schule. Zwei junge Männer sprangen heraus, der eine strauchelte auf der glatten Schneedecke, fiel gegen das Auto, kam aber sofort wieder hoch. Jetzt sah ich, dass ein dritter Wagen das untere Ende der Straße abgeriegelt hatte.

Schließlich ging die hintere Tür der Limousine auf, leise Klaviermusik war zu hören, ein älterer Mann stieg aus, das Licht der Straßenlaternen brach sich in den dicken Gläsern seiner Brille. Es war eines dieser lächerlichen Wischnewski-Modelle, wie man sie in den siebziger Jahren trug. Gläser so groß wie Fernsehschirme und mindestens so dick.

Ich kannte nur einen, der solche Gläser trug.

Wasser schoss mir in die Augen, mein Herz schlug hohl und ohne Widerstand in der Brust, ein Brennen kroch mir im Hals hoch. Erst ein einziges Mal hatte ich dieses Gefühl gehabt. Als ob alles aussetzt. Damals, als ich zusehen musste, wie Alex verbrannte. Hektisch zog ich die kalte Luft in die Lungen, starrte mit aufgerissenen Augen über die Straße sah nichts, nur die Bilder aus der Vergangenheit.

Ich hatte die schwarzen Rauchwolken am Himmel gesehen, hatte versucht, in das brennende Haus zu kommen, doch die spanischen Polizisten prügelten mich mit ihren Gewehren nieder und warfen mich auf den Boden. Ich hatte nach Alex geschrien, hatte seine Stimme in den Flammen gehört, als ihn das einstürzende Dach in einem Inferno von Funken und Feuer unter sich begrub. Ich hatte sie angefleht, ihn aus dem Feuer zu holen, doch sie hatten nur gegrinst. Dann war Sarrazin aufgetaucht, hatte sich vor mich gehockt, mich durch die dicken Gläser seiner Brille angestarrt. »Deine Schuld«, sagte er. Ich hatte ihn angespuckt und angeschrien. Reglos hatte er sich das eine Weile gefallen lassen. Dann huschte ein Grinsen über sein Gesicht, er nahm einem der Soldaten das Gewehr aus der Hand und schlug mich mit dem Kolben bewusstlos.

In dem Licht, das aus der offenen Tür der Schule fiel, sah ich sein fahles Gesicht, die viereckige Hornbrille, dahinter unnatürlich weiße Augäpfel. Der fettige Haarkranz war lichter geworden, und er hielt sich gebeugter, wirkte krank, was mich etwas beruhigte.

Das war Sarrazin. Ich könnte einfach über die Straße gegen und ihm das Genick brechen. Vor zehn Jahren hätte ich es versucht. Ich zählte seine Leute in den Autos. Mindestens sechs. Und wahrscheinlich alle besser auf Genickbrechen trainiert als ich.

Sarrazin. Tauchte aus dem Schneetreiben auf, dreizehn Jahre später. Riss meine kleine Welt ein, indem er aus einem Auto ausstieg.

Er ging auf die Frau zu. Das Kind wich der Frau nicht von der Seite, steif ließ es sich von Sarrazin in die Arme nehmen. Er hob den Jungen vom Boden, drückte ihn an sich, dann ließ er ihn vorsichtig wieder herunter. Sofort stellte sich der Junge wieder neben die Frau, die der Szene unbeteiligt zugesehen hatte. Sarrazin trat auf sie zu, sie wich einen Schritt zurück, schüttelte seine Hand, als versuche sie, ihn auf Distanz zu halten. Dann ergriff er die Hand des Jungen und die der Frau und zog beide in der Schule. Die beiden jungen Männer aus Sarrazins Wagen folgten ihnen.

Die Wagentüren schlugen zu, die Klaviermusik erstarb. Als in der mittleren Limousine kurz das Licht aufflackerte, leuchtete ein schmales Gesicht auf, lange, fast weiße Haare. Jacob. Sarrazins Schatten, seine rechte Hand. Als ich ihn das letzte Mal gesehen hatte, versuchte er, sich bei mir zu entschuldigen. Wegen Alex. Damals hatte Jacob noch dunkle Haare gehabt.

Dann schossen die drei Wagen davon.

Ich stand immer noch in dem Hauseingang, atmete tief durch und versuchte, mich zu beruhigen. Meine Augen tränten und das Licht, das aus den Eingangstüren der Schule schien, verschwamm zu einem konturlosen, blendenden Fleck.

Sarrazin in Brüssel.

Sarrazin, der mich drei Monate bearbeitet hatte. Bis ich soweit war, dass ich glaubte Alex vor dem sicheren Tod retten zu können. »Sonst werden wir ihn wie Brot fressen«, hatte Sarrazin gesagt.

In den letzten Jahren hatte ich es geschafft, ihn aus meinen Erinnerungen zu verdrängen, zuerst tageweise, später sogar für Wochen. Jetzt war er wieder da.

Ich knöpfte den Mantel auf, dann die Jacke, starrte über die Straße und wartete darauf, dass mich die Kälte zur Besinnung brachte. Ich trat aus dem Dunkel des Hauseingangs und ging mit unsicheren Schritten auf die hell erleuchtete Schule zu. Ich musste mich an Sarrazin hängen, sonst bekam ich nie heraus, was er hier wollte.

Eine ältere Dame, dunkelbraunes Tweedkostüm und flache Schuhe mit Kreppsohlen, kam auf mich zu. »Ihre Karte?«

Ich sah durch sie hindurch, verstand zuerst nicht, was sie wollte, dann riss ich mich zusammen, zeigte ihr meine Einladung.

»Nach oben bitte.«

Auf die Rückseite der Karte war eine Platznummer gedruckt. Sie drückte mir ein Programmheft in die Hand, den Mantel ließ ich in der Garderobe.

Die Schule hatte eine große Aula, über dem Parkett zog sich ein Balkon entlang mit steilen Sitzreihen. Wer immer meinen Platz ausgesucht hatte, wusste was er tat. Gut war die Sicht nicht, so steil von oben, aber man hatte einen hervorragenden Blick ins Parkett, und ich saß von unten unsichtbar im Halbdunkel.

Sarrazin stand vor seinem Platz in der ersten Reihe. Sein Gesicht war fahl und wirkte aufgedunsener, als ich es in Erinnerung hatte. Unwillkürlich checkte ich ab, wie ich wohl mit ihm fertig werden könnte. Ich bildete mir ein, seine Augen sehen zu können, von den Brillengläsern zu riesigen Fischaugen verzerrt. Aber das mussten meine Nerven sein.

Ein Augenlid zuckte, ein Tick, den Sarrazin früher nicht gehabt hatte.

Neben ihm stand die Frau, schwarzer Hosenanzug, dazu eine nachtblaue Bluse, zweireihige Perlenkette, und beobachte, wie er mit dem Kind sprach. Der Junge war vielleicht zwölf Jahre alt. Er hörte Sarrazin zu, aber immer wieder ging sein Blick zu der Frau. Zögernd antwortete der Junge und gestikulierte in Richtung Bühne. Sarrazin hörte ihm aufmerksam zu, ab und an legte er ihm die Hand auf die Schulter. Die Frau zog das Kind zurück.

Wenn Sarrazin sich an die Frau wandte, fiel sein Tick mit dem Augenlid besonders auf. Sie machte sich nicht einmal die Mühe, ihre Abneigung zu verbergen. Wenn er sie ansprach, bog sie den Kopf nach hinten. Die meiste Zeit schwieg sie.

Die beiden Männer, die Sarrazin in die Schule begleitet hatten, waren nirgends zu sehen.

Allmählich füllten sich die Reihen, einige Paare in Abendkleidung stellten sich zu den Dreien, die Frau machte sie mit Sarrazin bekannt. Als ein Klingelzeichen ertönte, bückte sich die Frau, gab dem Jungen einen Kuss, und er verschwand durch eine Seitentür neben der Bühne. Sarrazin setzte sich neben die Frau und redete auf sie ein. Ihr Kopf neigte sich weg von ihm, und sie reagierte mit keinem Wort.

Der Junge war ohne Frage einer der Stars des Abends. Im Halbdunkel suchte ich seinen Namen im Programmheft. Jean-Luc Sestre. Er saß in einer kontrollierten Trance am Flügel. Nach den ersten Stücken entspannte er sich völlig, und selbst mir gefiel es. Andere Kinder lösten ihn ab, aber keines hatte seine Leichtigkeit und Virtuosität. Schließlich spielte der kleine Sestre vor der Pause noch ein kurzes Stück, das ich im Programmheft als Messiaens »Regards du Père« aus seinen »Regards sur L'enfant Jésus« ausmachte.

Weihnachten eben.

3

»Was ist das für ein Gequatsche?«

Die Küche war aufgeräumt, aber dreckig. Alex saß, die Füße auf dem Küchentisch, auf einem alten Bürostuhl und telefonierte in einer Sprache, die ich nicht verstand. Dann knallte er den Hörer hin und grinste.

»Kleiner, entspann dich. Ich habe gerade mal unseren nächsten Urlaub klar gemacht.«

Seitdem Alex in Berlin Spanisch studierte, fuhren wir jedes Jahr in meinen Schulferien drei Wochen nach Spanien.

»Wo soll das sein? In Persien?«

»In Spanien, du Nase.«

»Das war kein Spanisch.«

»Reg' dich nicht auf, Kleiner, das war Baskisch.«

»Seit wann kannst du Baskisch«, fragte ich ihn.

»Euskara«, sagte er und lachte, »es sind nur ein paar Brocken.«

Von wegen ein paar Brocken.

»Komm, ich zeig' dir dein Zimmer.«

»Bleiben wir denn hier?«

Alex sah mich überrascht an. »Sicher. Warum nicht?«

»Beim letzten Mal hast du noch woanders gewohnt.«

Alex überlegte einen Moment, dann hellte sich sein Gesicht auf. »Stimmt. So lange ist das schon her.«

Es war genau drei Monate her. Und immer, wenn ich ihn die letzten Male besucht hatte, wohnte er in einer anderen Wohnung.

»Hier«, er stieß eine Tür auf.

»Dein Zimmer?«, fragte ich.

Er nickte.

»Und wo schläfst du?«

»Wir haben Platz genug. Ich bin nebenan.«

Ich stellte meine Tasche ab und sah mich um. Seine Bücher waren bis auf wenige verschwunden. Früher hatten überall seine Spanisch-Lexika, seine sorgsam zusammengekaufte Sammlung alter spanischer Grammatiken und Berge von anderen Büchern herumgestanden. Schon beim letzten Besuch hatte ich den Eindruck, dass er nicht mehr zu seinen Vorlesungen ging. Jetzt waren die Regale vollgepackt mit dreckiger Wäsche, Klamotten und Gläsern. Ein paar Regale waren leer, als hätte er sie gerade ausgeräumt.

Ich packte meine wenigen Klamotten neben seine.

Stimmen lockten mich zurück. In der Küche saßen ein älterer Mann und eine Frau und redeten auf Alex ein. Sie schwiegen, als sie mich sahen.

»Komm, lass uns was trinken gehen«, sagte Alex.

Die beiden sahen uns schweigend nach.

»Was sind das denn für komische Vögel?«, wollte ich wissen, als wir in der U-Bahn saßen.

Alex schwieg, blickte gedankenverloren an mir vorbei.

»Sag mir doch, was los ist.« Ich ließ nicht locker.

Er gab sich einen Ruck und lächelte. »Nichts ist los. Alles okay.«

Er sah mich ein Moment an, rutschte dann neben mich. »Kleiner«, sagte er, »kümmer' dich nicht drum.«

In der Nacht hörte ich die Tür schlagen. Ich war vom Alkohol zu benommen um aufzustehen, aber ich hörte eine Frauenstimme, die »Hi, Alex« sagte, dann fiel die Wohnungstür wieder zu. Am frühen Morgen hörte ich die Tür noch einmal, stolperte ans Fenster und sah ein schwarzhaariges schlankes Mädchen davonfahren.

»Du bist unvorsichtig. Sie hat hier nichts zu suchen.«

Es war die Stimme des älteren Mannes.

»Red' keinen Mist.«

Alex' Stimme war laut. Der Name einer Frau fiel, aber ich konnte ihn nicht richtig verstehen. So was wie Bea. Auch meinen Namen hörte ich. Wieder verstummten sie, als ich zur Tür hereinkam, standen sie auf und verschwanden.

»War das deine Freundin heute Nacht?«, fragte ich, als wir allein am Frühstückstisch saßen.

»Heute Nacht?«

»Ich habe sie gehört. Hat sich früh wieder verdrückt.«

»Behalt's für dich«, sagte Alex, »ihr Vater ist irgend so ein wichtiger Politclown. Er macht ihr nur Stress, wenn's rauskommt.«

Ich sah ihn an, blickte mich in der dreckigen Küche um, er grinste unsicher.

»Sag mir doch, was hier los ist«, murmelte ich schließlich.

»Kleiner«, antwortete er nur, »da muss ich jetzt durch. Und zwar allein.«

»Wenn ich dir helfen kann ...«

Es war das erste Mal, dass ich ihm meine Hilfe anbot. Bisher war er es immer gewesen, an dem ich mich festgehalten hatte nach dem Tod unserer Mutter.

Er lachte kurz, es klang ein bisschen ungläubig, dann sah er mich an, seine Augenbrauen wanderten langsam nach oben. Er wusste von der Geschichte mit der Socke im Internat. Dass ich mich wehren konnte.

»Das ist nicht so einfach, Kleiner. Das löst man nicht mit einer Socke voller Sand. Dazu ist es zu spät.«

Es klang nicht böse, und es sollte mich nicht treffen. Aber es traf mich. Es traf mich tief.

»Sarrazin«, stellte sich der Mann vor, fixierte mich durch seine dicken Brillengläser und sagte dann: »Keinen Erfolg gehabt?«

Der Mann, der sich Sarrazin nannte, zog sich einen Stuhl heran und ließ mich einen Blick auf seinen Ausweis werfen. Irgendetwas Offizielles. Ich sah kaum hin. Schon damals waren seine Augäpfel riesig hinter der quadratischen Brille, seine weißen, teigigen Hände lagen auf dem Tisch als gehörten sie nicht zu ihm.

»Wir suchen denselben Mann.«

Ich hatte geahnt, dass es darauf hinauslief.

Vor zwei Tagen hatte ich Alex angerufen und mich angekündigt. Er wusste, dass ich immer den gleichen Zug nahm.

»Selber Platz, selbe Zeit«, hatte er gelacht, »ich bin da.« Dann hatte ich drei Stunden am Bahnhof Zoo auf ihn gewartet, doch er tauchte nicht auf. Alex hatte sich nie verspätet, all die Jahre nicht, die ich ihn schon in Berlin besuchte.

»Irgend eine Idee, wo wir ihn finden?«, fragte Sarrazin. Ein Mann mit dünnem braunen Haar hatte sich an den Nebentisch gesetzt und sah uns aufmerksam zu. »Jacob«, stellte er sich vor.

»Keine.« Ich hatte wirklich keine. Nachdem Alex nicht aufgetaucht war, hatte ich alle Telefonnummern angerufen, die ich von ihm kannte, sämtliche Wohnungen abgeklappert, in denen er gewohnt hatte, in Kneipen nach ihm gefragt.

Deprimiert und müde hatte ich mich in eine Kneipe am Stuttgarter Platz gesetzt, als Sarrazin und Jacob durch die Tür kamen.

Sarrazin sah mich an und lächelte. »Glaube ich Ihnen. So wie Sie sich abgestrampelt haben.«

»Was wollen Sie von ihm?«, fragte ich leise.

»Können Sie sich das nicht denken?«

Ich schwieg.

»Nichts wollen wir von ihm«, sagte er schließlich. »Wenn Sie Ihren Bruder finden, sagen Sie ihm nur, er soll sich stellen. Wenn er jetzt aussteigt, hat er noch eine Chance.«

Er ließ den Blick nicht von mir. Er musste gesehen haben, wir mir das Wasser in die Augen trat. Nicht aus Wut auf ihn, sondern weil Alex so vieles vor mir verschwiegen hatte. Mich nicht in sein Leben gelassen hatte.

»Aussteigen? Woraus denn aussteigen? Wahrscheinlich liegt er in irgendeinem Krankenhaus.«

Ich versuchte, meine Tränen zurückzuhalten. Sarrazins Lächeln wurde breiter.

»Was denken Sie, wo wir angefangen haben. Sogar in den Leichenschauhäusern waren wir. Er lebt. Keine Sorge. Nur wie lange noch, das weiß ich nicht.«

Ich wollte antworten, aber er hob die Hand.

»Kennen Sie das?« Er reckte den Kopf in die Höhe.

Als ich nicht antwortete, blickte er mit einem leichten Lächeln hinüber zu Jacob. »Lipatti. Dinu Lipatti. Spielt einen Walzer von Chopin.« Er hörte einen Moment auf die Musik. »Nr. 7, cis-Moll. Jede Wette.«

Er stand auf, ging zu Theke und ließ sich das Tape zeigen. Als er zurück kam, grinste er breit. »Cis-Moll, wie ich gesagt habe.« Seine Hände flatterten durch die Luft.

Dann setzte er sich wieder, sah mich an, und sein Grinsen verschwand. »Wir haben ein paar Fingerabdrücke von Ihrem Bruder auf Zündsätzen für Bomben gefunden. Und unsere spanischen Kollegen haben auch welche von ihm gefunden. Auf Bomben, die er für die ETA gebastelt hat. Aber er war wohl zu dämlich. Jedenfalls sind sie nicht hoch gegangen. Dafür kamen wir an seine Fingerabdrücke.«

Er dauerte, bis ich verstand, wovon Sarrazin überhaupt redete. Er ließ mich nicht aus den Augen.

»Haben Sie ihn mal mit jemandem zusammen gesehen? Einer Freundin, irgendwelche Kontakte?

Ich schüttelte den Kopf.

»War er schwul?« Sarrazin lachte.

Ich fiel darauf rein. »Nein, er hatte eine Freundin.«

»Name?«

»Keine Ahnung. Bea oder so.«

Sarrazins flache Hand knallte auf den Tisch, und ich zuckte zusammen. Er zischte etwas, stand dann abrupt auf und verschwand auf dem Klo. Jakob und ich schwiegen uns an.

Als Sarrazin zurückkam, ließ er sich schwer vor mir auf den Stuhl fallen.

»Wenn Sie ihn finden«, sagte er unvermittelt, »sagen Sie ihm, das es auf seiner Seite keine Überlebenden geben wird.«

Dann nahm er einen Schluck Bier, beugte sich schließlich zu mir über den Tisch. »Wir werden sie wie Brot fressen.«

Ich fand bald heraus, wie er das meinte. An einem trüben Vormittag holte mich der Direktor mitten in einer Englischarbeit aus der Klasse.

»Dein Onkel wartet im Lehrerzimmer auf dich«, murmelte er. Ich konnte mir schon denken, wer das war. Sarrazin hatte mich jede Woche angerufen, mit gedroht, mir Angebote gemacht, wie er meinen Bruder aus dem Gefängnis heraushalten könnte, wenn ich ihm nur helfen würde.

Kurz vor dem Lehrerzimmer hielt mich der Direktor am Arm zurück, sah mich mit flackernden Augen an. »Du musst jetzt tapfer sein. Dein Bruder ist gestorben.«

Gelähmt blieb ich vor der Tür stehen, der Direktor öffnete sie und schob mich vorwärts. Sarrazin stand im Lehrerzimmer und sah mich an. Ich ging auf ihn los, blind vor Tränen, aber er packte meine Handgelenke und hielt sie fest. Ich sah seine Augen hinter der Brille glitzern. Dann machte er dem Direktor ein Zeichen. »Lassen Sie uns einen Moment allein.«

Als die Tür zufiel, kroch ein hämisches Grinsen über Sarrazins Gesicht. »Er ist nicht tot. Noch nicht. Aber eines Tages komme ich, und es ist soweit. Sie werden es von mir erfahren. Von mir persönlich.« Er fixierte mich. »Sie haben es in der Hand, dass es nicht soweit kommt.«

Ein paar Tage später fing Jacob mich ab. »Wir wissen, dass Alex aussteigen will.«

»Dann brauchen Sie mich ja nicht mehr.«

»Mehr denn je. Wenn seine Leute das rausfinden, legen sie ihn um. Sagen Sie ihm das, wenn er anruft.«

Sie hörten nicht auf, mich zu bearbeiten. Schließlich war ich fest davon überzeugt, Alex aus dem Ganzen heraushelfen zu können.

»Kein Wort über uns, wenn er sich meldet. Erwähnen Sie meinen Namen nie«, sagte Sarrazin.

Zwischendurch beruhigte mich Jacob. »Wir bekommen das hin. Alex geschieht nichts. Das verspreche ich dir.« Er hielt mir seine Hand hin. »Ich darf doch du sagen? Ich heiße Jacob. Wir ziehen das gemeinsam durch.«

Wenn Jacob nicht gewesen wäre mit seinen langen Haaren hätte ich mich nie drauf eingelassen.

»In ein, zwei Jahren wird er dir dankbar sein, dass du ihn da rausgeholt hast.«

Der Gedanke gefiel mir.

»Glückwunsch.«

Alex. Ich sah auf die Uhr, es war vier Uhr nachts.

»Woher weißt du, dass ich bestanden habe?« Ich hatte mein Abitur gerade hinter mir.

»Bin ich von ausgegangen.«

»Wo warst du die ganze Zeit?«

Er ging nicht darauf ein. »Weißt du noch, wo der Alte dir fast das Messer in den Fuß gejagt hat?«

In einem Dorf östlich von Bilbao hatte vor Jahren ein alter Mann sein Messer auf meinen Fuß fallen lassen. Es war neben der kleinen Zehe im Rand meiner Sandale stecken geblieben. »Sicher.«

»In einer Woche, gegen Mittag. Wir sind eine ganze Clique. Schaffst du das, Kleiner?«

»Klar. Ist deine schwarzhaarige Freundin auch dabei?«

Er zögerte, dann lachte er. »Klar. Die ist immer dabei.«

Das gab mir einen kleinen Stich. »Freue mich. Bis dann.«

»Warte«, rief er noch, als ich auflegen wollte. »Wenn ich nicht da bin, tu nichts, bevor du nicht von mir hörst.«

»Soll ich ...?«

Aber er hatte schon aufgelegt.

Zwei Minuten später rief Sarrazin an. »Wo war das mit dem Alten und dem Messer?«

Vor Schreck legte ich sofort auf. Der Hörer brannte mir in der

Hand. Jetzt, wo Alex wieder da war, war alles anders. Ich war ein Verräter. Ich hatte meinen Bruder verraten.

Sofort schrillte das Telefon wieder. Diesmal war Jacob dran. »Das ist deine Chance. Jetzt können wir ihn rausholen.«

»Ich fahre hin und rede erst mit ihm.«

»Sicher. Aber wir müssen uns vorbereiten, um ihn da sicher rauszubringen.«

Aber ich wollte vorher mit Alex sprechen. Ihm alles erklären. Einen Ausweg suchen. Er musste mir glauben, dass ich kein Verräter war.

»Spanien. Mehr sage ich nicht«, wisperte ich in den Hörer, »ich will zuerst mit Alex reden. Dann sage ich euch Bescheid.«

»Gut. Einverstanden. Wir machen es so, wie du willst.«

Ich hatte mir alles ganz genau überlegt.

4

Der Beifall brachte mich zurück in die Gegenwart. Obwohl ich einen Moment unsicher wurde, als ich Sarrazin im Parkett sah. Er rastete fast aus, applaudierte stehend, die Hände hoch erhoben. Zögernd standen andere Zuhörer auf, dann applaudierte der ganze Saal im Stehen, auch im Balkon erhoben sich die Gäste. Die Kinder verbeugten sich, dann fiel der Vorhang. Sarrazin, gefolgt von der Frau, verschwand durch die Seitentür hinter die Bühne.

Ich stand auf, während die Smokingjacken und Abendkleider sich an mir vorbei komplimentierten. Ich grinste vor mich hin, als ich an den applaudierenden Sarrazin dachte. Sein Keks wird weich.

Das würde es mir leichter machen.

Aber es war nicht Sarrazin, der mich hergelockt hatte. Er hätte mich überrascht, in die Ecke gedrängt. So etwas war eher sein Ding.

Ich stand auf, mischte mich unter die Menschen, blieb jedoch oben auf dem Gang, der zum Balkon führte. Ich wollte Sarrazin nicht begegnen, der vermutlich irgendwo unten herumlief.

In einem Nebenraum war eine Bar aufgebaut, vor der sich jetzt die Gäste drängten. Ich holte mir ein Glas Weißwein, stellte mich zwischen die Gäste und achtete drauf, dass mir keiner von Sarrazins Leuten zu nahe kam. Aber sie ließen sich nicht blicken.

Als es wieder klingelte, strömte alles zurück in den Saal. Ich wartete in einer dunklen Ecke des Balkons, bis sich die Türen geschlossen hatten. Unten im Parkett saß Sarrazin und redete auf die Frau ein. Wieder schien sie den Kopf wegzudrehen, als wolle sie seine Worte nicht hören. Sarrazin schwieg erst, als ihm jemand aus der Reihe hinter ihm auf die Schulter tippte.

Nach den ersten Takten öffnete ich leise die Tür und verschwand nach draußen.

Ich war nicht der Einzige, den Klavierkonzerte gleichgültig ließen. Unten an der Garderobe standen schon die Ersten, die sich ihre Mäntel geben ließen. Als ich meinen Mantel überzog, fiel mein Blick nach oben. Einer von Sarrazins Leuten stand auf der Treppe. Unsere Blicke begegneten sich kurz. Scheiße. Aber woher sollte er mich kennen? Doch als ich ging, starrte er noch immer in meine Richtung.

Zu Hause zog ich mich um, suchte meine wärmste Daunenjacke und dicke Schuhe mit Profilsohlen heraus.

Als ich mich anzog, fiel mein Blick wieder in den Spiegel. Jünger wurde ich auch nicht. Dann erinnerte ich mich an Sarrazins Gesicht, seinen Tick mit dem Augenlid, die fahle Haut. Er war schneller gealtert als ich. Der Tod hatte sich bei ihm eingenistet. Seine Uhr lief.

Aber vielleicht machte ich mir ja auch nur zu viel Hoffnung. Jetzt, wo ich den Schritt über die Schwelle machte. Ich wog den Kellerschlüssel in meiner Hand.

Den Schlüssel zum Heizungskeller hatte nur der Concierge, aber als ich einzog, hatte ich für kurze Zeit ein paar Möbel hier untergestellt und mir den Schlüssel geliehen. Und einen Nachschlüssel machen lassen.

Ich musste mich auf den Bauch legen, um unter den Öltank zu kommen, aber dann erwischte ich das kleine Paket, riss es mit dem Tape vom Tankboden ab. Ich wickelte es aus und hielt eine wunderschöne Beretta in der Hand, eine Cougar.

Nichts speichert Erinnerungen besser als Berührungen. Man fasst mit geschlossenen Augen ein Geländer an, berührt einen Emailletopf, und die ganze Kindheit wandert durch die Hände in den Kopf, ins Herz. Normalerweise versuche ich, mich von solchen Sensationen fernzuhalten, der Schmerz kann schnell größer sein als die Freude.

Jetzt, wo alles wieder losging, brauchte ich das Gefühl. Ich presste die Waffe zwischen beide Hände, ihre Konturen drückten sich in meine Handflächen. Ich hatte das Gefühl vergessen. Ich hatte sogar das Versprechen vergessen.

Fast.

Ich warf die Beretta von der Linken in die Rechte, leichter Ölgeruch stieg mir in die Nase. Dann entsicherte ich die Waffe, warf sie wieder hin und her, links rechts, links rechts, beinahe hätte ich sie fallen lassen. Schließlich steckte ich sie in den Hosenbund, legte die Plastiktüte und den Lappen, in den sie eingewickelt war, wieder unter den Öltank und fühlte nach den beiden Päckchen mit den Patronen, die daneben klebten. Doch das Magazin war voll, also ließ ich sie, wo sie waren.

Die Pistole im Gürtel scheuerte, als ich zu der Schule zurücklief. Aber es erinnerte mich daran, dass man sein Versprechen irgendwann einlösen muss.

Eine halbe Stunde später trabte ich durch den leisen Schneefall wieder an der Schule vorbei, setzte mich am Ende der Straße in eine kleine Bar, ließ mir ein Glas Amarone bringen und das Telefonbuch und wartete auf das Ende des Konzerts.

Es gab drei Sestres im Telefonbuch, vor einem stand nur ein Initial, ein T, wie Frauen es gern machen, um sich schwer atmende Wichser vom Hals zu halten. Die Adresse sagte mir etwas, sie war ganz in der Nähe der Nationalbasilika. Hier hatte Magritte gehaust, bevor er richtig Geld verdiente.

Ich zahlte, als die ersten Menschen aus der Schule strömten. Dann tauchten die Schatten der Limousinen auf. Die erste blockierte wieder die Straße, Sarrazin und das Kind stiegen in die mittlere, Jacob hielt ihnen die Tür auf. Dann kam die Frau, gab Jacob die Hand, er berührte kurz ihren Nacken, als sie einstieg. Jacob warf die Tür zu, schob seine weißen Haare hinter die Ohren, warf noch einen suchenden Blick über die Straße und setzte sich ans Steuer. Ein paar Autos hupten, aber Sarrazins Konvoi zog schon wieder weiter, und die schwarzen Schatten glitten über den Schnee davon.

Das Weinglas in den Händen, starrte ich durch die Fensterscheiben in das Schneetreiben. Vor mir auf dem Tisch dampfte die Wärme der Bar die Feuchtigkeit aus meiner Mütze, daneben flackerte eine rote Kerze, an der ein Tannenzweig festgebunden war.

Ich trank aus. Ein Versuch war es wert.

Mit der U-Bahn fuhr ich in den Nordwesten von Brüssel. Im Elisabeth-Park schlugen Kinder im Licht der Laternen die letzten Schneeballschlachten vorm Zubettgehen, gedämpftes Gelächter trieb durch die Dunkelheit. Am oberen Ende des Parks, um den nachtschwarzen Klotz der Basilika, war es stiller. Ich hielt mich dicht an der Basilika, die Straße fiel leicht ab.

Der Schnee fiel wieder stärker. Ohne langsamer zu werden, lief ich an dem Haus vorbei, in dem T. Sestre wohnen sollte. Ich wollte nicht stehen bleiben, um nachzusehen, ob noch mehr Mieter in dem Haus wohnten. Das Risiko war zu hoch. Wenn Sarrazin im Spiel war, hingen seine Schergen sicher hier irgendwo herum.

Durch die Mitte der Straße zogen sich zwei Reihen von Weiden, auf den Aststummeln hatten sich kleine Schneekappen gebildet. Die Häuser waren moderne Klinkerbauten aus den Sechzigern, dazwischen vereinzelte ältere, dreigeschossige Bauten aus der Gründerzeit mit aufwändig verzierten Fassaden und schmalen Balkonen mit gusseisernen Geländern.

Nach zehn Uhr. Das ganze Haus war dunkel bis auf das schwache, bläuliche Flackern eines Fernsehapparates in der obersten Etage.

Ich drückte mich in eine Garageneinfahrt auf der gegenüberliegenden Seite und wartete. Lähmende Kälte kroch in mir hoch, ich schüttelte mich, wippte von einem Fuß auf den anderen und fluchte vor mich hin. Die ganze Nacht würde ich es kaum aushalten in dieser Kälte. Und vielleicht wohnte die Frau eh am anderen Ende der Stadt, Sarrazin hatte sie längst abgeliefert und war mit Jacob und seinen anderen Knechten verschwunden.

Da bewegte sich plötzlich etwas Schwarzes neben mir, drückte sich an meine Wade, als versuche es, mich von der Stelle zu schieben. Anubis, der Hundegott. Er schnüffelte an mir, stemmte sich mit dem Rücken noch einmal gegen meine Wade, dann gellte ein Pfiff durch die Nacht, und der Druck an meiner Wade verschwand. Keine Tür knallte durch die Nacht, kein Licht leuchtete auf. Der Hund löste sich einfach in der Dunkelheit auf.

Ich sollte besser gehen und alles vergessen.

Doch ich spürte die Beretta, die mir gegen die Niere drückte, und ich wusste wieder, warum ich hier war. Ich zog die Waffe heraus und steckte sie mir vorne in den Hosenbund.

Langsam blies ich warmen Atem in meine Hände. Da ging in der Atemwolke vor meinen Augen ein kleines Licht an. Schon lange war kein Auto mehr durch die Straße gefahren, doch jetzt leuchtete plötzlich, nur für ein paar Sekunden, in einem Lexus die Innenbeleuchtung auf. Zwei jüngere Männer saßen in dem Wagen und schienen etwas zu suchen, schon ging das Licht wieder aus.

Ich bewegte meine Zehen, der Adrenalinschuss ließ meine Temperatur wieder steigen. Jetzt musste ich nur noch warten. Wenn sie das Kind dabei hatten, konnte es nicht mehr lange dauern.

Gegen Mitternacht rauschten sie endlich die Straße hinauf, hielten vor dem Haus und im selben Moment öffnete sich auch die Haustür. In der mittleren Limousine ging die Innenbeleuchtung an, das Licht brach sich in Sarrazins dicken Brillengläsern. Als die Wagentür aufging, war wieder Klaviermusik zu hören. Die Frau stieg aus, dann der Junge und Sarrazin. Er umarmte das Kind, die Frau zog es ungeduldig in die offene Haustür. Sie hatte Sarrazin nicht einmal die Hand gegeben.

Dann glitten die Wagen wieder davon, und ich drückte mich in meinen kalten Winkel. Nach und nach verlöschten im Haus die Lichter, nur in dem Dachfenster flackerte weiter der Fernseher. Ich wartete. Eine halbe Stunde später verschwand auch der Wagen, der das Haus bewacht hatte.

Um wieder warm zu werden, joggte ich die nächsten zwanzig Minuten durch Nebenstraßen in Richtung Zentrum, machte eine kleine Pause auf der Brücke über dem Kanal du Charleroi und schaute den Schneeflocken zu, wie sie sich in der schmalen Fahrrinne zwischen den vereisten Ufern auflösten.

In der Nähe des Place Rogier waren die Peep-Shows noch geöffnet. Mein Gesicht glühte vom Schnee, meine Brust schmerzte vom Laufen in der Kälte. Ich tauchte hinein in die schmierige Wärme, klemmte mich in eine der schmalen Kabinen und warf die Münzen in den Schlitz. Auf der Drehscheibe aus rotem Plüsch ließ eine schmallippige Blonde ihre Hand von der Zellulitis ihrer Oberschenkel hoch zu den Geweberissen ihrer Titten wandern. Die Kabine stank nach Sperma und abgestandenem Tauwasser. Aber es war wenigstens warm. Ich warf nach und nach meine Euros in den Schlitz, auf die Blonde folgte eine Rothaarige, dann Sarrazins Gesicht, Jacobs weiße Haare, der Klavier spielende Junge, die Frau.

Als sich der Vorhang vor der Scheibe langsam schloss, kam ich wieder zu mir, sah noch, wie eine junge Inderin ihren BH aufknöpfte, nicht übel.

Ich suchte nach Münzen, aber zu spät.

Den Rest der Nacht saß ich zu Hause am Fenster, blickte in die Dunkelheit, hörte auf das knisternde Geräusch, mit dem die Schneeflocken ans Fenster wehten und auf Ben Webster, dessen Stimme leise aus den Boxen drang.

Vor mir auf dem Tisch lag die Beretta. Ich nahm die Waffe in die Hand. Die Erinnerung an ein Versprechen. Etwas, an dem ich mich festhalten konnte, wenn ich Sarrazin gegenüberstand und ihn erledigen würde.

Neben der Beretta lag die Einladung. Die ungelenke, große Schrift schwamm mir vor den Augen. »Lass Dir das nicht entgehen.« Im Hintergrund setzten gerade die Streicher an zu Ben Websters »Do nothing before you hear from me.«

»Tu nichts, bevor du nicht von mir hörst.« Das hatte Alex damals auch gesagt. Ich schoss aus meinem Sessel, warf mein Notebook und den Scanner an, scannte die Einladung ein und verkleinerte die Schrift auf dem Bildschirm bis auf die Größe einer normalen Handschrift.

Es war seine Handschrift. Alex hatte mir die Einladung geschickt.

5

Die Ersten waren ein Trupp Hunde. Sie schnürten vorsichtig über den Strand, blieben stehen, ihre Köpfe schlackerten hin und her, als sie die dunklen Brocken zerrissen

Fast eine halbe Stunde, nachdem sich Rossi samt seiner Leute in Luft aufgelöst hatte, lag der Strand bewegungslos in der Sonne. Zwei rot und grün bemalte Fischerboote, die ursprünglich in der Nähe festgezurrt waren, lagen jetzt kieloben einige Meter entfernt. Das Gummiboot, mit dem sie Rossi ans Ufer geholt hatten, trieb weit draußen auf dem Wasser.

Nichts hatte sich gerührt. Nur die Sonne stieg langsam aus dem Meer, während der Wind den Vorhang aus gelbem Staub über Rossis Abschiedsvorstellung zur Seite zog.

Ich hatte der Wolke am Strand noch eine Weile zugesehen und mich von den ersten Strahlen der Sonne wärmen lassen und versucht, mich an Alex' Gesicht zu erinnern, als er mir zugewunken hatte. Aber es gelang mir kaum.

Schließlich war ich den Berg hinunter zu der Bar am Pier geklettert, saß auf dem Stuhl, den Rossi immer für sich beansprucht hatte, kaute auf meiner geschwollenen Lippe und sah den Hunden beim Fressen zu, während Mino, der Wirt, umständlich die Scherben vom Boden fegte.

Was außergewöhnlich war.

Mino beschränkte sich normalerweise darauf, sein eigenes Bier zu trinken und die Frauen zu schikanieren, die in der Küche arbeiteten und die Gäste bedienten. Seine Bar war die einzige an der Bucht, ein gefliester Raum mit nicht einmal zehn Tischen und blauen Fensterläden, davor eine breite, überdachte Veranda zum Meer hinaus. Durch den Druck des explodierenden Rossi war ein Fenster zugeknallt, dabei hatte sich die letzte Scheibe aus dem Rahmen verabschiedet. Wäre sie nur so aus dem Rahmen gefallen, Mino hätte sie liegen lassen, ohne sie auch nur zu bemerken, geschweige denn, sie eigenhändig zusammenzukehren.

Mino stand unter Schock.

Sie waren zu dritt, als sie endlich auftauchten, zwei Schwarze und Fonseca, dem ich schon ein paar Mal über den Weg gelaufen war. Fonseca war Polizeichef in Mindelo, der größten Stadt auf São Vicente. Er war ein älterer Schwarzer mit sehr heller Haut, grauer Krause und blauen Augen, ein genetischer Brei, in dem Schiffsköche, strafversetzte Kolonialbeamte, betrunkene Matrosen und halb verhungerte Schwarze über Generationen ihre Spuren hinterlassen hatten.

Die blutunterlaufenen Augen seiner beiden Begleiter waren feindselig zusammengekniffen. Doch ihre Feindseligkeit war nur die schlampige Maskerade ihrer Ratlosigkeit und Erschöpfung.

Wer immer hinter Rossis Höllenfahrt steckte hatte entweder die Insel längst verlassen oder döste irgendwo in der Nähe in der Morgensonne. Das wussten sie und darauf bauten sie. Probleme, die unlösbar schienen, hatten sie hier am liebsten. Sie erledigten sich, indem man sie vergaß.

Ihre Blicke wurden freundlicher, als Mino drei Kaffee vor sie auf die Theke stellte.

Hier brauchte es nicht viel, um Wut verrauchen zu lassen. Mino spürte das und drehte den Gettoblaster auf dem Kühlschrank lauter, Luis Morais' Klarinette winselte durchs Lokal.

»Was gesehen heute Morgen?«

Fonseca sah zuerst mich an, dann Mino. Er sprach ein betont akzentfreies Portugiesisch, als wolle er deutlich machen, dass er nicht von diesen Inseln käme.

»So früh? An einem Sonntag?«

Mino schüttelte den Kopf, brach vorsichtig den letzten Splitter der Scheibe aus dem Fensterrahmen.

»Und Sie?«

Ich sah hinaus und murmelte ein »Zu früh für mich.«

Die Hunde kauten jetzt im Liegen.

Fonseca stellte sich neben mich, als die ersten Sirenen aufheulten und zwei Mannschaftswagen auf der endlos geraden Straße hinter der Bucht auftauchten.

Uniformierte stiegen aus und jagten die Hunde weg. Mit blutigen Lefzen suchten sie das Weite.

»Scheißjob«, sagte ich zu Fonseca, der in seiner Kaffeetasse rührte.

Er schüttelte den Kopf. »Ich mag Hunde.«

»Sie nehmen Ihnen die Arbeit ab.«

»Deshalb auch.«

Unten am Ufer sperrten Polizisten den Strand ab und bauten ein Zeltdach gegen die Sonne auf. Ein paar Weiße schleppten Unterlagen und Computer aus den zerbeulten Wohncontainern.

»Irgendeine Idee, was das sollte?«, fragte ich ihn.

Er sah mich an, ohne zu antworten, kippte dann den Kaffee hinunter.

»Sie denn?«, fragte er nach einer Weile.

»Liegt doch nahe. Jemand hatte was gegen Rossi. Oder dagegen, dass hier auf den Inseln eine Raketenbasis gebaut wird.«

Jetzt lächelte er, strich sich mit der Hand über sein Hemd und nickte. »Das wissen Sie also.«

»Hier ist doch von nichts anderem die Rede. Dass die Europäer ihre Rampe in Südamerika nicht halten können. Und was Neues suchen.«

»Wer könnte dagegen etwas haben?«

Draußen landeten jetzt Militärhubschrauber, Soldaten sprangen auf den Strand. Särge waren ihnen zu umständlich, statt dessen luden sie Leichensäcke aus, in die sie alles einsammelten, was ihnen die Hunde übrig gelassen hatten. Wenn einer voll war, stapelten sie ihn unter einem Zeltdach.

Ich zuckte mit den Schultern. »Das sollten Sie besser wissen.«

»Denken Sie doch mal mit.«

Ich sah ihn an, fragte mich, wie ernst er das Spielchen spielte. Er wusste genau, dass ich oft am Strand und in Minos Kneipe gewesen war. »Was weiß ich.«

Sein Lächeln wurde breiter. Fonseca sah Mino an, hielt ihm seine leere Kaffeetasse hin, dann wandte er sich wieder mir zu. »Die Frau, die verschwunden ist und die Sie suchen, diese Sestre, schon was von ihr gehört?«

Ich schüttelte den Kopf. »Nichts.«

»Bin gespannt«, sagte Fonseca und sah aufs Meer hinaus, »wann die hier antreibt und hochgeht.«

Er schien auf eine Reaktion von mir zu warten, aber ich hatte damit gerechnet.

»So eine Nummer macht niemand zweimal.«

Gegen die Sonne konnte ich das kleine Flugzeug nicht erkennen, aber ein leichtes Dröhnen zog über den Himmel.

»Da kommt Verstärkung aus Europa«, sagte ich und zeigte in den Himmel.

»Zu früh«, brummte Fonseca. Aber in ein paar Stunden würden die ersten Spezialisten aus Brüssel oder einer anderen Ecke Europas auftauchen und der Polizei auf den Inseln zeigen, wo es lang ging und ihr die Sache aus der Hand nehmen.

»Aber Sie haben Recht, sie werden kommen. Und dann nehmen sie ihre Ideen von dem großen Bruder Europa, der dem armen Afrika auf die Beine helfen will, zusammen mit dem, was von Rossi noch übrig ist, wieder mit zurück nach Hause. Und für uns ist alles wie früher: Kein Rossi, keine Raketen.«

Ich grinste ihn an. »So sind wir Europäer. Wieder ein paar Millionen den Bach hinunter. Business as usual.«

»Kommen Sie mit.«

Ich hatte die Polizisten in der Bar allein gelassen, mich ans Ufer gesetzt und den Leuten bei ihrer Arbeit in der Bucht zugesehen. Die Sonne brütete, aber der leichte Wind machte die Hitze erträglich. Manchmal trug er einen muffigen, süßlichen Geruch herüber. Warme Blutwurst, schoss mit durch den Kopf, Kindheitserinnerungen, so schnell, dass man ihnen nicht ausweichen kann. Speichelfluss setzte ein.

Doch dann tauchte Fonseca hinter mir auf, tippte mir auf die Schulter und ging ohne zu warten in Richtung Strand.

Als wir über das orangefarbene Band stiegen, mit dem der Strand abgesperrt war, bückte er sich und hielt mir ein blassrosa Kügelchen unter die Nase. »Und?«

»Styropor.«

Er sah mich überrascht an und nickte.

Ich bemerkte seinen Blick. »Na und?«, fragte ich.

Er ging nicht weiter darauf ein, also hakte ich nach. »Was sagt uns das?«

»Nichts. Aber es regt die Phantasie an.«

Ich schwieg, es war nicht schwer zu erraten, worauf er hinaus wollte.

Eine Windböe fegte über den Strand, wir drehten uns zur Seite, und als ich die Augen wieder aufmachte, zeigte Fonseca grinsend auf meine Hose.

»Sie kleben sogar noch.«

Zwei blassrosa Styroporkügelchen klebten auf Kniehöhe an meiner Hose. Ich wollte sie abschütteln, aber er hob die Hand und winkte einen der Uniformierten heran. Der pickte die Kügelchen mit seinen gummibehandschuhten Fingern von meiner Hose und ließ sie in einer kleinen Plastiktüte verschwinden.

»Wer weiß, vielleicht können wir was damit anfangen.« Er sah sich auf dem sandigen Boden um, stocherte mit der Schuhspitze im Sand herum.

»Vermutlich nicht. Hier ist ja alles voll davon.«

Vor uns lag ein Klumpen von blassrosa Kügelchen, die um ein dunkles Etwas herum klebten.

»Hey.« Fonseca winkte einen der Soldaten heran, der nahm den Klumpen und ließ ihn in einem Leichensack verschwinden.

Hinter uns lag das halbe Dutzend grauer Häuser des Dorfes in der Sonne, kein Kind schrie. Über allem lag wie ein Teppich das Zirpen der Zikaden.

Ich sah die Schwarzen noch, wie sie am Morgen auf ihren Dächern gestanden hatten. Jetzt bewegten sich nur die dunklen Tücher, die vor den Eingangstüren hingen, leicht in der Brise.

»Keiner hat was gesehen.« Fonseca starrte hoch zu dem Dorf.

»Vielleicht hat es sie nicht interessiert«, murmelte ich.

»Oh, doch.« Er lächelte böse und drehte mit dem Absatz ein paar Styroporkügelchen in den Sand. »Da oben hat jemand gesessen und im richtigen Moment auf den Kopf gedrückt.«

Klang ganz plausibel.

»Zuerst greifen sie sich Rossi«, er sprach noch immer mit dem Dorf, »dann höhlen sie ihn aus, packen ihn voll Semtex, Glassplitter und Stahlspäne. Und Styropor, damit er nicht untergeht.«

»Fehlt noch was«, sagte ich, blickte in den Himmel, in dem schon wieder ein kleiner Flieger herandröhnte, eine große Kurve flog, dann beim Anflug auf den Flughafen hinter den Bergen verschwand, »einer muss auf den Knopf drücken«.

»Ein billiger Sender, ein billiger Empfänger, das gibt es sogar bei uns zu kaufen.« Fonseca schob sein Kinn in Richtung Dorf, schien aber die ganze Insel zu meinen. Dann wandte er sich zu mir. »Aber Sie glauben doch nicht im Ernst, die hier haben so etwas drauf?«

Damit war er mit dem Dorf fertig, zog mich am Arm von dem flachen Felsen weg, auf dem Rossi in die Luft geflogen war. Wir stiefelten durch den Sand zu der Zeltplane, unter der sie die Säcke aufgestapelt hatten. Auf einem Klapptisch lagen zwei ovale Platten, vielleicht einen halben Meter lang. Die eine war zersplittert, aber die beiden Aluminiumstäbe, die die Platten in einem Abstand von gut dreißig Zentimeter parallel zueinander gehalten hatten, steckten noch drin.

»Sein Brustkorb.«

Unwillkürlich fuhr ich mir mit der Zunge über die Wulst auf meiner Lippe.

Fonseca zog sich Gummihandschuhe an, hielt die beiden Platten an den Verbindungsstäben in die Höhe.

»Das war in seinem Oberkörper, eine Platte für die Brust, eine für den Rücken. Damit haben sie verhindert, dass die Explosion nach oben wegging. Ist alles schön zur Seite geknallt. Auf die Leute, die um Rossi rumstanden. Und auf so etwas sollen die hier von allein kommen?« Er sah mich erwartungsvoll an, die Augenbrauen in die Höhe gezogen. »Die doch nicht.«

»Wenn jemand anderes draufkommen kann, warum dann Ihre Landsleute nicht?«

»Wissen Sie, was das ist?«, fragte er zurück und hielt mir die beiden Platten vor die Augen.

Ich schüttelte den Kopf.

»Kohlefaserverstärkter Kunststoff. Braucht man für Flugzeuge. Stammt vermutlich aus Spanien. Können die meisten hier nicht mal aussprechen. Und schon gar nicht damit umgehen.«

Er entspannte sich etwas, legte die Platten wieder hin.

»Schwachsinn«, murmelte er und drehte sich zu seinen beiden Leuten um, die ein paar Meter hinter uns hergingen, »das waren Spezialisten. Schauen Sie sich die Leute hier doch mal an.«

»Sie kennen sie besser als ich.«

»Eben drum«, seine Augen wanderten über mein Gesicht, »eben drum.«

Dann irrte sein Blick über meine Schulter, suchte den leeren, gläsernen Himmel ab. Als seine Augen zu mir zurückkehrten, waren sie voller Gleichgültigkeit.

»Und Sie sind sich sicher, dass sie die Frau, diese Sestre und ihr Söhnchen, nicht genauso zurückschicken?«

Ich war mir nicht sicher, ob das eine Frage war.

Ich ließ ihn stehen, ging hoch in die Bar. Neben der Bar stand einer der Pick-ups, mit denen sie die Leichensäcke über die Insel nach Mindelo fuhren. Ich winkte dem Fahrer mit einem Tausend-Escudo-Schein. Er nickte und ließ mich einsteigen, drehte sogar das Radio mit seinen unvermeidlichen blechernen Mazurka-Rhythmen leise.

Schweigend saßen wir im Wagen in der Abendsonne und sahen den Soldaten dabei zu, wie sie den Stand absuchten. Einige hatten sich in den Sand gehockt, rauchten und warfen lange Schatten.

Ein Pick-up nach dem anderen verschwand über die schnurgerade Straße in Richtung Mindelo, auf der Ladefläche die grauen Säcke mit den Leichenresten.

Unserer war der nächste. Ab und zu schwankte der Wagen, wenn sie einen der Säcke aufluden.

Schließlich tauchte Fonseca an der Fahrerseite auf. »Das war's, fahr los.«

Dann sah er mich neben dem Fahrer sitzen. »Genug gesehen?«

Ich schüttelte den Kopf. »Hunger«, log ich.

Fonseca sah erschöpft aus, seine Augen waren rot geädert. Ein bisschen Konversation konnte da nicht schaden.

»Wieso sind Sie eigentlich so sicher, dass die Kohlefaserplatte aus Spanien kommt?«

»Das bietet sich an.« Er holte tief Luft. »Aber wir sind auch sonst schon weiter.«

Ich beugte mich im Auto nach vorn, um ihn besser sehen zu können. »So schnell?«

»Eine Viertelstunde vor seinem Tod soll Rossi noch am Leben gewesen sein.« Er lachte und schlug mit der flachen Hand aufs Autodach. »Haut ab.«

Hinter Fonseca lagen zwei Hunde im langen Schatten des Abends und träumten von ihrem unverhofften Fest am Strand, während sie mit zuckenden Ohren die Fliegen verjagten. Und in irgendeinem vertrockneten Brunnen würde vermutlich auch ein kleiner Sender liegen.

Die Sonne stand tief, als wir losfuhren, fiel direkt von vorn in die schmutzigen Scheiben, und immer wieder verschwand die Straße in den blendenden Spiegelungen. Kein Auto begegnete uns, nach ein paar Kilometern saß ein abgerissener Schwarzer am Straßenrand, wir hielten, er stieg zu den Leichensäcken auf die Ladefläche.

Von der Bucht, in der Rossi seinen letzten Auftritt gehabt hatte, lief neben der Straße ein breites Tal schnurgerade ins Innere der Insel, öde und kahl. In der untergehenden Sonne zeichnete sich die Bergkante jenseits des Tales scharf gegen den Himmel ab, wie der Rücken eines verhungerten Pferdes, die Hänge schimmerten in stumpfer, brauner Gleichgültigkeit wie räudiges Fell.

Im Tal sah ich vereinzelte grüne Flecken schimmern, aufgegebene Obstplantagen, dazwischen verfallene graue Häuser, immer mal ein Windrad, das schon lange kein Wasser mehr aus dem steinigen Boden pumpte.

Oben auf der Sattelhöhe des Berges kamen sie uns entgegen. Vier Jeeps mit Blaulicht, auf dem letzten stand RTC, sie hatten sogar das Fernsehen mitgebracht. In jedem Wagen ein schwarzer Fahrer und Beifahrer, hinten in den Wagen jeweils zwei oder drei andere Männer, darunter auch zwei Weiße.

Die Schatten der Wagen flogen über uns hinweg, ich hörte wie der Fahrer »Governo«, Regierung, murmelte.

In einem der Wagen saß Jacob, seine weißen Haare leuchteten. Bevor ich mich ducken konnte, spürte ich seinen Blick. Wenn er hier war, war Sarrazin nicht weit.

Schließlich tauchten die ersten halbfertigen Häuser von Mindelo auf, Quader aus Tuffstein mit leeren Fensterhöhlen, vor denen halbnackte Kinder hinter uns herstarrten.

Auf der Praça Amilcar Cabral musste der Fahrer vom Gas gehen. Die Straßen waren voller Menschen. Kinder tobten unter den Palmen, die älteren Jungs checkten die Mädchen aus. Die Alten saßen auf den Bänken, lutschten Eis und sahen dem Treiben zu. Musik dröhnte aus den Häusern, schnelle Geigen, das Jaulen winziger Saxophone und der kehlige Gesang der Schwarzen.

Der Fahrer hupte, als er am Hotel hielt, das neben dem Platz lag. Es war das Porto, das größte Hotel am Ort, eine gesichtslose Touristenabsteige.

»Die haben den besten Kühlraum auf der Insel.«

Neben »Governo« war es das Einzige, was er während der Fahrt gesagt hatte.

Ein Polizist, der vor der Zufahrt stand, winkte uns weiter. Schließlich hielten wir hinter dem Hotel. Ein paar Uniformierte saßen auf dem Bürgersteig und tranken Cola. Ich stieg aus. Irgendwo unterwegs mussten wir an der Behausung des Schwarzen vorbeigekommen sein, jedenfalls saß er nicht mehr auf der Ladefläche.

Dann sah ich den Uniformierten dabei zu, wie sie Rossis Reste in den Kühlraum des Hotels schleppten.

6

»Wie war's?«

Pierre.

Ich versuchte, mich zu konzentrieren, meinen Blick von dem Schriftzug auf der Einladung zu nehmen. Ich hatte sie noch zweimal eingescannt, am Computer in allen Größen angesehen, nur um sicher zu gehen.

Es war Alex' Schrift.

»Hey, bist du noch da?« Pierre wurde unruhig am anderen Ende der Leitung.

»Ja, sorry. War ein interessanter Abend.«

»Ärger?«

»Ich muss mich einige Tage ausklinken.«

Pierre wartete auf eine Erklärung, aber ich hatte keine.

»Gefällt mir nicht.«

»Mir auch nicht.«

»Wenn du Hilfe brauchst, ruf' mich an. Mein Angebot steht.«

»Weiß ich. Danke. Ich melde mich.«

Zwei Ansichtskarten von Alex hatte ich noch. Ein großer Briefschreiber war er nie gewesen. Ich hielt sie neben die verkleinerte Schrift der Einladung. Sie passte.

Aber es war ausgeschlossen.

Ich setzte mich mit der Einladung ans Fenster.

Es konnte nicht sein. Alex war tot.

Unten auf der Straße hielt ein brauner UPS-Laster und lud Weihnachtspakete aus.

Damals hatte auch ein brauner Lastwagen mitten auf der Straße gestanden. Ich war mit dem Bus in das kleine Dorf hinter Arraitz gefahren, in dem ich mich mit Alex verabredet hatte. Immer wieder hatte ich mir zurechtgelegt, wie ich ihm erklären könnte, dass ich ihm helfen wollte. Dass ich ihn nicht an Sarrazin verraten hatte. Und dass er immer noch verschwinden könnte, wenn er wollte. Noch wusste Sarrazin ja nicht, wo Alex war.

Der braune Lastwagen stand zwei, drei Kilometer vor dem Dorf, ein Motorradfahrer lag neben seinem Hinterrad, zwei Sanitäter knieten neben ihm. Sie gaben sich nicht einmal Mühe, es echt wirken zu lassen.

Ich sprang aus dem Bus, hetzte die Straße entlang. Die Sanitäter versuchten noch, mich zurückzuhalten. Ich hörte Schüsse, eine Detonation. Schwarze Wolken stiegen in den klaren Nachmittagshimmel, dann sah ich die ersten Häuser. Aus den Dächern loderten Flammen.

Ich lief weiter, schrie nach Alex, Polizisten schlugen mir ihre Gewehrkolben in die Seite, warfen mich auf den warmen Asphalt und hielten mich fest.

Es wimmelte von Uniformierten. In Handschellen lag ich auf der Straße, zwei Polizisten hielten mich mit ihren Gewehren in Schach.

Ich schrie ununterbrochen. Als Sarrazin auftauchte, spuckte ich ihm ins Gesicht. Blutroter Schleim lief über seine Brille.

»Es ist Ihre Schuld, Danco. Ganz allein. Sie hätten ihn retten können. Wenn Sie mir nur rechtzeitig gesagt hätten, wo Ihr Bruder ist.«

Drei Wochen saß ich schon in dem Gefängnis am Rand von Pamplona, als Sarrazin mich besuchte. Damals tauchte Jakob nicht ein einziges Mal auf.

Ich spuckte ihm wieder ins Gesicht, mein Hals brannte.

Er stand auf, wischte sich das Gesicht ab. Vor der Zellentür spielte ein Kofferradio Klaviermusik.

»Enrique Granados,« murmelte Sarrazin geistesabwesend und starrte auf seine Hände, »der Epilog zu den Romantischen Szenen.«

Dann klopfte er an die Zellentür. Zwei Polizisten kamen herein und hielten mich fest, während Sarrazin mich zusammenschlug.

»Das ist«, hörte ich ihn zwischen zwei Schlägen hecheln, »für dein Brüderchen.«

Dann verlor ich das Bewusstsein.

Eine Woche später war er wieder da. Diesmal hielt er Abstand. Er warf mir ein paar Zeitungen hin. Die Spanier hatten ein paar Basken verhaften wollen. Es hatte eine Schießerei gegeben, vier tote Polizisten, die Basken waren mit ihrem Sprengstofflager in die Luft geflogen. Zwei deutsche Terroristen sollen auch dabei gewesen sein. Soviel Spanisch verstand ich.

»Er könnte noch leben. Denk daran. Du hast ihn auf dem Gewissen. Du hast nicht mitgespielt. Aber er war ohnehin nur Dreck. Ein mieses Stück Dreck.«

Er hatte damit gerechnet. Und er hatte sich vorbereitet. Sein Schlagring traf mich am Hals, als ich auf ihn losging. Ich fiel in die Zelle zurück, und er schlug weiter.

»Für das Stück Dreck von deinem Bruder.«

Ich krümmte mich zusammen. Das Letzte, was ich sah, war die Zellentür. Sie flog auf, und die Polizisten stießen Sarrazin aus der Zelle.

Mich brachten sie in ein Krankenhaus und ließen mich drei Tage später gehen. Mit dem Bus fuhr ich wieder nach Arraitz, lief die letzten Kilometer bis zu dem Dorf. Schon von weitem roch ich das verkohlte Gebälk der Häuser. Im Ort waren Türen und Fenster verschlossen. Aber ich spürte die Augen, die mich hinter den Gardinen beobachteten. Die alten Frauen, die sich bekreuzigten, Männer, die ihre Fäuste ballten. Ich fand die Scheune wieder, eher ein nach allen Seiten offenes Dach. Vor Jahren hatte ich hier mit Alex übernachtet. Ich legte mich ins Stroh.

Als ich am nächsten Morgen wach wurde, lag die Pistole neben mir, eine Beretta. Ich nahm sie in die Hand und dachte an Sarrazin.

Wieder und wieder sah ich mir die Schrift auf der Einladung an. In den darauffolgenden Tagen tauchte Alex das erste Mal seit langem wieder auf. Ich saß in einem Café in der Galerie Louise, auf der anderen Seite der Passage mir gegenüber ein Typ, dieselben Augen wie Alex, derselbe Mund, nur jünger, eher mein Alter.

Die Haare standen ihm vom Kopf, wie meine an diesem Nachmittag. Ich trank Kaffee, las wie er die Tageszeitungen, zahlte im selben Moment wie er, wir standen gemeinsam auf. Ich nickte ihm geistesabwesend zu, er grüßte zurück, wir gingen aufeinander zu.

»Dann können wir ja«, murmelte ich. Er schien zu antworten, und ich wachte erst aus meiner Trance auf, als ich fast in den Spiegel gelaufen wäre. Unsicher vor Schreck machte ich ein paar schnelle Schritte zur Seite, sah mich um, ob jemand hinter mir hergaffte.

Der Schrecken hatte meinen Mund spröde gemacht. Sarrazin und die Einladung hatten die Unsicherheit wie einen Nagel in mich hineingetrieben.

Der anhaltende Schneefall gab der Stadt etwas beruhigend Irreales. Sarrazin, Jacob, die Frau und der kleine Klavierspieler waren zu Bewohnern einer unwirklichen, weißen Stadt geworden. Ich schlief wieder besser. Aber die Beretta hielt ich griffbereit. Nur am Weihnachtsabend schob ich die Waffe eine Handbreit weiter unters Bett.

Die Feiertage vertrödelte ich, der Einzige, mit dem ich ab und zu ein Wort wechselte, war der Concierge.

»Probleme?«, fragte er eines Nachmittags

Das traf mich ein bisschen unvorbereitet. »Wieso?«

»Sie sehen schlecht aus.«

Eine Unterhaltung, bei der man nur verlieren kann. Ich ließ ihn stehen, fuhr nach oben, wich meinem Bild im Spiegel des Fahrstuhls aus.

»Und, wie sehe ich heute aus?«, fuhr ich ihn am nächsten Tag an.

»Besser, ganz okay. War nicht so gemeint gestern.«

Das triumphierende Leuchten in seinen Augen sagte etwas anderes. Dann fing es an zu tauen.

Aus der weißen Decke stieg die graue Stadt hervor. Und immer wieder Sarrazins Gesicht. Wie er mich bearbeitete, drängte, mir

Sicherheiten anbot, dass Alex auch nichts passieren würde. Wie er mir Geschichten von Alex erzählte, die ich alle nicht kannte. Und wie mich dann regelmäßig ein, zwei Tage später Jacob abfing, freundlich, lässig. Und er mich glauben ließ, dass ich Alex aus allen seinen Schwierigkeiten herausholen könnte. Dass er mir dabei helfen wollte. Und mir Sarrazin vom Hals halten würde. Jacob hatte gelächelt. »Das bekommen wir ohne ihn hin.« Der Gedanke, Alex retten zu können, schmeichelte mir.

Vom Alkohol ließ ich die Finger über die Feiertage, aus Angst, Sarrazin würde versuchen mir aufzulauern, wie früher. Oder dass er Jacob schicken würde, seinen Hund.

Nach den Weihnachtstagen fing ich an, nachts auszugehen, kam frühmorgens zurück, versuchte, nicht allein zurückzukommen. Der Sex war so mechanisch wie brutal. Die meisten Frauen verschwanden schnell. Kaum waren sie gegangen, konnte ich mich schon nicht mehr an ihre Gesichter erinnern.

Es half nichts, je erschöpfter ich war, um so unkontrollierter nahmen die Bilder von Alex und Sarrazin von mir Besitz.

Und der Gedanke, dass ich Alex verraten hatte.

Zu Sylvester hatte ich mich bei ein paar Bekannten eingeladen, versuchte bei einer muskulösen Brünetten, weinrotes Kleid und Strümpfe mit Naht, zu landen.

Als ich uns etwas zu trinken holte, sah ich, wie eine andere Frau auf sie einredete, während ihr Kopf ab und zu in meine Richtung ruckte. Das Gesicht der anderen kam mir vage bekannt vor. Als ich zu der Brünetten zurückkam, ließ sie mich wortlos mit den beiden Gläsern in der Hand stehen.

»Erfolg bei Frauen«, grölte eine Stimme durch den Lärm, »ist im Allgemeinen ein Zeichen von Mittelmäßigkeit.«

Gelächter.

Um Mitternacht lagen sich alle johlend in den Armen, nur die Frauen gingen auf Abstand zu mir. Wenig später verzog ich mich.

»Was war denn nun eigentlich mit der Einladung?«, fragte Pierre eines Morgens.

Es regnete seit Tagen, und ich hatte wieder angefangen zu arbeiten. Ab und zu spielte ich mit der Beretta, sah sie mir genau an und dachte daran, wie ich sie vor gut dreizehn Jahren in der Scheune in der Hand gehalten hatte.

Ich zuckte die Schultern »Nichts. Ein Scherz.«

Pierre sah mich ruhig an. »Manchmal stirbt man mit vierzig an einer Kugel, die man sich mit zwanzig ins Herz schießt.«

Das überraschte mich dann doch. »Wie kommst du jetzt da drauf?«

»Nur so. Der Spruch gefiel mir.«

Aber er lächelte nicht.

Eine Woche später räumte ich die Beretta wieder weg.

»Jemand hat nach Ihnen gefragt.«

Drei Monate war der Klavierabend jetzt her. Aber sie war sofort wieder da, die Angst und die Ungewissheit. Der Concierge war mit dem Telefon beschäftigt. Ich beugte mich über seinen Chromtisch und drückte die Gabel runter.

»Hey.« Das »Was soll das?« sparte er sich, als er mein Gesicht sah.

»Wer hat nach mir gefragt?«

Der Concierge leckte sich die feuchten Lippen. Ich sah mein Spiegelbild in seinen Pupillen.

»Zwei jüngere Männer. Auffallend blond, sehr modisch gekleidet.«

Ich richtete mich wieder auf. »Was heißt modisch gekleidet?«

»Schwarz eben.«

»Haben sie was hinterlassen?«

»Nichts.« Er schüttelte den Kopf. »Habe sie gefragt, ob ich was ausrichten kann. Sollte Ihnen nicht einmal sagen, dass sie hier waren. Seltsam, nicht?«

»Sind die beiden hochgefahren?«

»Was meinen Sie, warum ich hier sitze?«

Seine Stirn war trocken, aber am Rand seines Haarkranzes glänzte es feucht, seine Weiberhände waren zu kleinen Fäusten geballt.

»Sie hätten das verhindert?«

Mein Ton schien ihm nicht zu gefallen, zu wenig Vertrauen.

»Hätte ich«, antwortete er und starrte zurück, bis ich den Blick senkte.

Ich nahm den Fahrstuhl nach oben, an meiner Wohnung vorbei. Dann lief ich vom obersten Stockwerk nach unten, die Flure blieben leer.

Niemand hatte meine Wohnung durchsucht, niemand wartete auf mich. Ich zog die Küchenschublade heraus, unter der ich die Beretta festgeklebt hatte, fuhr in den Keller, riss die Patronen unter dem Öltank weg, zerlegte die Waffe in der Küche auf einem Handtuch, reinigte sie, ölte sie, füllte das Magazin auf und ließ es in den Griff gleiten.

Schließlich hielt ich die Beretta in der Hand, roch dran, rieb sie von außen ab und steckte sie in meine Hosentasche.

Dann durchsuchte ich meine Wohnung noch einmal, aber es fehlte nichts. Ratlos setzte ich mich auf mein Bett und stierte auf den Boden. Dann bemerkte ich es. Die Einladung zu dem Klavierabend war verschwunden. Seit Tagen hatte sie zwischen den Büchern neben dem Bett gelegen. Jetzt war sie weg.

Aber mein Notebook hatten sie nicht angerührt. Ich fuhr es hoch, und die eingescannte Einladung leuchtete auf.

Ich ließ sie leuchten und döste auf dem Sofa vor mich hin.

»Partytime«

Es war Pierre. Er stand unten und hatte den Concierge anrufen lassen. Er wollte ausgehen und hatte kein anderes Opfer gefunden.

»Kein Bock. Nimm es mir nicht übel.«

»Das doch nicht. Ansonsten alles okay?«

»Aber ja.«

»Dann bis morgen.«

Ich folgte dem Licht des Bildschirms durch die dunkle Wohnung und starrte wieder auf die Schrift.

Vom ersten Tag meines Lebens an war ich hinter Alex hergekrochen. Meine Mutter hatte mich nach einem langen, dunklen Winter Mitte März auf die Welt gebracht, einen Monat zu früh. Alex war am selben Tag auf die Welt gekommen, nur drei Jahre zuvor.

Jemand hämmerte an meine Wohnungstür. Ich ließ mich vom Sofa fallen, die Beretta rutschte aus meiner Hosentasche und knallte auf den Boden.

»Mach doch auf.«

Es war Pierre. Zwei Flaschen 97er De Loach Chardonnay in der einen, eine Tüte in der anderen Hand.

»Leo sagt, du siehst schlecht aus.«

»Wer ist Leo?«

»Dein Concierge.«

Pierre lachte und hielt die Tüte hoch. »Thai Fast Food. Es gibt nichts Besseres.« Er lief an mir vorbei in Richtung Küche.

Als ich das Notebook ausschalten wollte, stand Pierre plötzlich hinter mir.

»Geheimnisse?«

Ich trat zu Seite.

»Lass dir das nicht entgehen«, las Pierre die gescannte Schrift vom Bildschirm ab. »Und?«

»Das stand auf der Einladung.«

Er wartete, sah mich nur an.

»Ich kenne die Schrift.«

Pierre entspannte sich. »Deine erste Freundin?«

Ich schüttelte den Kopf »Das ist Alex' Schrift.«

Pierre wusste von Alex, keine Details, aber er wusste von Sarrazin und Alex' Tod. »Zeig mal die Einladung.«

Pierre ging immer den direkten Weg.

»Sie ist weg. Seit heute.«

»Und es hat nichts mit Schuldgefühlen zu tun?«

Pappschalen türmten sich vor uns, die beiden Chardonnays waren leer, wir waren zu Rotwein übergegangen.

Was sollte ich ihm antworten? Sicher hatte es damit zu tun.

Unsere Mutter besaß einen kleinen Schrank, in dem sie ihr Parfüm aufbewahrte. An einem hing sie besonders, den Namen verstand ich nie, aber wenn sie es auflegte, fiel manchmal das Wort Paris. Ich dachte immerzu an das Wort. Paris. Alex passte an dem Abend auf mich auf, aber ich kam an das Schränkchen, zog die Parfümflasche heraus und ließ sie fallen. Wie erstarrt saß ich vor den Scherben, als Alex mich fand.

Er ließ die Scherben verschwinden, nur gegen den Geruch kam er nicht an. Unsere Mutter roch es sofort, jedenfalls hörten wir sie in dem Schränkchen kramen, dann flog meine Zimmertür auf. Sie schrie mich an, aber da stand Alex im Zimmer. »Er war es nicht«, sagte er mit klarer Stimme. Ich hörte das Klatschen der Ohrfeigen, aber es war mein Gesicht, das unter meinen Tränen brannte wie Feuer.

»Glaubst du, dass an der Sache mit Alex was dran ist?« Im Halbdunkel war Pierres Gesicht kaum zu erkennen.

Ich wusste es nicht. Ich wünschte es mir. Vielleicht konnte ich dann die Sache mit Sarrazin noch klarstellen. Wenn er überhaupt noch mit mir sprach.

Als ich in die Schule kam, verschwand mein Vater mit Alex. Ich verstand nichts, nur dass Alex nicht mehr da war.

Zwei Monate lag ich todkrank im Krankenhaus. Organische Probleme fanden die Ärzte keine, aber sie fürchteten, dass ich es nicht mehr lange machen würde. Doch ich erholte mich, nachdem Alex einige Male zu Besuch kam. Aber ich wurde jähzornig und launisch, schloss mich tagelang ein, meine Mutter konnte mich nur aus dem Zimmer locken, wenn ein Brief von Alex kam.

Unsere Mutter heiratete wieder. Ihr neuer Mann kümmerte sich wenig um mich, aber er verstand mich. »Du bist«, sagte er einmal, nachdem wir stundenlang schweigend nebeneinander im Auto gesessen hatten, »nur ein halber Mensch.«

War Alex nicht da, unterhielt ich mich mit ihm. Ich hatte ein Bild von ihm, nicht mehr ganz neu. In der Schule hatte mich ein Lehrer einmal gefragt, warum ich dauernd ein Bild von mir anstarrte. Da war schon was dran.

»Wir sollten Sarrazin aufspüren, das wäre doch kein Problem. Dann ziehen wir ihn ein bisschen durch den Dreck«, sagte Pierre.

»Ich weiß zu wenig über ihn. Es könnte sein, dass wir dann das letzte Mal jemanden durch den Dreck gezogen haben. Er gehört zu irgendeinem Nachrichtendienst.«

Pierre schnaufte in sein Weinglas. »Hast du Angst?«

»Vielleicht.«

»Vor Sarrazin?«

»Ich hatte gehofft, dass ich das alles hinter mir habe.«

»Dann räum' die alten Sachen weg. Ein für alle Mal. Wenn du willst, bin ich dabei«, murmelte Pierre.

Wegzuräumen gab es eine Menge. Mehr als Pierre wusste.

Ich war schließlich auf einem Internat gelandet, einem kleinen Schloss in Hessen.

Bereits die dritte Nacht verbrachte ich unter einer kalten Dusche, an das Wasserrohr gefesselt. Das war nur der Anfang. Sie weckten mich nachts, und wenn ich hochfuhr, riss ich mir den Hals an einem Stacheldraht auf, den sie über mein Bett gespannt hatten.

So ging es weiter, Nacht für Nacht, es war vor allem einer der Jungen, mit denen ich das Zimmer teilte. Sie nannten ihn Opa, weil er der älteste war. Eines Nachts hielten sie mich fest, schlossen mir ein Schloss um Schwanz und Hoden. Dann sah ich zum ersten Mal in meinem Leben ein Pornoheft, Schwänze, die in Frauenmündern verschwanden, Sperma auf riesigen Brüsten. Opa wedelte damit vor meinen Augen, kreischte vor Begeisterung über meine Erektion.

Die Schmerzen in meinem Schwanz trieben mir die Tränen in die Augen, ich bettelte um den Schlüssel für das Schloss, aber sie verschwanden in ihren Betten. Stundenlang hörte ich sie vor sich hin kichern, dann wanderten die Hefte von Bett zu Bett. Ich lag wach und betete, dass das gestaute Blut aus meinem Schwanz abfloss. Als die Aufsicht zum Wecken in unser Zimmer kam, steckte mir jemand den Schlüssel zu.

Es dauerte Wochen, bis die Quälerei aufhörte. Opa konnte nicht verkraften, dass ich ihn ignorierte.

Meine Mutter hatte sich wieder scheiden lassen, sie rief mitten in der Unterrichtszeit an, um es mir zu sagen. Ich stand im Lehrerzimmer am Telefon, sie heulte in den Apparat, bis ich auflegte. Alle zwei Tage schrieb ich an Alex. Jeden Monat kam ein Brief von ihm. Oft legte ich ihn neben mein Schulheft und imitierte seine Handschrift. Ich hatte ihm von den Quälereien erzählt. Schlag zurück, wenn sie nicht damit rechnen, schrieb er.

»Und du bist sicher, dass Alex nach der Geschichte mit Sarrazin in Spanien nie wieder versucht hat, Kontakt aufzunehmen. Seltsame Telefongespräche oder so was?«

Pierre war hinter dem Zigarrenqualm kaum zu erkennen. Ich stand auf und öffnete das Fenster.

»Manchmal bilde ich mir ein, ihn zu sehen. Für einen Augenblick bin ich mir sicher. Aber dann bin ich es meistens selber. Vor einem Spiegel. Oder in einem Schaufenster.«

»Stressphänomen. Heautoskopie.« Pierre liebte das. Mit seinem Wissen zu prahlen. Besonders, wenn er betrunken war. »Ganz klar Stress.«

Als ich Alex das erste Mal so sah, dachte ich, ich hätte den Stress schon hinter mir.

Es war ein Wochenende im Herbst, die meisten Schüler waren von ihren Eltern abgeholt worden. Den ganzen Sonntag wanderte ich durch den dichten Wald hinter dem Internat, die Strahlen der Herbstsonne tauchten die Büsche in ein rotgerändertes Gelb. Den Bach schaffte ich nicht ganz, beim Absprung rutschte ich ab und landete mit dem rechten Schuh im Wasser. Ich hockte mich zwischen die Farne ans Ufer, stierte auf meinen nassen Turnschuh, die festen Wollsocken.

Da tauchte Alex auf. Obwohl ich unsicher war, ob ich es nicht selber war. Die Gestalt kniete auf der anderen Seite des Bachs. Schmales Gesicht und dunkle Schatten unter den Augen.

Ich zog den nassen Schuh und die Socke aus, füllte sie mit Sand und kleinen Steinen aus dem Bach und horchte mit offenen Augen auf das Summen der Fliegen in der Sonne, das Plätschern des Bachs.

Ich sah zu Alex hinüber, aber er war verschwunden.

Im Internat herrschte Ruhe, es roch nach Essen, Holz und Bohnerwachs. Draußen an der Schlosswand zogen sie ein Gerüst hoch.

Das Zimmer, das ich mit Opa und zwei anderen teilte, war leer. Ich setzte mich an den Tisch in der Mitte des Zimmers und legte die Socke vor mich hin.

Ein Auto brummte die Auffahrt herauf, Eltern, die ihre Kinder nach dem Wochenende ins Internat zurückbrachten.

Ich nahm meine Socke, trat ans Fenster. Da schoss ein dunkler Schatten vor mir hoch. Opa. Er hatte sich draußen auf dem Baugerüst versteckt. Ich weiß nicht, was er mir ins Gesicht schreien wollte, sein Mund war schon offen, aber er kam nicht mehr dazu. Mit aller Wucht schlug ich ihm die Socke vor den Kopf, ein weiches, sanftes Geräusch, als sie ihn genau an der Schläfe neben dem linken Auge traf. Er rutschte in sich zusammen, blieb vor mir auf dem Gerüst hocken, an eine Verstrebung gelehnt.

Sein linkes Auge war geschlossen, sein rechtes stierte bewegungslos in meine Richtung. Ich glaube nicht, dass er mich sah. Sein Atem rasselte. Das Auto war um die Ecke verschwunden.

Ich berührte seine Schulter, drückte fester, und langsam kippte er zur Seite, rutschte unter der Verstrebung durch und verschwand. Ein paar Mal schlug er noch gegen das Gerüst, ein metallisch vibrierender Ton, dann hörte ich einen dumpfen Aufprall.

Die Tage darauf gab es ein bisschen Theater, aber auf mich kam niemand. Bei der Beerdigung von Opa hielt ich mich in den hinteren Reihen.

Drei Jahre später legte ich das beste Abitur meines Jahrgangs hin. Meine Mutter starb ein paar Monate später. Sie hatte sich betrunken in ihren Golf gesetzt und war an einer ruhigen Ecke von Berlin mit Vollgas gegen eine Mauer gefahren.

Lange bevor es hell wurde, stand ich angezogen am Fenster. Pierre schlief auf dem Sofa, ab und zu schnarchte er leise. Das Fenster stand noch immer einen Spalt breit auf, im Zimmer war es eiskalt. Ich zog eine Decke über Pierre und legte ihm eine Notiz neben das Sofa. »Bin aufräumen.« Dann steckte ich die Beretta ein.

»Morgen, Leo.«

Der Concierge verbeugte sich. »Nach all den Jahren, Herr Danco, welche Ehre.«

Es regnete leicht, auf der Avenue Louise fuhr eine Straßenbahn, ein langer Wurm, aus dessen Seiten Licht fiel. Ich nahm die Bahn, dann lief ich den Rest des Weges bis zu der Schule, in der das Klavierkonzert stattgefunden hatte. Es war kurz vor acht, Kinder strömten in die Schule. Eine Concierge saß hinter einer Glasscheibe in ihrer Loge neben dem Eingang.

»Ich habe gerade meine Tochter abgeliefert. Kann ich bei Ihnen mal telefonieren?«

Sie nickte freundlich, winkte mich in ihre Loge, zeigte auf ein Telefon und verließ den Raum. Ich rief bei der Sestre an, eine ältere Stimme murmelte »Ja?«, ich gab mich als Angestellter der Schule aus.

Wenn Sarrazin das Telefon der Sestre überwachen ließ, dann kam der Anruf aus der Schule.

»Wir wollten Madame Sestre an einen Schulempfang erinnern. Leider fehlt uns ihre Büroadresse.«

Die Antwort überraschte mich nicht, eine Adresse in der Nähe des Berlaymont-Gebäudes, Rue Joseph II. Ich kannte das Haus, ein moderner Kasten aus Marmor und Glas, vor dem Eingang eine Frauenskulptur.

Theresa Sestre gehörte zu der Hand voll Menschen, die vergeblich dafür arbeiteten, dass die Europäische Kommission mit ihren Milliarden nicht völlig zum Selbstbedienungsladen wurde. Sie arbeitete im Büro für Betrugsbekämpfung der Europäischen Kommission. Noch zwei Anrufe, und ich wusste genau, wo sie hingehörte. Abteilung B, Externe Hilfsprogramme.

7

Alles hatte ich Pierre nicht erzählt.

Nicht Alex, sondern Sarrazin hatte sich noch einmal bei mir gemeldet. Gut drei Monate nach dem Tod von Alex. Ein paar Tage, nachdem die RAF den Banker Alfred Herrhausen in Bonn in die Luft gesprengt hatte. Zur Wendezeit, als die DDR den Geist aufgab.

»Nur damit Sie mal wissen, wo Ihr Bruder so alles seine Finger drin hatte,« wisperte Sarrazin ins Telefon.

»Das kann er ja kaum gewesen sein. Sie haben ihn doch vor drei Monaten hinrichten lassen.«

Er schwieg einen Augenblick, als überlege er. »Sie vergessen eins, Danco", flüsterte er dann. »Sie haben ihn hinrichten lassen, nicht ich. Sie haben nicht kooperiert. Deshalb ist er tot. Nicht, dass es schade um ihn ist.« Er schwieg einen Moment. »Trotzdem, der Anschlag auf Herrhausen trägt seine Handschrift.«

Ich riss mich zusammen, um nicht auszurasten.

Er lachte leise in den Hörer.

»Sarrazin?« Er antwortete nicht.

»Sarrazin?« Schweigen. Nur leise Klaviermusik war im Hintergrund zu hören. Und eine Stimme, die dazu summte.

»Ich lege dich um, du Drecksau. Verlass dich drauf, ich bringe dich um«, schrie ich ins Telefon und warf den Hörer gegen die Wand.

Aber trotz dieses Versprechens hatte ich die Beretta wieder weggeräumt. Hatte mich in der Arbeit vergraben. Zwischendurch suchte ich nach irgendeiner Erklärung. Erst sollte ich wissen, dass Sarrazin in Brüssel war. Und Kontakte zu einer Frau und deren Klavier spielendem Sohn hatte. Ich wusste, wer die Frau war, wo sie arbeitete. Nur half es mir nicht weiter. Dann stahlen Sarrazins Schergen die Einladung aus meiner Wohnung.

Aber es hatte gereicht, Sarrazins Gesicht zu sehen, ich wusste auch so, dass das Spiel noch lange nicht zu Ende war.

»Sie suchen dich.«

Alex hatte leise an die Tür des Schranks geklopft. Er stand im Zimmer meines Großvaters. Ich hatte die Kleider auseinandergeschoben, die Schuhe, die auf dem Boden des Schranks standen, zur Seite geräumt und war hineingeklettert. Dann lehnte ich mich gegen die Schäfte von Reitstiefeln, die seit Jahrzehnten unbenutzt waren, atmete den Geruch von Haarwasser und Zigarren ein und zog die Tür an den Krawatten, die von einer Stange innen an der Schranktür herunterhingen, hinter mir zu.

Wenn ich als Kind nicht weiter wusste, setzte ich mich immer in den Schrank. Ab und zu hörte ich die lauten Stimmen, die nach mir suchten. Doch Alex ahnte, wo ich war und die Stimmen ebbten wieder ab.

Normalerweise war alles ruhig. Wenn ich Stunden später wieder herauskroch, wusste ich zwar auch nicht weiter, aber es machte mir nichts mehr aus.

Nie hatte jemand die Tür geöffnet, bevor ich herauskam. Nur Alex hatte manchmal vor dem Schrank gehockt und leise mit mir geredet.

Solche Schränke wurden mir zur Gewohnheit, mit dem Alter

waren kleine Kneipen daraus geworden, dunkle Clubs, gepolsterte Gossen, durch die das Leben seinen Dreck spülte, Licht, so schwach, dass es keinen Schatten warf und Gerüche, die die Nerven beruhigten. Manchmal kam ich jahrelang ohne solch einen Schrank aus.

Jetzt brauchte ich einen.

Rui's Laden war so ein Schrank für mich.

Portugiesische Gitarren flirrten durch den Raum, als ich die Tür aufstieß. Carlos Paredes' »Canção verdes anos«. Rui aß zusammen mit seinen beiden Kellnern zu Mittag. Als er mich sah, sprang er auf.

Rui ließ immer alles stehen und liegen, wenn ich aufkreuzte. Er stammte aus Lissabon, Pierre war mal mit seiner Schwester befreundet gewesen, als Rui noch Kellner in einer Bar in Brüssel war. Dann hatte Rui die Chance gesehen, ein Restaurant aufzumachen. Pierre und ich gaben ihm das Geld dazu.

»Freut mich. Freut mich wirklich.« Er hielt meine Hand fest, während er aufstand und mir über die kurzen Haare fuhr. Nur bei mir machte er das. »Ärger?«

Sein Restaurant lag nicht weit vom Flughafen. »Navegador« stand auf der blauen Jalousie über der Tür, Farne in den Porzellantöpfen im Fenster, ein Teppichboden mit braunen Blumen, die gekalkten Wände dunkel vom Zigarettenqualm und Knoblauchdunst. Aber der Laden brummte.

Rui wusste, dass sein Lokal für mich ein Schrank war.

Ich schüttelte den Kopf. »Keine Ahnung.«

Mit einem zischenden Laut zog er die Luft durch seine Schneidezähne, verschwand in der Küche, kam aber sofort zurück. »Es ist noch was da.«

»Danke nein.«

Rui machte eine beruhigende Bewegung mit den Händen. »Warte ab.«

Ich setzte mich, er brachte mir Brot und Rotwein, dann stellte er eine schmale Tonpfanne vor mich hin, legte ein rußiges Gitter drüber, darauf zwei kleine Würste, übergoss sie mit Bagaco und zündete sie an. Dann ließ er mich allein und setzte sich wieder zu seinen Kellnern an den Tisch.

Der warme Alkohol stieg mir in die Nase, während ich in die bläulichen Flammen starrte. Über dem Haus dröhnten die Flugzeuge.

Ich blies in die Flammen, wendete die Würstchen und wartete, dass das Feuer erlosch. Ruhig kaute ich vor mich hin, der Geschmack von Thymian, Cayenne-Pfeffer und der Rotwein legten sich beruhigend über meine Nerven. Ich glotzte rüber zu einem Tisch voller kichernder Stewardessen, die die Zeit bis zum nächsten Flug totschlugen, zu den schmierigen Leuchtern an der Decke, ineinander verknotete Hirschgeweihe.

Rui kam vorbei. »Besser?«

»Viel besser.«

»Ich komme gleich«, sagte er noch.

Doch dann machte jemand die Schranktür auf.

Sie waren zu zweit, die beiden blonden Typen, von denen mein Concierge gesprochen hatte. Sie steuerten zielstrebig auf mich zu, nachdem sie das Lokal mit einem abschätzigen Blick gemustert hatten. Man sah ihren Gesichtern an, was sie von solchen Restaurants hielten. Sie waren einfach zu dämlich, zweite Wahl. Erstaunlich bei Sarrazin. Aber es beruhigte mich.

Als sie sich mir gegenüber hinsetzten, trat Rui neben sie, aber einer der Typen schob ihn ohne hinzusehen mit einer Hand zur Seite.

»Verpiss dich. Wir gehen sowieso.«

Neben dem Typ stand noch ein Stuhl. Rui packte die Hand, die ihn zur Seite schieben wollte und knallte den Unterarm mit aller Wucht auf die Stuhllehne. Ich hörte die Knochen brechen, ein Splitter bohrte sich nahe dem Handgelenk durch die Haut. Bevor der Typ noch schreien konnte, hatte Rui ihm einen länglichen, ledernen Sack vor den Hals geschlagen. Geschrotetes Blei, tippte ich.

Sie waren wirklich zu blöd. Der Zweite hatte sich so eng an den Tisch geklemmt, dass er Probleme hatte, an seine Waffe zu kommen. Ich drückte ihm den Tisch gegen den Bauch, wollte mich auf ihn werfen, aber da zog Rui ihm schon seinen Bleisack übers Ohr.

Am Nebentisch applaudierten die Stewardessen. »Rui, so kennen wir dich ja gar nicht.«

Die beiden, die uns am nächsten saßen, bestaunten den Schlagstock, »Tolles Rohr«, und kicherten. Rui verneigte sich leicht in ihre Richtung, dann quasselten sie weiter.

Ich wischte etwas verschütteten Rotwein auf, Rui schüttelte nachdenklich den Kopf. »In meinem eigenen Laden.«

Dann sah er fragend in meine Richtung »Soll ich die Polizei holen?«

»Lass uns mal kurz warten.«

Wir legten die beiden nebeneinander auf den Teppich mit den gelben und braunen Blumen, wahrscheinlich wurde ihnen schlecht, wenn sie aufwachten.

Einer der Kellner brachte uns eine neue Karaffe Rotwein.

»Noch ein Würstchen?«

Ich winkte ab, und wir tranken schweigend. Das einzige Geräusch war das Gequassel der Stewardessen, die beiden Kellner standen bei der Theke, die Hände hinter dem Rücken verschränkt.

»Was waren das für Clowns?«

Rui goss mir nach, der Rotwein bremste den Fluss meiner Gedanken spürbar.

»Scouts«, brummte ich, »jemand sucht mich.«

»Nix Ernstes, hoffe ich.«

Ich nahm noch einen ordentlichen Schluck. »Fürchte schon.«

Dann schwiegen wir wieder, während Rui mich besorgt ansah.

»Bin nichts mehr gewohnt.« Ich schob die Karaffe mit dem Wein in seine Richtung. »Und dann die Nerven.«

»Wir könnten dich hinten rauslassen«, sagte Rui.

Die Stewardessen zwitscherten seinen Namen, er stand auf, sie tätschelten ihn ab, zahlten und verschwanden. Das Restaurant war leer. Einer der Kellner wechselte die Musik.

»Nun?« Rui beugte sich zu mir herunter.

»Willst du mich loswerden?«

Er sah rüber zu seinen Kellnern, seufzte. »Dieser Laden ernährt drei Familien.«

»Okay. Ich bin weg.«

Ich kam aus meinem Stuhl hoch, doch Rui stieß mich leicht zurück. »War'n Witz. Sei kein Arsch.«

»Das geht jetzt schon eine ganze Weile so«, sagte ich leise zu ihm, »aber so nah waren sie noch nie an mir dran.«

»Und was wollen sie?«

»Ich weiß es nicht.«

»Gut, dann finden wir's raus.«

Die Stewardessen waren kaum verschwunden, da wurde das Fenster hinter mir von einem Gesicht verdunkelt. Augen, rund wie Lotto-kugeln, umrahmt von der viereckigen Wischnewski-Brille.

Der Kopf verschwand, die Tür ging auf, und ein junger Typ kam herein, eine Pistole in der Hand. Hinter ihm eine leicht atemlose Stimme. Ich würde sie überall wiedererkennen.

»Waffe weg.«

Der Typ zögerte, als er die beiden Figuren auf dem Blumenteppich-boden sah.

»Ich sagte, Waffe weg.«

Sie verschwand in seiner Manteltasche, er machte einen Schritt nach vorn, und Sarrazin tauchte hinter ihm auf, gefolgt von Jacob, die langen, weißen Haare sorgfältig hinter die Ohren gelegt.

Sarrazin würdigte seine Leute auf dem Blumenteppich keines Blickes.

»War das nötig?«, wandte er sich an Rui.

»Sie sparen am falschen Ende, Sarrazin, Ihre Truppe hat kein For-mat mehr«, mischte ich mich ein. Rui sparte sich eine Antwort.

Sarrazins teigiges Gesicht wanderte langsam zu mir. »Das war mal anders, was, Danco?«

Ich nickte heftig, der Alkohol schwappte in meinem Kopf.

Sarrazin machte einen Schritt zur Seite, gab seinem Begleiter einen Wink. »Schaff' sie raus.«

Niemand bewegte sich in dem engen Restaurant, nur Sarrazins Knecht. Er ging zur Theke, ließ sich ein Handtuch geben, hielt es unter den Wasserhahn und warf es dem mit dem zersplitterten Unter-arm aufs Gesicht. Der kam langsam zu sich, versuchte sich aufzurich-ten, stützte sich dabei auf die falsche Hand und fiel mit einem Schrei zur Seite. Sarrazins Knecht zog ihn hoch und verschwand mit ihm nach draußen. Mit dem Zweiten ging es schneller, vor allem lautloser.

Niemand sagte ein Wort. Sarrazin starrte geistesabwesend seinen Leuten hinterher, Jacob hatte sich einen Stuhl neben die Tür gezo-gen und lächelte mich freundlich an.

Aus dem Lautsprecher über uns klimperte ein Klavier. »Wie un-passend«, murmelte Sarrazin, »Milhaud. Saudades do Brazil.« Diese Macke hatte er nicht aufgegeben.

Schließlich nahm Sarrazin mir gegenüber Platz. »Ich müsste in Ruhe mit Max reden«, wandte er sich an Rui.

»Rui stört mich nicht.« Ich musste mich räuspern, bevor ich es herausbekam.

Sarrazin sah mich an. »Je weniger er weiß, um so besser für ihn.« Ich sah zu Jacob rüber, der mir zunickte, dann zu Rui. »Ich denke, es ist cool.«

So wie Rui mich ansah, schien er seine Zweifel zu haben. Doch er verschwand mit seinen Kellnern durch die Tür hinter der Bar.

Ich drehte mich zu Sarrazin um. Meine Augen brauchten für den Weg einen Moment länger als mein Kopf. Zu viel Wein. Zu dünne Nerven.

»Na, wie steht's denn so mit dem Brotfressen?« Ich grinste Sarrazin an.

Seine riesigen Augen fixierten mich. Ich suchte nach der Verachtung, die sie immer gezeigt hatten, der Arroganz, der Freude, andere zu manipulieren. Aber was ich sah, war fahle, feuchte Haut, wie eine durchsichtige Folie, die über Verschimmeltem liegt.

Das half.

»Sie sind lebhafter geworden. Im Gegensatz zu früher«, sagte Sarrazin schließlich.

»Kann man von Ihnen nicht sagen.« Ich gab mir nicht mal die Mühe, ein kurzes triumphierendes Lachen zu unterdrücken.

»Früher war Ihr Bruder der Lebhaftere«, nuschelte er.

»Bis Sie dazwischen kamen, Sarrazin.«

»Er hat bekommen, was er verdient hat.« Seine Augen schienen aus den Höhlen zu quellen, während sie mich fixierten.

»Wer weiß«, sagte ich leise, »vielleicht ja auch nicht.«

Sarrazin richtete sich etwas auf. Nicht, dass er die Farbe wechselte, dazu war schon lange nicht mehr genug Leben in ihm. Aber es sah aus, als würde er einen Schatten blasser. Stumpfe Lichtreflexe glänzten auf seinem wächsernen Gesicht, die dunklen, feuchten Schatten um seine Augen wurden noch schwärzer. Jacob zuckte mit den Schultern.

Und dann fing Sarrazins Augenlid an zu flattern, der Tick, der mir mir schon bei dem Konzert aufgefallen war. Allmählich entspannte ich mich. Sarrazin war wirklich nicht mehr der Alte. Er war krank. Ich würde ihn umlegen, das wusste ich in diesem Augenblick. Selbst wenn es nicht mehr war als die späte Korrektur der Vorsehung.

Er sah mich an, das linke Augenlid verkrampfte sich, wurde zitternd nach unten gezogen und sprang wieder hoch. »Hat sich Ihr Bruder aus der Hölle bei Ihnen gemeldet, Danco?«

Er atmete schwer. In seinen Mundwinkeln bildeten sich kleine weiße Bläschen.

Ich starrte ihn an und antwortete nicht.

Er begann mit den Fingern auf den Tisch zu trommeln. »Was interessiert Sie an der Frau, Danco?«

»Welcher Frau?«

»Sie haben uns beobachtet. Bei der Aufführung in der Schule, dann haben Sie sich als Lehrer ausgegeben, um ihre Adresse herauszubekommen.« Auf seinem Gesicht erschien ein müdes Grinsen. »Sie hätten nicht von der Loge aus telefonieren sollen. Kein Lehrer benutzt dieses Telefon.«

»Ich hatte eine Einladung zu dem Klavierabend.«

»Von wem?«

Einen Augenblick zögerte ich, dann war es raus. »Von Alex.«

Wieder kroch dieser Tick über Sarrazins Gesicht. Seine Augenbraue hatte etwas von einem Wurm auf einer heißen Herdplatte. Dann beruhigte er sich wieder.

»Haben Sie die Einladung dabei?«

»Nein. Sie ist weg.«

Er beugte sich zu mir, sagte heiser: »Danco«.

Ich antwortete im selben Tonfall: »Sarrazin.« Dann richtete ich mich wieder auf. »Was soll das Spiel? Werden Sie's los und verpissen Sie sich. Und zwar endgültig.«

Ein müdes Lächeln zog über sein krankes Gesicht. »Sie wollten mich umbringen, schon vergessen? Das schweißt Menschen zusammen. Da kann ich Sie doch nicht einfach aus den Augen lassen.«

Wieder die fahrige Bewegung seiner teigigen Hand. »Sie kennen die Frau?«

»Kennen? Wieso kennen?«

Er starrte mich an, zögerte einen Moment. »Also gut, was wissen Sie von ihr?«

»Ich weiß, wie sie heißt, Theresa Sestre, ich weiß, wo sie wohnt.« Ich fixierte sein Augenlid. »Und dass sie einen kleinen Jungen hat, vielleicht elf, zwölf Jahre alt. Ich weiß noch nicht warum, aber die beiden interessieren mich.«

Der Krampf stieg diesmal vom Augenlid auf, krümmte seine Braue und zog dann das Lid soweit herunter, dass es fast das ganze Auge schloss. Mit einem Schlag war ich so gut wie nüchtern.

»Der kleine Junge«, murmelte ich so leise, dass nur Sarrazin es hören konnte, »der hat es Ihnen angetan. Habe ich recht? Schöne Hände, da stehen Sie drauf. Wenn er Ihnen mit seinen Pianistenhänden einen runterholt? Oder polieren Sie ihm die Fresse mit Ihrem Schlagring?«, flüsterte ich. Immerhin waren wir in Belgien. »Ein süßer Arsch ...«

Weiter kam ich nicht. Seine Augenbraue lenkte mich ab.

Sarrazins Hand schoss vor, packte mein Ohr und riss meinen Kopf nach vorn. Ich hörte Jacob »Nicht, Sarrazin« zischen, drehte aus einem Reflex heraus mein Gesicht zur Seite, bevor mein Kopf in das Weinglas knallte, das vor mir stand. Es splitterte, als ich wieder hochkam, schoss vor mir ein dicker Strahl Blut auf den Tisch. Mir wurde schlecht.

Sarrazin hielt mein Ohr fest. »Noch ein Wort.«

Rui stand auf einmal im Raum, in Jacobs Hand war eine Pistole mit Schalldämpfer aufgetaucht.

»Ein kleines Malheur«, sagte Jacob ruhig, »bringen Sie ihm bitte ein Handtuch.«

Rui zögerte, verschwand schließlich und kam mit einem Tuch zurück. Ich drückte es auf meine Wange, jetzt spürte ich ein warmes Pulsieren im Mund, fummelte mit der Zunge in meiner Wange herum, fand ein kleines Loch und drückte sie fest darauf.

Sarrazins Augen kamen näher, seine teigigen Hände lagen in der Blutlache vor uns auf dem Tisch, aber offenbar spürte er sie nicht.

»Sie tauchen auf, Danco, und die Frau verschwindet. Mit dem Kind. Und ganz zufällig wollten auch Sie einen Tag später verreisen. Sie ist nach Faro geflogen. Genau dahin, wo Sie auch hin wollten, Danco. Sicher ein Zufall.« Er unterbrach sich, als versuche er die Kontrolle über sich zurück zu gewinnen. »Wir wissen, dass sie für ihr Büro unterwegs ist. Von Faro ist sie auf die Kapverden weiter geflogen. Dort haben wir sie verloren.«

Ich lehnte mich zurück, weg von ihm. Sarrazin sah mich fragend an. Ich stieß ein paar unartikulierte Laute aus und schüttelte vorsichtig den Kopf.

»Sie sind schlecht zu verstehen«, sagte er heiser.

In meinem Hals staute sich das Blut, ich wagte nicht, es hinunter zu schlucken aus Angst, irgendwo im Mund einen Glassplitter zu haben. Ich ließ kurz das Loch in meiner Wange los und spuckte das Blut in die Karaffe.

Sarrazin sah mir zu, spielte dabei mit dem abgebrochenen Stiel des Weinglases.

Jacob mischte sich ein. »Lassen wir es gut sein, Sarrazin.«

Sarrazin stand auf. »Sie holen das Kind zurück. Meinetwegen auch die Frau. Sie holen sie zurück.«

Massig stand er vor mir, Augen wie ein Insekt.

»Warum sollte ich?« Das Sprechen fiel mir schwer.

»Weil das alles mit deinem Scheißbruder angefangen hat. Weil ich nur wegen diesem miesen Stück Dreck hier stehe. Weil du damals versagt hast, Danco. Versagt. Wir hatten ihn fast. Aber du musstest deine kindische Nummer durchziehen.«

»Und wenn nicht?«

Die Insektenaugen wanderten durch das Restaurant, blieben auf Rui hängen. Schließlich wanderten sie weiter zu mir. »Sieh dich um.«

Als ich mich nicht bewegte, langte seine blutbefleckte Hand nach mir. Ich fuhr zurück.

»Sieh dich um.«

Ich warf ein Blick auf Rui.

»Weil du dann niemanden wiedersehen wirst, mit dem du jemals mehr als zwei Worte gewechselt hast, Danco. Ihn nicht«, Sarrazins Hand hob sich in Richtung Rui, »die beiden nicht«, die Hand wanderte zu den Kellnern hinter der Bar, »deinen Partner nicht, eure Sekretärin nicht, an der ihr beide so hängt. Ich kenne sie alle, Danco.« Dann beugte er sich zu mir herunter, bis seine Augen nur noch eine Handbreit von meinen entfernt waren. »Und dann bist du dran. Und du wirst sie alle beneiden, weil sie den Tod schon hinter sich haben. In zwei Wochen stirbt der Erste.«

Blut lief mir zwischen den Zähnen hervor übers Kinn. Ich wollte antworten, aber ich schaffte es nicht mehr. Jacob tauchte neben Sarrazin auf und warf einen Umschlag auf den Tisch.

Sarrazin sah mich noch einmal an, ein riesiges, irrsinniges Insekt. Dann drehte er sich um und ging.

8

Die Frau in dem Reisebüro an der Galerie Ravenstein war dieselbe wie bei meinem letzten Versuch, erinnerte sich sogar an mich. Sie warf einen überraschten Blick auf das Pflaster an meiner Wange, sagte aber nichts.

»Santiago. Auf den Kapverden«, sagte ich, »über Berlin.« Ich musste mir mein Visum erneuern lassen.

»Ernsthaft?«

»Ernsthaft Berlin oder ernsthaft Kapverden?«

»Ernsthaft Kapverden. Direkt nach Santiago geht nichts. Es gibt auf den Inseln nur einen großen Flughafen. Auf Sal. Von da geht es weiter, von Insel zu Insel. Ein unendliches Theater. Winzige, alte Flieger.«

Wenigstens versuchte sie nicht, mir etwas zu verkaufen. Ich machte Anstalten, aufzustehen. »Soll ich in ein anderes Reisebüro gehen?«

»Ich dachte, ich sage es Ihnen vorher.«

Sie fand schließlich einen Charterflieger von Berlin auf die Kapverden.

»Behalten Sie die Nerven.«

»Sie auch«, antwortete ich.

»Gute Besserung.«

Sie tippte mit dem Finger auf ihre Wange.

»Kann ich gebrauchen.«

Mit der Zungenspitze fuhr ich über die Naht in meinem Mund.

Rui hatte mich nach dem Auftritt von Sarrazin ins Krankenhaus gebracht, sie hatten mir das Loch in der Wange zugenäht. Die ganze Nacht hatte ich die Unterlagen aus Jacobs Umschlag gelesen, immer und immer wieder. Zwei Fotos waren dabei, eins von der Sestre und eins von einem kräftigen älteren Mann. Roman Rossi, Calhau, stand drauf. Dann ein paar Namen von Orten und Inseln, wo sie die Sestre und ihren Sohn zuletzt gesehen hatten. Schwarze Blutflecken hatten den Umschlag hart und spröde werden lassen.

Ich packte eine Tasche, steckte mein Notebook ein, ganz wollte ich den Kontakt zur Welt doch nicht aufgeben. In der Küche spielte ich noch ein bisschen mit meiner Beretta, entschloss mich dann, sie hier zu lassen.

Und um mich an mein Versprechen zu erinnern, brauchte ich sie nicht mehr. Da gab es Anderes. Reichlich sogar. Am nächsten Morgen ließ ich mir im Krankenhaus die Fäden ziehen, dann brachte Pierre mich zum Flughafen.

»Wenn es mal eng wird.« Er holte ein kleines Päckchen aus der Tasche. »Nur nicht mit ins Handgepäck«, grinste er und umarmte mich.

»Bis bald«, sagte er.

Ich sah ihm nach, bis die Menschenmassen auf dem Flughafen ihn verschluckten.

Es war ein Spyderco, ein schönes, scharfes Klappmesser. Man braucht nur eine Hand, um es zu öffnen. Ich verstaute es in meiner Tasche und checkte sie ein.

In Berlin fuhr ich zur Botschaft, und am Abend saß ich mit dem Visum im Flieger Richtung Kapverden. Um mich herum fast nur Trainingsanzüge.

So musste er aussehen, der Weg in die Hölle.

Anfangs sah ich nur die Hand, die jedesmal nach vorn schoss, wenn wir durchsackten und sich in die Rücklehne des Vordersitzes krallte, eine schwarze Hand, schöne, schmale Finger, über den Gelenken schimmerte die Haut heller.

Alles ging gut, bis der Pilot über der westafrikanischen Küste eine Zone regionaler Turbulenzen ankündigte, die Anschnallzeichen blinkten, die Stewardessen ihre Container aus den Gängen rollten und nur noch Schlaglöcher kamen. Ungerührt stopften die Trainingsanzüge das Essen in sich hinein. Jetzt punkteten Pärchen. Während der eine aß, hielt der andere die Getränke fest.

Ich saß am Gang. Die schwarze Hand war außer meiner die einzige, die nicht mit Essen beschäftigt war, sondern Halt suchte. Sie gehörte einer schlanken, samtschwarzen Frau. Sie hielt die Augen halb geschlossen. Als sich das Flugzeug ächzend schüttelte, drehte sie sich um und sah in meine Richtung. Ich lächelte ihr zu, so gut es ging, aber sie blickte durch mich hindurch, durch die Flugzeughaut, hinaus in den Nachthimmel bis an den dunklen Horizont.

Der Flieger knirschte, vereinzelt sprangen Gepäckfächer über den Sitzen auf, und mir war, als stieße die Frau einen leisen Schrei aus. Ihre Fingergelenke leuchteten auf, als sie ihre Hände in die Armlehne grub.

Die Turbulenzen zerrten an meinen Nerven. Ich war nassgeschwitzt, Sarrazin war weit weg. Mit aller Kraft stemmte ich mich gegen die Angst. Ich schloss die Augen, zwischen meinen Füßen tat sich ein riesiges Loch auf, Nacht, kalte, schwarze Nacht, durch die ich wie ein Stein verschwand.

Und dann ging das Gekotze los. Ein paar Trainingsanzüge übergaben sich in die kleinen Tüten, andere in dieselben Näpfchen, aus denen sie eben noch ihren Fraß gelöffelt hatten.

Ich sah, wie die Kieferknochen der Schwarzen hervortraten, ihre Haut sich spannte. Schweiß lief mir in die Augen.

Zwanzig Minuten später war alles vorbei, und mit dem Enthusiasmus der gerade noch einmal Davongekommenen machten sich die Trainingsanzüge ans Aufräumen.

Die schwarze Hand blieb um die Lehne geklammert, zwar entspannter, aber sie blieb dran.

Gut fünf Stunden später setzten wir auf, die Trainingsanzüge klatschten. Die Türen öffneten sich und ein warmer Wind wehte durch das Flugzeug.

Die Kapverden. Das Spiel konnte beginnen.

Die Taxis standen auf einem staubigen Platz aus getretener Erde, auf den ersten Blick kaum zu sehen in dem Gewimmel von Schwarzen. Durch das Licht der Neonleuchten zogen Staubfahnen, aufgewirbelt von übermüdeten Touristen, dicht gedrängt, hin- und hergescheucht vom Gebrüll der Taxifahrer.

Ich hatte einen schlechten Geschmack im Mund, mein festgetrockneter Angstschweiß stank. Der Flughafen war eine Bretterbude, sämtliche Schalter geschlossen, nur ein winziges Büro, über dem in blauer Schrift Aeroflot und Soviet Airlines stand, war beleuchtet. Ein Mann brüllte ins Telefon, ein zweiter, in dunkelgrauer Fliegermontur, stand rauchend in der Tür des Aeroflot-Büros und beobachtete geistesabwesend die Trainingsanzüge, die ihre Surfbretter zum Ausgang schoben. Unsere Blicke trafen sich kurz, dann stand ich auf dem Parkplatz.

Jetzt sah ich ihr Gesicht zum ersten Mal, ein schmales Gesicht mit dunklen Augen, Lippen wie Schiefer. Sie war etwas größer als ich, ihre schwarze Haut leuchtete im Neonlicht bläulich wie die eines Androiden. Mit festem Boden unter den Füßen wirkte sie kühl und abweisend, unbeeindruckt von der Hektik und dem Gebrüll der Taxifahrer um uns herum. Das Einzige, was sie verriet, war ihre helle Hose. Auf Höhe der Kniekehlen hatte sie kleine Schweißflecken.

Ich sah mich um. Die Flughafenbaracke schien der einzige beleuchtete Fleck auf der Insel zu sein.

Die Trainingsanzüge verschwanden in kleinen Bussen mit Hotelnamen. Ich schob mich langsam durch das Gedränge an die Frau heran, bis ich neben ihr stand. Taxifahrer quatschten auf mich ein und versuchten, mir das Gepäck aus der Hand zu nehmen. Ich hörte, wie sie einem Fahrer einen Namen nannte, Espargos.

Als sie einstieg, setzte ich mich ins nächste Taxi. »Fahren Sie hinter dem Taxi her.«

»Dem mit der Frau?«

»Dem mit der Frau.«

Bevor er losfuhr, wechselte der Fahrer ein paar Worte mit einem Mann, von dem ich nur den Schlangenledergürtel sehen konnte, den er zu seiner hellen Jeans trug. Verstehen konnte ich in dem Lärm nichts, dann ließ er den Motor an.

»Versuchen Sie, dran zu bleiben.«

Er machte keine Zicken, als er mein Portugiesisch hörte, und folgte dem Taxi mit der Schwarzen durch die Nacht.

»Gibt es da ein Hotel, wo wir hinfahren?«

»Central«, brummte er.

Vor uns leuchtete das Rücklicht des Taxis in der Dunkelheit, dann war es verschwunden. Die ersten Häuser tauchten auf, Fenster, aus denen Licht fiel. Wir bogen in eine schmale Gasse. Langsam schaukelten wir weiter, bis ein grünlich schimmernder Klotz im Scheinwerferlicht auftauchte. Durch eine Tür aus Milchglas fiel Licht und beleuchtete ein Brett neben der Tür, auf dem »Pensão" stand.

»Central«, murmelte der Fahrer noch einmal.

Ich nahm meine Tasche, zahlte, und das Taxi verschwand. Einen Atemzug blieb ich bewegungslos stehen, spürte die Hitze an mir hochsteigen, die die Steine und der Staub der schmalen Straße in die Nacht abstrahlten. Nichts bewegte sich, doch allmählich drangen vereinzelte Geräusche aus der Dunkelheit, schnelle Klarinettenmusik zu einem kreolischen Gesang, das Schlagen von Türen, das ferne Geschrei von Frauenstimmen, ein Moped gab Gas. Und dann löste sich wieder das Zirpen der Zikaden aus der Nacht.

Ich fragte mich, ob sie hier auch abgestiegen war.

Hinter der Milchglastür lief ein Fernseher. Ich wollte gerade die drei Stufen zur Tür hoch steigen, als ein Auto hinter mir hielt, zwei Männer ausstiegen und an mir vorbei in dem Haus verschwanden. Russen, wenn ich richtig gehört hatte. Beide trugen graue Fliegermonturen.

Ich stieß die Tür auf. Ein schwarzes Mädchen von vielleicht vierzehn Jahren kauerte hinter der Theke vor einem Fernsehschirm, der nicht mal einen Meter von ihr weg stand.

Als es mich bemerkte, schrie das Mädchen laut auf, ohne den Blick von dem Apparat zu nehmen. Eine Frau erschien, mit dunkelbrauner Haut, langen grauen Haaren und einer fleischigen, gebogenen Nase.

»Zimmer?«

Sie bemühte sich um ein verständliches Portugiesisch. Ich nickte.

»Eine Nacht?«

Länger schien es hier niemand auszuhalten.

»Ist hier gerade eine Frau abgestiegen?«

Als die Alte nicht reagierte, füllte ich das Anmeldeformular aus, zahlte, sah ihr dabei zu, wie sie das Formular wieder zerriss und die Schnipsel in einen Karton voller Müll warf. Ohne mich anzusehen, reichte sie mir einen Schlüssel.

Auf dem Weg nach oben bemerkte ich den Mann in der Fliegermontur, der neben der Treppe in einem alten Sessel saß und rauchte. Er hob leicht den Zeigefinger zum Gruß, als ich an ihm vorbeiging. Es war der Raucher aus dem Aeroflot-Büro am Flughafen.

Die Stufen waren gekachelt, wie der ganze Bau, im ersten Stock eine Reihe von schmalen Zimmern, die Trennwände zwischen den einzelnen Zimmern gingen nicht einmal bis zur Decke.

Am Ende des Ganges gab es eine Dusche, und ein paar Minuten später stand ich wieder unten. Der Raucher war verschwunden, das Kind schrie auf, die Frau erschien.

»Gibt's noch was zu essen?«

Mit der Hand schlug sie einen großen Bogen. »Vielleicht in der nächsten Straße.«

Jetzt, ohne den Schweiß auf dem Körper, war die Nacht wie ein weiches Tuch auf der Haut. Ziellos lief ich an dunklen Hauswänden vorbei, fand eine kleine Kneipe. In einer Ecke saßen die beiden Russen in ihren grauen Fliegerkombis hinter einer Batterie von Bierflaschen. Sie winkten mich heran. Nach ein paar Bier stellte sich heraus, dass sie hier auf der Insel zwischengelandet waren. Sie hatten ein Problem mit ihrer Iljuschin, nur was für eins, damit wollten sie nicht herausrücken. Ihr Englisch war schlecht, erst als der eine merkte, dass ich aus Deutschland kam, lief es besser. Er war acht Jahre in Dresden stationiert gewesen.

»Klasse, Dresden, große Klasse.«

Was sollte ich da widersprechen? Sein Kumpel legte sich auf der Sitzbank schlafen, wir tranken Bier, radebrechten über Deutschland, deutsche Frauen, ich stopfte mir einen Käse-Schinken Toast rein, er hatte so was noch nie gesehen, also bestellte ich noch einen für ihn, mehr Bier, mehr über Deutschland, deutsche Frauen, »teuer«, mehr Bier, mehr Toast.

Als ich aufs Klo musste, stürzte ich und hörte ihn lachen. Ich blieb liegen und lachte mit. Da stand er auf und stellte mich wieder auf die Beine.

»Ja?«

Jemand schlug an die Tür.

Ich drehte mich auf die Seite, blieb liegen. Durch die dichten Vorhänge drang kaum Licht. Der Russe stand in der Tür.

»Alles gut?«

Ich setzte mich auf, wartete darauf, dass das Haus einstürzte, aber nur die Wände gaben etwas nach. Geblendet wankte ich unter die Dusche.

Bevor ich nach unten ging, checkte ich die Papiere, die Sarrazin mir mitgegeben hatte. Ich musste auf die nächste Insel, Santiago, da war die Sestre zuletzt abgestiegen. Der Flieger ging am späten Nachmittag. Anders als mit dem Flugzeug war hier nicht wegzukommen.

Die beiden Russen saßen unten im Hotel neben dem Empfang und tranken Bier. Ich begnügte mich mit einem Milchkaffee, ein paar winzigen braunen Bananen und einer halben Maracuja.

»Wer hat gestern Abend gezahlt?«

Der Typ, der Deutsch konnte, zeigte auf den, der auf der Bank eingeschlafen war. Ich holte einen Packen kapverdische Escudos raus, reichte sie ihm herüber.

Er sagte etwas auf Russisch.

»Hast du Dollar?«, fragte der, der Deutsch konnte. Ich schob ihnen dreißig Dollar hin, sie gaben mir die Escudos zurück, grinsten mich an. »Nikolai« sagte der, der Deutsch konnte, und sie schoben mir eine Bierflasche rüber. »Max« sagte ich und lehnte ab.

Dann warteten wir vor dem Central auf das Taxi. Die Knie wurden mir weich in der Hitze, der Restalkohol fing an zu kochen. Ich setzte mich auf die Stufen, die beiden nippelten an ihren Bierflaschen.

»Was ist das Problem mit eurem Flieger?«

Ein bisschen Konversation würde mich von der Hitze ablenken.

»Plötzlich kein Druck. Kein Druck.«

Sie waren aus Südamerika hochgeflogen, auf dem Weg nach Moskau. Sie landeten immer in Sal zum Nachtanken. Nur diesmal schien es etwas Ernsteres.

»Und dann?«

»Oxygen, Oxygen«, sagte er und sah mich an.

»Sauerstoff?«

Er nickte. »Sauerstoffmasken auf. Und runter«, Nikolai machte mit der flachen Hand eine steile Bewegung nach unten, »kein Problem, alles Roger.«

Ich stierte in die Hitze. Alles Roger.

Das Taxi kam, und ich konzentrierte mich auf die Landschaft, endlose braune Wüste, ab und zu brusthohe, verdorrte Bäume, vom Wind alle in dieselbe Richtung gequält. Stechend blauer Himmel, ein paar durchsichtige Wolken am Himmel und eine Sonne, die das letzte Leben absterben ließ.

Im Flughafen nahmen die beiden mich mit ins Aeroflot-Büro.

Nikolai stellte sich rauchend in die Tür, der andere begann sofort zu telefonieren. Den Hörer zwischen Schulter und Kopf gepresst, hantierte er an einem Stahlschrank, der hinter ihm an der Wand stand. Nikolai und ich sahen ihm zu, wie er die Tresortür aufzog, einen Berg Papier vor sich auf den Schreibtisch knallte und ununterbrochen weiterredete.

Ganz hinten in dem Tresor schimmerten zwei Pistolen und mehrere Päckchen Munition. Nikolai bemerkte meinen Blick und zog die Bürotür zu.

»Für Notfälle.«

Ich nickte, der zweite Russe telefonierte noch immer, wühlte sich gleichzeitig durch den Papierberg. Nach gut einer halben Stunde legte er auf, zuckte die Schultern. Die beiden wechselten ein paar Worte, Nikolai übersetzte mehrmals in meine Richtung: »Scheiße.«

»Willst du sehen?«, fragte er schließlich.

»Gern.«

Die Pistolen gingen mir nicht aus dem Sinn. Er las meine Gedanken, knallte die Tresortür zu und lachte.

In der Hitze folgte ich ihnen über die Landebahn. Ich blinzelte gegen die Helligkeit an. Ein süßlicher Duft, eher nach Aas als nach Blumen, wehte über die Ebene. Wir kamen zu einer Rollbahn, die quer zu den beiden Start- und Landebahnen lief. An ihrem Ende stand ein heruntergekommenes Transportflugzeug in der prallen Sonne, links und rechts am Heck je zwei Triebwerke, ihre Iljuschin.

Im Schatten unter dem Flügel schlief ein junger Mann in Uniform. Als wir vor ihm standen, bellte Nikolai einen Namen, er schreckte hoch und stand auf. Eine Treppe war an die vordere Tür gerollt, die offen stand. Der junge Typ schien im Flugzeug übernachtet zu haben.

Wir stiegen die Treppe hoch. Aus dem süßlichen Geruch wurde ein beißender, heißer, ausweisloser Gestank. Die Sonne hatte eine Mikrowelle aus dem Flieger gemacht. Wir standen im Flugzeug vor der verschrammten Tür zum Laderaum. Der junge Russe packte die beiden Türhebel und sah Nikolai an, sie hielten sich die Hand vor Mund und Nase, machten mir ein Zeichen, das gleiche zu tun.

Wie eine zähe Flüssigkeit wälzte sich der kochend heiße Gestank aus der Tür, kroch an den Fingern vorbei in die Nase, drang durch die Haut, die Augen, in Kopf und Lungen. Ich musste mich an den Türrahmen lehnen, um nicht umzukippen, unterdrückte den Reiz, tief Luft zu holen. Dumpfe, schwere, süßliche Luft quoll aus dem dunklen Bauch des Flugzeugs, eine Mischung aus Blut und Kot.

»Scheiße«, hörte ich Nikolai durch den Gestank.

Wir traten durch die Tür in den Laderaum, der junge Russe knipste eine starke Taschenlampe an. Das Licht fiel durch lange Reihen von Gitterkäfigen, voll von einer gelblichen Masse aus Federn und Blut.

Küken.

Das ganze Flugzeug war voller Küken. Voller toter, zerfetzter Küken.

»Weißt du, was passiert, dünne Huhnknochen in zehntausend Meter hoch, plötzlich kein Druck?«

Wir saßen wieder in dem kleinen Aeroflot-Büro, der Gestank hing in den Kleidern und stach mir in die Nase. Nikolai bot all sein Deutsch auf.

»Kükenknochen«, korrigierte ich ihn matt.

Er schob einen Finger in den Mund, blies seine Wangen auf, bog den Finger zur Seite und ließ ihn mit einen hellen Plopp aus dem Mund schnappen. »Explodieren.«

So genau wollte ich es gar nicht wissen. Ich machte mich startklar in Richtung Tür. Aber es ging vorbei.

»Popkorn.«

Der zweite Russe schien »Popcorn« zu verstehen und nickte zustimmend.

»Wir dachten, Maschine zerbricht. Aber Knochen von kleine Hühner. Wie Popkorn.«

»Küken«, murmelte ich.

Er nickte. »Küjen.«

Wir schwiegen eine Weile vor uns hin. Schließlich öffneten sie wieder den Tresor. Ich spürte, wie Nikolai mich dabei beobachtete.

Die beiden Pistolen lagen noch an ihrem Platz.

»Könnt ihr eine entbehren?«

Wieder ein paar Worte auf Russisch, Nikolai schloss die Bürotür ab, ich begutachtete die Pistolen. Sie waren gut gepflegt. Die größere war eine Tec-9, mit der durchgeknallte amerikanische Schulkinder Massaker in ihren Schulen veranstalteten. Zu groß für mich. Die zweite war kleiner, nicht so schön wie meine Beretta. Aber sie würde reichen. Für Sarrazin.

Ich sah Nikolai fragend an. Er hob den Daumen.

»Makarov. Polen. Alt, aber gut.«

»Hundert Dollar?«, fragte ich

»Zweihundert«, grinste Nikolai .

»Hunderfünzig und für jeden ein Bier.«

Nikolai übersetzte, die beiden lachten, ich gab ihnen die Dollar und holte drei Bier aus der verwaisten Flughafenbar.

Als ich zurückkam, verriegelten sie die Tür hinter mir, holten die Waffe aus dem Tresor, ich wickelte sie in eine alte Zeitung und steckte sie zusammen mit den Munitionspäckchen in meine Jacke.

Wir prosteten uns zu, und Nikolai schloss die Bürotür wieder auf.

Ich sah ihnen nach, wie sie über die Startbahn zu ihrer Maschine liefen, bis das Flimmern der Hitze sie verschluckte.

Zwei Stunden bis zu meinem Flug nach Santiago hatte ich noch. Ich setzte mich in die leere Flughafenbar und hoffte, dass die schwarze Frau auftauchen würde.

Die Pistole zog schwer an meiner Jacke.

9

Russen mit Flugzeugen voller toter Küken gehörten hier nicht zur Routine. Jedenfalls hatten sie den Flugplan aus dem Takt gebracht, und das Warten nahm kein Ende. Stundenlang saß ich in der kleinen Bar im Flughafen, zusammen mit einer Hand voll Schwarzer in billigen Anzügen, rotschwarze Pepitajacken, goldene Westen. Alle waren mit Kettchen und Sonnenbrillen behängt, mit Klebeband umwickelte Kartons neben sich. Sie tranken Grogue, selbstgebrannten Zuckerrohrschnaps.

Außer uns war der Flughafen leer bis auf ein paar Fliegen, die das Leben im Flughafen angenehmer fanden als im ewigen Wind über den Inseln.

Dann quollen plötzlich Menschen in die Halle, eine Traube blieb bei den Grogue-Trinkern hängen, Schlangen bildeten sich vor den beiden Schaltern. Bis ich kapiert hatte, dass der Flug nach Santiago abgefertigt wurde, war ich der Letzte in der Schlange. Alle schrien und rannten durcheinander, Kinder kletterten auf Gepäckberge und fielen herunter, die Grogue-Trinker waren bei den Witzen angelangt, immer wieder schoss einer von ihnen laut lachend aus der Warteschlange und prustete feuchten Grogue-Nebel in die Gegend.

Ich fürchtete schon, ich hätte sie verloren. Doch auf einmal stand die schwarze Frau ein paar Meter vor mir und checkte ihr Gepäck ein. Unter der engen Hose zeichnete sich die Muskulatur ihrer Beine ab, als sie ihre Koffer auf die Waage hob.

Ich starrte sie an. Selbst in flachen Schuhen war sie größer als ich. Ihre Haut war auffällig dunkel und seidig im Vergleich zu den Schwarzen um uns herum, die Haare glatt und kinnlang. Ihr Körper war durchtrainiert, zu viele Muskeln für ein Model, eher eine Sportlerin, nichts von den aufgedunsenen Bäuchen und fetten Hintern, die hier schon die Zwanzigjährigen mit sich herumschleppten.

Ein Kofferkuli fuhr mir in die Hacken, ich riss mich los. Als sie fertig war, fing ich kurz ihren Blick auf, große, schwarze, leicht schräg stehende Augen, die durch mich hindurchgingen. In der Haut über den Backenknochen hatte sie zwei winzige Narben.

Ich sah ihr nach, als sie durch die Halle ging, vorbei an zwei Männern, die mir den Rücken zukehrten. Einer von ihnen trug einen auffälligen Schlangenledergürtel. Denselben Gürtel hatte ich gestern Abend gesehen, als ich in mein Taxi stieg. Ich gab die Tasche auf, aber als ich mich wieder nach den beiden Männern umsah, waren sie verschwunden. Eine Weile noch beobachtete ich die Menschen in der Abflughalle, doch der Schlangenledergürtel tauchte nicht wieder auf.

Der Flieger war eine runtergekommene ATR, die über hohen Bergen schon mal gerne abschmieren, wenn ihnen die Flügel vereisen. Aber hier gab es ja keine hohen Berge. Und schon gar kein Eis.

Als der Flieger endlich abhob, dämmerte es. Wir stiegen durch ein Meer von purpur geränderten Wolken, darüber wurde der Himmel tiefrot. Die kleine Maschine war bis auf den letzten Platz besetzt, zwischen den Reihen stapelten sich die Pappkartons.

Ich zog den Sicherheitsgurt so eng wie es ging, und beschäftigte mich mit den Unterlagen von Sarrazin. Noch immer steckten sie in dem alten blutverschmierten Umschlag. Die Sestre und ihr Klavier spielender Junge hatten denselben Weg genommen. Einen andern gab es ohnehin nicht, wenn man nach Santiago wollte. Dort waren sie im teuersten Hotel der Insel, im Praia Mar, abgestiegen.

Nach Sarrazins Unterlagen hatte die Sestre hier zwei Tage Zwischenstation gemacht.

Von den Grogue-Trinkern war während des Fluges kein Laut zu hören. Wahrscheinlich beteten sie zu ihren Göttern. Die Frau saß ein paar Reihen hinter mir. Zweimal mussten wir zwischenlanden, schließlich schimmerten Lichter unter uns, Santiago. Mit einem lauten Krachen setzte die Maschine auf, ein paar Frauen schrien »Graças a Deus«.

Fluchtartig verließen alle das Flugzeug, stürmten durch die warme Nacht auf eine flache Halle am Rand des Flugfeldes zu. Die Frau blieb zurück, ich auch, vielleicht ergab sich etwas. Da lief sie auch schon an mir vorbei, ich atmete ihren Geruch ein, er wirkte vertraut zwischen all den fremden Gerüchen, irgendetwas Europäisches.

Mit meiner Tasche stand ich in der warmen Nacht vor dem Flughafen, zwischen besoffenen Männern, tobenden Kindern, Taxifahrern, die auf mich einschrien. Ich ging ein paar Schritte, bis es still wurde, blickte zu den Sternen hoch. Die Zikaden zirpten im Rhythmus der blinkenden Sterne.

Als ich zu den Taxis zurückging, war die Schwarze verschwunden.

Ich setzte mich in ein Taxi.»Zum nächsten Hotel.«

Der Fahrer musterte mich im Rückspiegel und murmelte: »Das Paia Mar.«

Das wollte ich vermeiden. Hier war die Sestre abgestiegen. »Nichts anderes?«

Ohne zu antworten, fuhr der Fahrer los.

Die Straßen waren dunkel und menschenleer, ab und zu tauchten ein paar Uniformierte aus der Nacht auf, standen in Hauseingängen. Nirgends in den Straßen ein beleuchtetes Fenster.

»Das ist das Zentrum?«

Der Taxifahrer nickte und hielt vor einer dunklen Haustür. »Felicidade«, murmelte er, »erster Stock.«

Im ersten Stock eine kleine Theke, dahinter ein Sessel, in dem sich ein aufgedunsenes schwarzes Gesicht bei jedem Atemzug aufblähte, dann wie nasser Teig wieder in sich zusammenfiel.

Ich hustete vor mich hin, rief ein paar Mal »Hallo« und rüttelte ihn schließlich wach. Ich gab ihm eine Weile, um ins Leben zurückzufinden.

»Ein Zimmer.«

Nachdem es ihm gelungen war, seine Augen auf mich zu fokussieren, kam die leicht überzogene Da-muss-ich-doch-erst-einmal-nachsehen-Nummer, schließlich räusperte er sich. »Sie haben Glück.«

Da war ich anderer Meinung. »Wo gibt's denn was zu essen?«

Er hob einen Finger, zeigte nach oben. »Nächste Etage. Vielleicht.«

Sie verrammelten das Restaurant, als sie meine Schritte im Treppenhaus hörten. Jedenfalls blieb die Tür zu, als ich am Türgriff zog. Ich klopfte, ließ nicht locker, schließlich schlossen sie wieder auf. Ich holte ein paar Scheine raus, tauschte sie gegen Bier und ein Käsesandwich und hockte schließlich auf meiner Bettkante.

Sie sieht aus, als schliefe sie. Aber die Angst pocht in mir, und als die Ratte in ihrem Ärmel verschwindet, bin ich mir sicher. Sie ist tot. Ich schlage nach der Bewegung unter dem weißen Stoff, bis er sich blutrot färbt, ziehe schließlich die tote Ratte am Schwanz aus dem Ärmel und schleudere sie über den Boden des Zimmers. Das Zimmer ist leer, bis auf ein altes Bidet aus Emaille auf einem Metallgestell. Es wackelt, als die Ratte dagegen schlittert. Ich lehne an der Wand, die Frau liegt neben mir auf dem Boden, ihr heller Anzug am linken Ärmel dunkel vom Blut der Ratte. Jetzt kommen immer mehr Ratten aus dem tiefen Winkel des Raums, die Erste bleibt bei der Toten stehen, die anderen drängen sich hinter ihr. Ihre Nasen zittern, das Rosa ihres Zahnfleisches strahlt eine seltsame Helligkeit aus. Ein schrilles, lang gezogenes Pfeifen schwingt durch den Raum, ihre Nasen stoßen in die Luft, dann verschwinden sie. Nach kurzer Zeit kehrt eine einzelne Ratte mit ein paar hellgrauen Hühnerfedern zwischen den Zähnen zurück, legt die Federn auf die tote Ratte. Es dauert nicht lange und die Beine der toten Ratte beginnen zu zucken, strecken sich, sie wirft den Kopf zur Seite, rollt sich auf den Bauch und kommt langsam wieder auf uns zugekrochen. Mit einem Fuß trete ich die Ratte zur Seite, nehme die Hühnerfedern, knöpfe der Schwarzen neben mir die Jacke auf und kitzele mit den Federn ihre Brust. Die Brustwarze zieht sich zusammen, und ein Zucken läuft durch ihren Körper. Benommen richtet sie sich auf, ohne mich zu beachten. Ich rufe nach ihr, aber ich höre meine eigenen Worte nicht, spüre nur den Krampf im Kiefer und fahre aus meinem Bett hoch.

Vorn an der Theke stand jetzt ein schmaler Schwarzer, Augen, mit denen man rechnen konnte, leise, klare Stimme. Ich probierte mein Portugiesisch an ihm aus, und es klappte. Er kannte das Hotel Praia Mar. Er erklärte mir den Weg, es war am anderen Ende des Ortes. Dann taxierte er mich einen Augenblick und murmelte schließlich: »Sehr teuer.«

Wahrscheinlich sah ich nicht besonders gut aus. Der Traum hatte mich mitgenommen. Im Spiegel hinter dem Schwarzen sah ich mein blasses Gesicht. Ein paar Tage Sonne wären nicht schlecht. Mit der Zunge tastete ich an der Narbe in meiner Wange, ein kleiner Knoten im Fleisch war übrig geblieben.

Vor dem Hotel verkauften ein paar Frauen Limonen aus bunten Plastiksäcken, im Schatten der Häuser hockten Schwarze auf Kisten und Plastiktüten. Gegenüber vom Hotel war ein kleiner Markt, ein gemauertes Areal, um das ein hoher, gusseiserner Zaun lief. Menschenmassen drängten sich an den Tischen vorbei, kaum ein einziger Mann darunter. Was sie bei sich hatten, trugen die Frauen auf dem Kopf. Auf den steinernen Tischen Stapel von Obst, Gemüse, zu dicken Tauen gedrehte Tabakblätter, selbst gemachte Kuchen. Eine Schwarze verkaufte kleine Ferkel, die an den Hinterläufen zusammengebunden waren. Ein Mann hielt sie an den Beinen in die Höhe, während sie erbärmlich fiepten. Fast hätte ich in dem Durcheinander seinen Gürtel übersehen, schwarzweißes Schlangenleder. Ich wartete, bis er sich umdrehte, und fing seinen Blick auf. Das Gesicht einer Ratte. Er blickte weg, legte die Ferkel zurück und verschwand im Gewühl des Marktes.

Die wenigen Häuserzeilen, die die Stadt ausmachten, lagen auf einem Felsrücken, von dem eine Straße in Serpentinen hinunter zu einem langen Strand voller staubiger Palmen lief. Schließlich landete ich in einer Gegend, die entfernt an ein Neubauviertel erinnerte. Hin und wieder begegneten mir ein paar weiße Gesichter.

Auf den staubigen Wegen wuchsen Palmen, deren spitze Blätter im Wind knisterten. Vor einigen Häusern hing eine Flagge, über der Tür ein Wappen. Das Diplomatenviertel, unterste Sprosse der Karriereleiter, Parkplätze für zwangsversetzte Päderasten oder chronisch Asthmakranke aus dem diplomatischen Dienst. Mir fiel auf, wie ruhig es hier war, von fern ein Radio, darüber wie ein dünnes Tuch im Wind das Zirpen der Zikaden.

Das Praia Mar lag auf einer flachen Landzunge, die sich einige hundert Meter ins Meer hinauszog. Das Hotel war ein heller Flachbau, daneben ein paar Bungalows mit von der Seeluft angefressenen Fensterrahmen.

Im zentralen Gebäude war der Empfang. Ich wählte den direkten Weg und hielt dem Schwarzen das Bild der Sestre aus Sarrazins Unterlagen vors Gesicht.

»War diese Frau mal hier? Theresa Sestre. Sie hatte einen kleinen Jungen dabei.«

Der Schwarze hinter der Rezeption versuchte erst gar nicht, sich zu erinnern und gab sich auch keine Mühe, das vor mir zu verbergen. Er kramte in seinen Unterlagen, aber ich sah, dass seine Augen nicht bei der Sache waren.

»Nein«, sagte er schließlich, sah mich dabei nicht an, »nichts.«

Ich blieb hartnäckig, er auch.

»Nein, auch keine Reservierung.«

Eine schwache Brise wehte durch das Foyer, als ich gehen wollte. Ich erinnerte mich sofort an den Geruch.

Ich machte kehrt, ging am Empfang vorbei durch eine offen stehende Glastür über der in lila Neonschrift »Bar« stand. Es war ein großer Raum, flache, glatte Ledersofas waren zu Sitzgruppen arrangiert, in einer Ecke die Bar, hinter der ein Schwarzer hochschreckte, als ich eintrat. Die Fensterfront ging zum Meer hinaus, die Scheiben waren zur Seite geschoben.

Sie saß allein in dem Raum, mit dem Rücken zum Eingang, in

einem tiefen Sessel und starrte aufs Meer hinaus, die Beine auf einem mit Leder überzogenen Hocker.

Als plötzlich leise Musik durch den Raum klang, drehte sie sich um, sah mich an.

»Sie laufen mir nach.«

Das war für den Anfang ja nicht schlecht. Ich setzte mich neben sie, während sie wieder aufs Meer hinaus blickte. Im Profil war ihre Nase ungewöhnlich gerade, die kurzen Fransen ihrer Haare hingen fast bis auf die Augenbrauen. Über den Wangenknochen die zwei winzigen, parallelen Schnitte, nichts Zufälliges. Sie gaben ihrem Gesicht etwas Fremdes, Wildes.

Eine leichte Gänsehaut lief mir über den Rücken.

Ihr Englisch war fast akzentfrei, ein bisschen Holländisch klang mit.

»Freut mich, dass Sie es bemerkt haben.«

Sie rief etwas in Richtung Bar, die Musik wechselte, aber es war wieder irgendetwas Kapverdisches, nach ein paar Takten hörte es sich wie das vorhergehende Stück.

»Und warum?«, fragte sie.

»Das Gesicht in der Menge.«

Sie sah mich an. »Die Nummer ist neu.«

Ich grinste zurück. »So neu auch nicht.«

»Dann eben für mich.«

Punktabzug. Das schien sie zu treffen.

Sie schwieg, widmete sich wieder dem Meer und ignorierte mich. Ich hockte neben ihr im Sessel und roch sie. Kein Duft, ein Geruch.

»Tun Sie was dagegen?«, fragte ich sie nach einer Weile.

»Achselnässe? Tut mir leid, Farbige schwitzen eben mehr.«

Ich hatte es ganz klar vergeigt, nahm einen letzten Anlauf. »Nein, gegen die Angst.«

»Die Angst?«

Sie war überrascht, aber nicht verärgert. Wie jemand, für den Angst etwas ganz Normales war, der genau wusste, dass sie ihn regelmäßig heimsuchte und gelernt hatte, damit umzugehen.

»Die Angst. Beim Fliegen.« Ich nickte unsicher.

Jetzt sah sie mich an, zum ersten Mal musterte sie mich genauer. Dann lächelte sie, ihre Augen weiteten sich, unter den Narben auf den Wangenknochen erschienen leichte Grübchen, dann lachte sie. Zwischen ihren dunklen Lippen leuchtete die helle Zunge. Während sie lachte, bewegte sich ihre Brust unter der dunkelblauen Bluse. Was sich da bewegte, war eindeutig größer als das, was ich im Traum gesehen hatte.

»Sie laufen mir nicht nur nach, Sie spionieren mich aus.«

»Ich habe hinter Ihnen im Flieger aus Deutschland gesessen.«

»Ich weiß.«

Es lief wieder besser.

»Ich kenne das Gefühl«, antwortete ich, »früher war ich fast gelähmt im Flugzeug. Mit der Zeit legt es sich.«

Sie schüttelte den Kopf. »Bei mir wird es immer schlimmer. Und wenn Sie hier auf den Inseln aufwachsen, werden Sie damit groß.«

»Man muss sich richtig reinknien. Zeitungsausschnitte sammeln von Abstürzen, Statistiken lesen.«

»Vermutlich was für Männer. Ich lasse es einfach wirken. Man kann sogar süchtig danach werden.«

Sie wandte sich zur Bar. Als der schwarze Kellner bei uns eintrudelte, holte sie ein paar CDs aus ihrer Handtasche und gab sie ihm.

»Was trinken Sie?«, wollte sie wissen. Hätte ich auch drauf kommen können.

»Gin Tonic.«

»Zwei Gin Tonic.«

Der Schwarze verschwand mit den CDs, legte eine von ihnen auf, schnelle, harte Musik, über allem eine Art jaulendes Sopransaxophon, ein bisschen wie Lambada, dann sang auch noch jemand. Miles Davis' »Trix« hätte mir besser gefallen. Aber man kann nicht alles haben.

Als der Kellner zurückkam, dienerte er um sie herum, sie sprachen Creolo, und ich bekam kaum etwas mit.

»Sie sind eine große Nummer hier?«

»Hier ist man schon eine Nummer, wenn die Krause aus dem Haar ist.« Sie strich sich durch ihre glatten, kurzen Haare.

»Ohne Chemie?«, fragte ich.

Sie lächelte, die kleinen Narben über ihren Wangenknochen zogen sich in die Länge. »Ohne Chemie. Irgendwann hat ein europäischer Matrose ein paar Gene in unserer Familie gelassen.«

Der Typ hinter der Bar wechselte wieder die Musik.

»Gefällt sie Ihnen?«

»Steht Ihnen gut, so kurz. Sieht man selten hier.«

Sie sah mich an, ich hielt ihrem Blick stand. »Nicht die Frisur. Die Musik.«

»Nicht so mein Ding.«

Jetzt lachte sie. »Pech.«

Sie rief etwas in Richtung Bar, die Musik wurde lauter.

»Reinalda? Ildo Lobo? Jocel?« Sie zeigte mit dem Finger in die Luft. Ich zuckte die Schulter. »Nie gehört.«

»Musiker. Sowas produziere ich.«

Wahrscheinlich hatte ich es doch vergeigt.

Sie sah auf die Uhr. »Ich muss los. Arbeit«, entschuldigte sie sich.

Ich stand auf, suchte meine Brieftasche, klopfte meine Jacke ab, nichts. Sie lag im Hotel unter der Matratze.

»Ich habe mein Geld im Hotel gelassen.«

»Die Nummer kenne ich«, sagte sie ruhig.

»Ich hole Sie heute Abend zum Essen ab.«

»Die auch.« Sie wirkte nicht übermäßig engagiert.

»Wann?«, legte ich nach.

»Heute Abend?«, fragte sie zurück und sah mich schläfrig an.

»Jup.«

Sie lachte. »Gegen acht. Später ist hier alles dicht.«

»Kennen Sie sich aus?«

»Sicher.«

»Dann haben Sie die Wahl.«

»Wenn ich die hätte, wäre ich nicht hier.« Das Lachen verschwand aus ihrem Gesicht.

»Wir können ja das Beste draus machen.«

»Machen Sie sich keine allzu großen Hoffnungen.«

»Wegen des Essens?«

»Weswegen sonst?«

Ich sah den Muskeln unter ihrer hellen Hose nach, als sie die Bar verließ.

Kaum war die Sonne wieder erträglich, quollen die Menschen aus ihren Behausungen. Männer standen im Schatten der Häuser, als hätten sie sich seit dem Morgen nicht fortbewegt, Kinder trieben alte Fahrradreifen durch die Gassen, Senegalesen verkauften gefälschte Rolex-Uhren an vertrauensselig lächelnden Amerikaner. Hunde dösten unter den Bäumen.

Ein unregelmäßiges, hölzernes Knallen peitschte über die Straße, irgendwo spielte jemand Tischfußball. Das Geräusch brachte mich auf Sarrazin. Und darauf, dass ich bald Schluss machen würde mit ihm.

Als ich die Treppe zu meinem Hotel hochlief, kam mir eine Frau entgegen, Europäerin, spanischer Typ, schmal, dunkle Haare. Als wir auf gleicher Höhe waren, stolperte sie in mich hinein. Ich entschuldigte mich, als ich weiterlief, rief sie hinter mir her und ließ sich mit schmerzverzerrtem Gesicht auf den Boden sinken. Ich murmelte noch ein »Desculpa« und rannte die Treppe nach oben.

Ich steckte den Schlüssel in meine Zimmertür, sie gab nach und flog auf. Der Kerl mit dem Schlangenledergürtel hatte meine Tasche auf dem Bett ausgekippt und hielt gerade mein Flugticket in der Hand. Die Pistole, die ich den Russen abgekauft hatte, lag vor ihm, daneben mein Notebook.

Ich hätte drauf kommen sollen, als die Frau in mich reinlief. Die Treppe war breit genug.

Ich warf mich auf ihn, schlug ihm mit aller Gewalt zwischen die Beine. Leichtes Spiel. Er klappte zusammen, ich wollte mich aufrichten, da knallte mir etwas auf den Schädel.

Dichter Nebel legte sich über mich. Ich war nicht bewusstlos, aber ich konnte mich auch nicht bewegen. Ich hockte auf dem Boden, verschwommen sah ich den zweiten Mann, der hinter der Tür gestanden hatte. Er war drahtig, trug einen hellbraunen Anzug und hatte einen dunklen, kurz gestutzten Bart. Er zog den mit dem Schlangenledergürtel hoch. Der Mann schüttelte sich, dann grinste er boshaft. Er kniete sich hinter mich, legte mir einen Arm um den Hals und drückte meinen Kopf langsam nach vorn. Ein stechender Schmerz kroch mein Genick hoch, die Luft blieb mir weg. Der Nebel wurde noch dichter, der Schmerz unerträglich. Da flog die Tür auf und die Frau, die mich auf der Treppe angerempelt hatte, stand im Zimmer. Aus ihrem Mund kam ein lang gezogener, kehliger Laut. Der mit dem Schlangenledergürtel ließ mich los und richtete sich auf. Als sie hinausgingen, nahm er meine Pistole und zog sie mir über den Schädel. Ich sah den Schlag kommen, war aber unfähig zu reagieren. Dann wurde es dunkel um mich.

Vorsichtig tastete ich meinen Kopf ab. Ich blieb auf dem Fußboden sitzen, bis sich der Nebel vor meinen Augen verzog und der Schmerz im Nacken nachließ. Viel hatte nicht gefehlt und das wäre es gewesen mit meinem Genick. Draußen war es dunkel, von unten lärmte die Straße herauf. Schließlich stemmte ich mich an der Wand hoch, hielt den Kopf unter die kalte Dusche. Hinter meinem linken Ohr fühlte ich eine große Beule.

Zu Sarrazins Leuten hatten die drei nicht gehört. Aber irgendjemand ließ mich seit meiner Ankunft auf den Inseln nicht mehr aus den Augen.

Das Notebook war weg, egal, die Dateien würden sich zerstören, wenn jemand nicht beim ersten Mal die richtigen Passwörter benutzte. Um die Waffe tat es mir Leid. Ich wusste zwar nicht viel damit anzufangen, aber es fühlte sich gut an, eine zu haben. Vor allem jetzt, wo sich jemand an mich gehängt hatte. Und wegen Sarrazin.

Ich suchte nach Sarrazins Papieren. Sie klemmten unberührt unter der Matratze. Genau wie meine Brieftasche. Ich lehnte mich ans Bett und ging mühsam die Papiere durch. Wenn die Sestre nicht hier war, musste ich weiter, dahin, wo sie zum letzten Mal gesehen worden war. Eine Insel weiter im Norden, São Vicente.

Langsam drehte sich die Welt wieder in ihrer normalen Geschwindigkeit. Ich durfte nur keine ruckartigen Bewegungen machen. Dabei hatte ich mich so auf ein paar ruckartige Bewegungen heute Abend gefreut.

Heute Abend. Ein leichter Schreck packte mich. Ich sah auf die Uhr, kurz nach acht. Ich hatte drei Stunden bewusstlos in meinen Zimmer gelegen.

Beim Portier erkundigte ich mich nach den Flügen nach São Vicente. Es gab nur einen, früh am Morgen.

Ein Taxi brachte mich zum Praia Mar. Auf den letzten Metern knallte es durch ein Schlagloch, und mein Kopf explodierte.

Sie wartete in der Bar des Hotels, hatte sich umgezogen, ein blaugraues, tief ausgeschnittenes Seidenkleid, hohe Schuhe.

»Tut mir Leid, dass ich zu spät bin.«

»Ich dachte schon, Sie hätten es sich anders überlegt.«

»Warum sollte ich?«

»Angst?«

Sie lächelte, stand auf. Als sie sich leicht nach vorn beugte, sah ich zwischen ihren Brüsten hindurch ihren nackten Körper unter dem Kleid. Sie wusste, was sie tat. Mein Kopf hämmerte. Ich hatte den Schlag nicht gut verdaut, und dann noch die Taxifahrt.

Ich räusperte mich. »Fahren wir?«

»Es sind nur ein paar Schritte.«

Hinter dem Hotel ging eine steile Treppe den Hang hinauf, am Ende der Treppe ein kaum beleuchtetes Restaurant, »O Poeta«.

Schweiß lief mir den Körper herunter, mein Kopf dröhnte bei jedem Herzschlag, auf der Treppe hatte ich Mühe mit ihr mitzuhalten.

Als wir vor dem Restaurant standen, sah sie mich an. »Sie sollten mal einen Blick in den Spiegel werfen.«

»Lieber nicht. Es wird schon.«

Wir setzten uns auf die Veranda, die Kellner schienen sie zu kennen. Unter uns schwankten die Positionslichter der Boote in der Bucht. Eine leichte Brise zog über die Insel, in den Aschenbechern auf dem Tisch schwammen kleine Öllachen, in denen die Asche klebte.

Wir waren allein auf der Veranda. Ich hielt durch, bis das Essen kam, ein Fisch mit einem Maul voller scharfer, stacheliger Zähne, der in einer Tomatensoße schwamm.

Beim ersten Bissen schoss mir ein unerträglicher Schmerz in den Kopf. Ich schaffte gerade noch die Treppe ins Untergeschoss und verkroch mich in einer der Toiletten. Schüttelfrost packte mich, ich sah den Schweißtropfen nach, die mir vom Gesicht auf die Hose tropften, beugte mich weiter nach vorn, um sie auf den Boden laufen zu lassen. Mein Kopf hämmerte. Panik stieg in mir auf. Vielleicht hatte ich einen Schädelbruch von dem Schlag.

So plötzlich der Anfall gekommen war, so plötzlich war er vorbei. Das Pochen hinter meinen Augen ließ nach, ich hatte mich einigermaßen unter Kontrolle. Hemd und Jacke klebten nass an meinem Körper. Ich versuchte, mich so gut herzurichten wie es ging und ruhte mich aus.

Da drangen Stimmen durch den Nebel in meinen Kopf, irgendetwas war anders, das war es, sie sprachen Französisch.

»Maman«, rief ein Kind.

Die Stimmen waren in unmittelbare Nähe, auf dem Flur vor den Toiletten. Französisch, ein belgischer Akzent. Die Sestre.

Ich richtete mich auf, die Kabine schwankte, die Türklinke kam meinem Gesicht gefährlich nahe, ich setzte mich vorsichtshalber. Es konnte nur die Sestre sein.

Ich kam wieder hoch, zog meine Jacke zurecht. Die enge Toilette neigte sich bedrohlich zur Seite. Den Kopf in den Händen wartete ich darauf, dass sich der Schmerz zurückzog, während mir der Schweiß zwischen den Fingern hindurchfloss. Wieder hörte ich die Stimmen. Ganz nah. Ich stemmte mich langsam hoch, irgendwie ging es. Vorsichtig öffnete ich die Toilettentür.

Die Stimmen entfernten sich. Ich stolperte auf den Gang hinaus, die Treppe hoch zu kommen, war nicht ganz einfach, Schmerzen hämmerten in meinem Kopf, die letzten Stufen nahm ich auf allen Vieren.

Die hochhackigen Schuhe erkannte ich sofort.

»Ich dachte schon, Sie hätten wieder kein Geld dabei.«

»Wo sind sie?«, würgte ich heraus.

Sie sah mich an. »Wer?«

»Die Frau. Und das Kind. Die Französisch gesprochen haben.«

Zum ersten Mal sah ich so etwas wie Zorn in ihrem Gesicht. »Sie werden ja nicht einmal mit einer fertig.«

Ich sah sie verständnislos an.

»Wo sind sie?«, drängte ich. Das Restaurant war leer.

»Draußen auf der Terrasse. Gleich neben uns.«

Nach ein paar Schritten in Richtung Terrasse spürte ich ihre Hand unter der Achsel. »Sie halten sich schlecht.«

Ich blieb stehen, stützte mich auf einen Stuhl. »Wie sieht die Frau aus?«

Spott lag auf ihrem Gesicht. »Könnte Ihr Typ sein. Mollig, dünnes Haar.«

Das tat weh.

Ein Kellner kam uns entgegen und hielt uns die Tür zur Veranda auf. Die Frauen saßen auf der Terrasse, zwei pummelige Endfünfziger mit ihren Männern, zwischen ihnen ein kleines Mädchen.

Tränen schossen mir in die Augen. Ich fluchte in mich hinein, was machte ich hier, rannte hinter irgendwelchen Frauen her, drehte fast durch und konnte mich kaum auf den Beinen halten?

Und das alles wegen Sarrazin.

Ich sank auf den Stuhl, spürte ihre Hand auf der Schulter, während ich mir übers Gesicht wischte.

»Nicht mein Tag heute«, murmelte ich.

In der warmen Nacht saßen wir auf der kleinen Mauer vor dem Restaurant. Ich suchte einen Anfang, wie ich ihr meine Geschichte erzählen könnte.

»Ich bin überfallen worden. Im Hotel.«

»Und?«, fragte sie, »verletzt?«

»Sie haben meinen Kopf erwischt, zweimal.«

Ich hatte gehofft, sie würde ihre Hand über meinen Kopf gleiten lassen, um nach der Beule zu suchen, aber sie ließ es.

»Das tut mir Leid.«

»Habe ich noch einen zweiten Versuch?« Ich könnte ja auch ein paar Tage später mit der Suche nach der Sestre anfangen.

Sie lächelte. »Ich bin nicht zum Vergnügen hier. Ich fliege morgen weiter. Ich habe hier nur übernachtet, weil die Verbindungen so schlecht sind.«

»Arbeit?«

»Eine Familiensache.«

Das Taxi kam und sie gab mir die Hand.

»Malu«, sagte sie.

Ich war abgelenkt, hinter dem Steuer des Taxis leuchtete Alex' Gesicht auf, nur ganz kurz.

»Max«, stammelte ich, während ich auf das Taxi starrte. Dann spürte ich ihre Hand in meiner und sah sie an. »Schade«, sagte ich, »aber ich muss auch weiter, nach São Vicente, im Norden.«

Sie warf mir einen überraschten Blick zu, dann wandte sie sich ab, sah dem Wagen entgegen.

Ich ließ mich auf den Rücksitz fallen, sie wechselte ein paar Worte mit dem Fahrer, drückte ihm einen Schein in die Hand. Als ich mich von ihr verabschieden wollte, sah ich nur noch ihren Rücken, hinter dem die Glastüre des Restaurants zufiel.

Dann rollte das Taxi langsam die dunkle Straße hinunter.

10

Die Hand sah in dem Neonlicht aus wie jede Hand. Blasser vielleicht. Doch dann lehnte sich der Blonde in seinem Stuhl zurück, und seine Hand rutschte vom Tisch, pendelte unbeteiligt neben ihm durch die Luft. Er nahm sie mit der Rechten, legte sie wieder neben seine Kaffeetasse.

Müde starrte ich die Hand an. Es war kurz nach sieben Uhr morgens.

Der mit der toten Hand saß zusammen mit zwei anderen Männern an dem runden Tisch, auf der Plastikdecke mit den unnatürlich roten Erdbeeren standen Kaffeetassen und Wassergläser. Sie unterhielten sich, lachten ein bisschen viel für den frühen Morgen. Bei jeder unbedachten Bewegung rutschte die Hand wieder vom Tisch und schlenkerte über den staubigen Boden.

Manchmal dauerte es eine Weile, bis ihr Besitzer es bemerkte, dann nahm er sie und legte sie wieder ordentlich auf die Erdbeeren.

»Was macht der Kopf?«

Malu stand auf einmal hinter mir. Überrascht drehte ich mich um, sie hatte die Neonröhre im Rücken, und ihr Gesicht war nur ein dunkler Fleck.

»Es geht«, log ich.

Viel geschlafen hatte ich nicht. Erst hatten mich bohrende Kopfschmerzen wach gehalten, dann die Angst, den Flieger zu verschlafen.

Als es hell wurde, war ich zum Flughafen gefahren, hatte mir ein Ticket gekauft und mich in die kleine Bar vor der Abflughalle gesetzt.

Ein Wellblechdach, ein Dutzend Plastikstühle und Tische und eine Theke, an der es Kaffee und Bier gab, selbst so früh.

Dann hatte mich die tote Hand abgelenkt.

Ich zog Malu einen Stuhl heran. »Setz dich. Haben wir denselben Flieger?«

»Später. Ich bin mit ein paar Leuten hier.«

»Schade.«

Ich sah, dass sie lächelte und ließ mich wieder auf meinen Stuhl fallen. Doch sie tauchte nicht mehr auf, und ich konnte mich wieder dem Blonden mit der toten Hand widmen.

Und so hörte ich auch zum ersten Mal auf den Inseln von Rossi. Der Name Rossi stand unter dem Gesicht auf einem der Bilder, die mir Sarrazin mitgegeben hatte, dahinter in Klammern Calhau.

Die drei Männer sprachen Englisch, ein Englisch, das sie erst spät in ihrem Leben gelernt hatten, ein Werkzeug, keine Umschweife, kaum Zeiten. Einer schien Italiener zu sein, der zweite ein Schwede, Gesicht und Hals krebsrot, Hände voller Sommersprossen, seine hellen Haare leuchteten im Neonlicht. Der mit der Hand hatte stumpfes, strohiges Haar, fahle Haut, aber lebhafte Augen.

Sie tranken Kaffee in kleinen Schlucken, der Italiener zurückgelehnt im Stuhl, der Schwede, vornübergebeugt und beide Ellenbogen auf die Knie gestützt, der mit der Hand aufrecht, Beine übereinander geschlagen. Bisweilen lachten sie und schwiegen dann, als wagten sie sich nicht weiter vor.

In eine solche Pause hinein sagte der Schwede: »Rossi ist ein Schwein. Ein guter Geologe. Der beste, wenn es um Raketenstartplätze geht. Aber ein Schwein.«

Er starrte dabei in sein Bierglas, der Italiener beobachtete den mit der Hand, die Worte hingen zwischen den dreien in der Morgenluft. Dann nahm der Blonde seine tote Hand, drehte sie so, dass er die Armbanduhr am Handgelenk lesen konnte, murmelte den beiden etwas zu, worauf sie ihm erleichtert in die Abfertigungshalle folgten.

Malu stand mit zwei großen Schwarzen in der Halle. Als unser Flug aufgerufen wurde, umarmte einer der beiden sie lange, ließ dabei seine Hand über ihren Rücken langsam nach unten gleiten. Vermutlich hatte sie ihn gestern Abend noch angerufen. Als Ausputzer.

Als wir eincheckten, stimmte das Bild nicht mehr, an das ich mich in den letzten Tagen gewöhnt hatte. Kaum Schwarze, fast nur Europäer. Einige käsige Gesichter mit großen Rucksäcken, deutsche Touristen.

Ganz vorn in der Reihe der mit der toten Hand. Dann zwei Männer, dunkle Augen, schmale Gesichter, Dreitagebart. Begleitet wurden sie von zwei Frauen. Keine Touristen, eher Geschäftsleute. Eine der Frauen erinnerte mich an die, die mich gestern auf der Treppe im Hotel angerempelt hatte, während ihr Helfer mit dem Schlangenledergürtel meine Tasche ausräumte. Ich stand unmittelbar hinter ihr. Gleichgültig begegnete sie meinem Blick.

Als einer der Männer sein Ticket aus der Tasche nahm, zog er dabei einen Füller mit heraus, sein Begleiter fing ihn blitzschnell auf. Er bedankte sich, und es hörte sich wie Spanisch an. Aber das war es nicht. Spanisch hatte ich mittlerweile gelernt. Diese Sprache kannte ich nur vom Hören.

Von Alex.

Die beiden sprachen Baskisch.

Als wir hinaus auf die Startbahn gingen, färbte sich im Osten der Himmel hellgrau.

Malu ging ein paar Schritte vor mir, ich holte sie ein.

»Alles klar?«, fragte ich, aber sie antwortete nicht. Ihr Gesicht wirkte einen Ton heller, die Augen starr wie polierter Marmor.

Ich dachte schon, es sei etwas Ernstes. Dann sah ich den Flieger. Eine kleine, zweimotorige Twin Otter, uralt. Beim Einsteigen zwängten wir uns an einem zugemüllten Cockpit vorbei. Klebefolie hielt die Verkleidung der Kabinenwand, die Cockpit und Passagierraum trennte. Von den Sitzen löste sich der Bezug, der Schaumstoff bröselte heraus.

Als sie die Tür mit der Treppe hochklappten, war durch einen zwei Finger breiten Spalt unter der Tür das Rollfeld zu sehen. Es bewegte sich, wurde zu einem grauen Strich, verschwand plötzlich, und wir schlingerten langsam aufwärts, in das kalte Perlmutt des Himmels.

Die Maschine war voll, Malu saß zwei Reihen vor mir, ihre Hände in die Lehne des Vordersitzes gekrallt. Der mit der toten Hand saß unmittelbar hinter ihr. Als wir in ein Luftloch fielen, segelte sein Arm in die Höhe.

Die Motoren summten gleichmäßig, kaum jemand sprach. Nur die beiden Piloten unterhielten sich leise, warfen dabei immer mal einen Blick über die Schulter auf ihre Passagiere. Ab und zu lösten sich tief unter uns die Konturen einer Insel aus dem basaltfarbenen Meer.

Nach einer guten Stunde nahm der Flieger die Nase runter, eine Landebahn tauchte vor dem Fenster des Cockpits auf. Unvermittelt packte eine Bö das Flugzeug, drückte es nach unten. Irgendjemand schrie vor Schreck, die Hand flog in die Höhe, und im selben Moment tauchte die Sonne aus dem Meer.

Ich wollte mich an den mit der toten Hand hängen. Vielleicht war er der kürzeste Weg zu Rossi. Und zur Sestre. Doch als ich aus dem winzigen Flughafengebäude kam, waren er und seine Begleiter verschwunden.

Die Männer, die Baskisch gesprochen hatten, stiegen zusammen mit ihren Frauen in einen Jeep. Ich sah ihnen nach, wie sie im Morgenlicht verschwanden. Gut dreizehn Jahre hatte ich kein baskisches Wort mehr gehört.

Nur Malu stand noch mit einer Gruppe Schwarzer auf dem staubigen Parkplatz vor der Flughafenbaracke. Sie winkte mich heran. »Willst du mit?«

»Wo fahrt ihr hin?«

»Mindelo. Sonst gibt es hier nicht viel.«

Die Schwarzen lachten. Ich stieg in den VW-Bus, der aussah, als sei er ein Vorfahre des Flugzeugs, mit dem wir hergekommen waren. Vom Plastikhimmel unter dem Dach waren nur noch Fetzen übrig, die Polsterung der Sitze durch Bretter ersetzt. Als der Fahrer den Motor anließ, dröhnte ein peitschender Creolo-Pop aus dem Lautsprecher, schnelle, schrille Gitarren und quäkende Saxophone. Mein Kopf machte sich bemerkbar.

»Produzierst du so etwas auch?«, fragte ich Malu.

»Soll ich dir die Band vorstellen?« Malu machte eine leichte Handbewegung in die Runde.

Wir fuhren durch eine flache, vor Trockenheit rissige Landschaft. Steine warfen lange Schatten in der Morgensonne. Ab und zu ein Haus. Am Fuß einer Anhöhe waren ein paar rostige Windräder zu erkennen.

Unvermittelt hielt der Bus. Zwei Schwarze mit rot geäderten Augen, die im Staub an der Straße gehockt hatten, stiegen ein, murmelten ein paar Worte, die niemand zur Kenntnis nahm. Ich starrte zum Fenster raus, vorbei an kurz geschorenen schwarzen Hinterköpfen in Wollmützen.

Die Stadt Mindelo tauchte als heller Fleck an einer gewaltigen Bucht auf. Nach und nach zerfiel der Fleck in einzelne Gebäude. Ein rostiges Schiffswrack lag ein paar Meter vom Ufer entfernt im Meer. Dann holperten wir über Kopfsteinpflaster an der Hafenmole entlang, vorbei an zweigeschossigen Häusern mit überdachten Laubengängen auf der ersten Etage, darunter winzige, dunkle Läden. Auf der anderen Straßenseite das Wasser wie Blei, ein paar eingestürzte Kais, die ins Meer hinausgingen, am Strand Kähne, von denen die Farbe abblätterte. Dazwischen moderten die Gerippe von Booten, in deren Schatten Hunde und Menschen schliefen.

»Wo wohnst du?«

Wir waren von der Uferstraße in den Ort abgebogen. Schon fing die Hitze an, sich zwischen den Häusern zu stauen. Malu sah mich an.

»Ich weiß noch nicht. Es muss auf der Insel noch einen Ort geben, Calhau.«

Eine unangenehme Stille breitete sich in dem Bus aus. Der Fahrer stellte die Musik leiser und suchte mein Gesicht im Rückspiegel.

»Gibt es«, sagte Malu nach einer Weile ohne mich anzusehen.

»Wo ist das Problem?«, fragte ich sie.

»Es gibt kein Problem. Aber du musst hier raus.«

Ihre Stimme klang unbeteiligt, distanziert.

»Okay, okay.«

Ich nahm meine Tasche, schob die Bustür nach hinten und stieg aus.

»Irgendwas falsch mit Calhau?«, fragte ich leise, als ich neben dem offenen Beifahrerfenster stand.

Sie sah mich nachdenklich an und schwieg. Dann bemerkte sie die Beule hinter meinem Ohr. »Sieht nicht gut aus.«

Das machte mir Mut und ich riskierte noch einen Anlauf. »Ich warte heute Abend um acht Uhr hier an der Ecke«, sagte ich leise.

Sie zögerte einen kurzen Moment. »Nicht hier«, antwortete sie ebenso leise, »im Lisboa.«

Der Schwarze ließ den Motor an.

»Danke fürs Mitnehmen«, brüllte ich, aber niemand reagierte, und der Bus schoss davon.

»Nach Calhau? Hundert Dollar.«

Ich lachte den Taxifahrer aus und ging zum nächsten.

»Hundertzwanzig Dollar.«

Ich ging ein paar Straßen weiter, und der dritte Taxifahrer fing wieder bei hundert Dollar an.

Irgendetwas wollten sie mir damit sagen.

Ich sah an mir hinunter, ob vielleicht mit mir etwas nicht stimmte, zu viele Flecken auf dem Hemd oder so. Aber in Sachen Flecken auf dem Hemd waren sie mir hier alle weit voraus, das konnte es nicht sein. Über hundert Dollar für dreißig Kilometer mit ihren alten Schrottmühlen.

Sie wollten einfach nicht.

Auf der anderen Straßenseite stand ein fetter Mann im Schatten und beobachtete mich.

Wut stieg in mir hoch, mein Kopf fing an zu dröhnen. Ich lief zurück, durch Straßen voller Menschen und Hunde. An jeder schattigen Ecke quatschten Grüppchen, Arme flatterten durch die Luft. Übergangslos begannen sich die Umrisse der Menschen aufzulösen, ich hatte Mühe, meine Augen zu offen zu halten. Die Sonne hämmerte auf meinen Kopf ein.

Ich entdeckte das Café auf der gegenüberliegenden Straßenseite, ein zur Straße hin offener Raum, vom Bürgersteig durch eine einzige hohe Stufe getrennt. Über dem Eingang ein verwitterter Schriftzug »Café Lisboa«.

»Kaffee.«

Der Mann kam hinter der Bar hervor und stellte den Espresso vor mich hin.

Das Café war leer, aber davor pulste jetzt das Leben, überladene Busse kämpften sich durch die Straßen, die Bürgersteige waren voller Menschen, ausgemergelte hellhäutige Schwarze standen im Schatten der Hauswände.

»Ich muss nach Calhau.«

Der Mann hinter der Theke nickte schweigend.

»Wie komme ich da hin?«

»Taxi«, sagte er ohne mich anzusehen.

Ich schüttelte den Kopf. Ab und zu blickte ein Hund über die Stufe in das Café, legte die Ohren an und blickte weg, wenn ich ihn ansah. Sie schienen ein gefährliches Leben zu führen. Jeder zweite Hund humpelte.

Das Jaulen eines Saxophons fraß sich in meinen Schädel.

Zwei Männer blieben vor dem Café stehen, warfen einen Blick hinein, ein dicker, hellhäutiger mit einer rötlichen Krause, das Hemd durchgeschwitzt. Sein Begleiter war ein älterer, schmaler Typ, eher Südamerikaner. Er trug eine schwarze Puppe auf der Schulter, deren Kopf an einem dünnen Drahtseil hin- und herwackelte. Er half dem Fetten über die Stufe in das Café.

Es war der Fettsack, der mich am Taxistand beobachtet hatte.

Die beiden ließen sich am Nebentisch nieder. Der schmale Typ nahm die Puppe von den Schultern, setzte sie sorgfältig neben sich und bestellte für sich und den Fetten Kaffee. Sie unterhielten sich leise, schließlich stand der schmale Mann wieder auf, setzte sich beim Hinausgehen seine Puppe auf die Schultern und steckte sich ihre beiden Hände hinter die Ohren.

Hinter meinen Augen pochte es, der Schmerz wanderte von den Augäpfeln nach hinten. Ich strich mir über den Hals, die Haut brannte, der Boden bewegte sich unter mir. Ich schwebte und biss die Zähne zusammen.

»Hi«, sagte der Fettsack.

Ich biss weiter die Zähne zusammen. Irgendjemand musste mir tonnenweise Kohlensäure unter die Haut gepumpt haben. Ich sah mich um. Die Bilder ließen sich Zeit, bis sie vor meinen Augen stillstanden.

»Alles klar?«, fragte der Dicke.

»Na ja.« Das Hemd klebte mir am Körper, ich fuhr mir übers Gesicht und wischte die triefende Hand am nassen Hemd ab. Irgendwas klapperte, meine Zähne.

»Sie brauchen einen Arzt.«

»Ich muss mich hinlegen. Kennen Sie ein Hotel in der Nähe?«, brachte ich mühsam raus.

Er nickte. Ich stierte ihn an, das Verlangen, mich auf den schmierigen Boden des Cafés zu legen, wurde übermächtig.

»Césario Martins«, sagt er und hielt mir die Hand hin.

Ich hatte Angst mich zu bewegen und den Tisch loszulassen.

»Sieht nicht gut aus«, stellte er fest und ließ die Hand sinken.

»Na ja.«

Mein Wortschatz ging zur Neige.

Unruhig glitt ich unter der Oberfläche des Schlafs dahin, jemand tastete meinen Schädel ab, eine Tür fiel zu. Ich tauchte wieder ab, eine dunkle Welle baute sich über mir auf. Wie ein Ertrinkender, der nach Luft ringend durch die Wasseroberfläche stößt, wachte ich auf.

In dem Zimmer war es dunkel. Am Fußende meines Bettes verdichtete sich das Dunkel zu einer Gestalt. Eine spürbare Kälte ging von ihr aus.

»Alex?«, krächzte ich.

Ein leises Geräusch, die Konturen lösten sich auf. Ich versuchte noch zu rufen, doch der Schlaf trieb mich davon.

Wieder ein schwarzer Schatten. In der spärlichen Dämmerung zeichneten sich seine massige Form ab. Als ich mich bewegte, kam seine Stimme vom Fußende des Bettes. Es war der Fettsack.

»Wo bin ich?«

»In unserem Hotel.«

»Und wer sind Sie?«

Er öffnet die Jalousien ein wenig, ein Lichtstrahl fiel über sein Gesicht. »Schon vergessen? Césario Martins.«

»Max Danco,«, sagte ich müde, »ich muss nach Calhau.

»Ich weiß«, antwortete er, aber da war ich schon wieder eingeschlafen.

Irgendwann stand der Fette noch einmal in der Tür, zusammen mit einem Mann, der mich untersuchte, ohne dass ich viel merkte. Wieder tastete er meinen Kopf ab, hob ihn an und flößte mir ein eklig schmeckendes, zähes Gebräu ein.

»Sie kommen schon noch hin.« Der Fette stand hinter mir.

»Wie spät ist es?«

»Gleich drei Uhr.«

Ich hatte über vierundzwanzig Stunden geschlafen.

Der Hunger trieb mich aus meinem Zimmer. Das Restaurant unten im Haus war fast leer. Ein schmaler, schulterhoch mit altem Holz getäfelter Raum, an den Wänden Poster von portugiesischen Popstars, Opernaufführungen in Mindelo und der unvermeidlichen Cesaria Evora. Neben der Bar hing eine Karte der Insel, zwischen den Postern war eine uralte Dartscheibe angebracht, in der ein paar Pfeile steckten. Ich suchte nach Calhau. Der Fette trat neben mich und zeigte auf einen Fleck im Osten der Insel.

»Aber essen Sie erst mal was.«

Er rief in Richtung Küche, eine alte Frau legte eine Plastikdecke vor mir auf Tisch. Ich bestellte mit Fisch gefülltes Omelett, Brot und Bier.

Sie warf dem Fettsack einen unsicheren Blick zu, und verschwand.

»Danke für gestern«, sagte ich zu dem Dicken.

»Eine Gehirnerschütterung, sagt der Arzt. Ruhe, viel schlafen.«

Ich sah mich um. »Ist das wirklich ein Hotel?«

»Eine Pension.«

Er zog einen Dart aus der Hemdentasche und warf ihn ohne hinzusehen auf die Scheibe. Er landete knapp neben dem roten Zentrum.

Lautlos war ein zweiter Fettsack hinter uns aufgetaucht, Césario stand auf und stellte ihn vor. »Mein Vater. Ruben Martins.«

Der Alte gab mir die Hand und setzte sich zu uns.

»Wenn Sie wollen, können Sie hier bleiben«, sagte er. »Dreißig Dollar die Nacht, Frühstück ist drin, wenn Sie wollen, gibt's für fünf Dollar mehr auch ein Abendessen.«

»Haben Sie mir geholfen, weil Sie unterbelegt sind?«, fragte ich zwischen zwei Bissen.

»So ist es.«

»Freundliches Haus. Gefällt mir. Aber ich muss nach Calhau.«

Die beiden sahen mich einen Moment nachdenklich an. »Wie Sie wollen.«

Schweigend sahen sie mir beim Essen zu.

»Eine Frau hat übrigens nach Ihnen gefragt«, sagte der Junge beiläufig, »im Lisboa.«

Malu.

»Hat sie hinterlassen, wo ich sie finde?«

Die beiden ließen mich nicht aus den Augen. »Kennen Sie sie gut?«

»Nein. Warum fragen Sie?

»Weil Sie mit ihr angekommen sind.«

»Sie sind gut informiert. Aber es war reiner Zufall.«

Der jüngere Klops grinste spöttisch. »Liegt Ihnen etwas an der Frau?«

»Wir sind füreinander gemacht.«

Ich grinste ihn an, betastete meine Beule. Sie war so gut wie weg. Krankheiten haben immer was von einer Reise, sie schaffen Distanz, ein Vorher-Nachher. Man läuft durch ein Tor. Meins war hinter mir zugefallen. Ich würde Malu wiederfinden, dann die Sestre und den kleinen Klavierspieler.

Und die Sache mit Sarrazin ein für alle Mal erledigen.

Ich strich mir noch einmal über die Beule.

»Der Arzt meint, Sie sind so gut wie neu«, sagte der junge Martins. Wieder flog ein Dart in Richtung Scheibe, diesmal blieb er in der roten Mitte stecken.

Die alte Frau tauchte aus der Küche auf, ein paar unverständliche Worte in Creolo gingen hin und her, dann kam sie mit einem dampfenden Glas zurück.

»Die Basis ist Rotwein. Es hilft.«

Es schmeckte fast wie Grog, nur ein seltsam bitterer Nachgeschmack blieb im Hals hängen. Dann wanderte der bittere Geschmack durch meine Adern, aber es tat gut.

Als ich das Glas absetzte, ging die Tür auf, und der Mann mit der Puppe auf der Schulter kam herein. Ihr Kopf wackelte, als er sich zu mir beugte.

»Wie geht's?«, fragte er in sauberem Portugiesisch.

»Weiß nicht. Bin nicht von hier.«

Er ging nicht darauf ein, sah mich einen Moment skeptisch an, einen Mundwinkel nach unten gezogen. Ich hätte schwören können, dass die Puppe auch den Mundwinkel nach unten zog.

»Keine Sorge. Sie werden bald von hier sein.«

Dann wandte er sich zu den beiden Dicken, wechselte ein paar Worte in Creolo mit ihnen und ging.

»Tut mir Leid«, sagte ich, nachdem wir eine Weile geschwiegen hatten, »ich wollte nicht unhöflich sein.«

»War sicher der Schreck«, sagte der ältere Klops mit unbewegtem Gesicht.

»Ich müsste wirklich nach Calhau«, sagte ich schließlich, worauf die beiden einen kurzen Blick wechselten. »Wie kommt man da hin?«

Sie ließen mich zappeln.

»Noch ein Glas?«

Die Alte löste sich aus dem Schatten der Küche und stellte ein dampfendes Glas vor mich hin.

»Was ist falsch mit Calhau?«

»Fahren Sie mal hin.«

In schneller Reihenfolge warf Césario drei Darts auf die Scheibe, fast ohne den Blick von mir zu nehmen. Alle drei landeten im roten Zentrum.

Langsam trank ich das Glas leer. Wieder dieses Gefühl, als wandere etwas durch meine Adern.

Jemand klopfte an die Zimmertür.

»Versuchen Sie's heute abend mal im Lisboa.« Es war der jüngere Klops

»Übrigens«, rief ich durch die geschlossene Tür, »ich hab's mir überlegt. Ich bleibe.« Ich hörte ihn kichern. Sie wollten irgendetwas von mir. Aber ich würde es nie herausfinden, wenn ich nicht hier blieb.

»Gegen acht«, rief er noch, dann ächzten die Treppenstufen unter seinem Gewicht.

Mit trockenem Mund nahm ich die Stufe zum Lisboa. Gegenüber Malu saß ein älterer, hellhäutiger Schwarzer mit fast weißen Haaren. Der Mann redete leise und angespannt auf sie ein. Dann schwieg er, als warte er auf eine Antwort. Als ich an ihren Tisch trat, stand er auf. Alles was ich hörte, war ein leises »Ich warne dich.«

»Sie gehört Ihnen«, sagte er zu mir.

Malu trug eine weiße Bluse, sie sah aus, als hätte sie sich die Haare geschnitten. Die kurzen Strähnen fielen ihr in die Stirn, aber ihre Augen lächelten nicht, als sie mich sah.

»Hi«, sagte ich und wollte mich zu ihr setzen, als der Schwarze mich am Arm festhielt. Ich blickte in strahlend blaue Augen.

»Als Tourist hier?«

»Was geht Sie das an?«

Er hielt einen Ausweis hoch, der nach irgendetwas Offiziellem aussah.

»Als was sonst?«, antwortete ich.

»Sie sind mit ihr gekommen.« Er drehte seinen Kopf in Richtung Malu. »Lassen Sie sich auf nichts ein.«

Dann ließ er mich stehen.

»Wer war das?«, fragte ich Malu, aber sie überhörte meine Frage und starrte abweisend vor sich hin.

»Was willst du?«, fragte sie schließlich.

»Tut mir Leid, dass ich mich nicht gemeldet habe.« Ich räusperte mich. »Hatte ein paar Schwierigkeiten. Der Kopf. Jetzt geht's wieder.«

Ich hatte den Eindruck, sie versuchte ein Lächeln zu unterdrücken.

»Und?«

»Wir könnten ja noch mal zusammen essen gehen.«

Etwas anderes schien sie viel mehr zu interessieren. »Warst du in Calhau?«

»Nein. Noch nicht. Warum?«

»Du hast mich doch nach Calhau gefragt. Hast du Bekannte dort?«, hakte sie nach.

Ich dachte an Rossis Bild in Sarrazins Unterlagen. Aber das musste sie nicht wissen.

»Entfernte Bekannte. Freund eines Freundes, er heißt Rossi.«

Das war's dann. Ihr voller Mund wurde schmal, die kleinen Narben auf ihren Wangenknochen ruckten zur Seite. Die Hand neben ihre Kaffeetasse ballte sich zur Faust. Sie sah weg von mir, auf die Straße hinaus, stand auf und verschwand.

Mein erster Reflex war aufzuspringen und hinter ihr herzulaufen. Aber irgendwann ist auch mal genug. Und ich hatte meinen Kaffee noch nicht einmal angerührt. Ich ließ mir einen Cognac dazu bringen, dann noch einen.

Es wurde Zeit, dass ich nach Calhau fuhr und mir Rossi mal ansah. Einfach meine Arbeit machte.

Nach dem dritten Cognac fiel mir wieder auf, dass jeder zweite Hund auf der Straße humpelte.

Als ich zu meiner Pension zurückkam, saßen die beiden Martins im Restaurant und redeten auf den Mann mit der Puppe ein, die neben ihm auf einem Stuhl saß. Der Dicke winkte mich zu sich.

»Nicht gut gelaufen?«, fragte Césario.

Schlechte Nachrichten machten hier schnell die Runde. Oder man sah es mir an.

»Der Name Rossi sagt Ihnen doch sicher was?«, fragte ich zurück, »und Calhau ja wohl auch. Helfen Sie mir einfach auf die Sprünge.«

Das Schweigen war ungemütlich. Césario spielte mit seinen Darts. Kühl sahen sie mich an. Sogar die Puppe hatte mir ihr hölzernes, zerkratztes Gesicht zugewandt.

»Wenn wir wissen, wo Sie hingehören«, sagte der alte Martins schließlich.

11

»Wenn Sie die Augen aufhalten, treffen Sie in Calhau sicher auf Ihre Freundin.«

»Woher wollen Sie das wissen?«

Césario Martins zwinkerte mir zu, aber er ging nicht darauf ein.

»Und vergessen Sie die Taxis. Nehmen Sie sich einen Mietwagen. Berufen Sie sich auf mich.«

Das Büro für Leihwagen war unten am Hafen. Als ich nach einem Leihwagen fragte, ließ sich der Typ hinter dem Schalter meinen Führerschein zeigen. Er zögerte. »Wir haben im Moment nichts da.«

Ich sah ihn mir an. Ein heller Schwarzer mit glattem Haar. »Césario Martins schickt mich.«

»Keine Sorge, das bekommen wir hin.« Er schnauzte einen dunklen Schwarzen mit starker Krause an, der sofort verschwand, um das Auto zu holen.

Eine halbe Stunde später saß ich in einem gelben Fiat, auf dem Weg in die Berge hinter Mindelo.

Die Straße wand sich durch eine ansteigende Geröllwüste, vorbei an elenden, unverputzten Häusern, die meisten ohne Dach. Dazwischen torkelten kaum bekleidete Menschen durch die Sonne, Frauen schleppten farbige Plastikschüsseln auf dem Kopf. Sie waren die Einzigen, die in irgendeiner Form zu arbeiten schienen.

Bald verschwanden auch die letzten Häuser, dann gab es nur noch braune Steine, dazwischen ein paar hellere Streifen Sand, ein unregelmäßiger Flaum von verkrüppelten Sträuchern, vom Wind alle in dieselbe Richtung gebogen.

Hinter einer Biegung tauchte die Straße in eine kleine Senke, mittendrin eine Müllkippe am Straßenrand. Und da lag er. Ein alter Schwarzer, in der prallen Sonne auf dem Rücken, mitten im Müll, wie gekreuzigt. Die Arme waren weit geöffnet, die Beine gespreizt. Sein aufgerichteter Schwanz warf einen kurzen Schatten.

Gleich Mittag, schoss es mir durch den Kopf. Ich blickte auf die Uhr, tatsächlich, kurz vor zwölf. Ich ging vom Gas, wahrscheinlich hatte mir die Sonne das Gehirn weich gekocht. Aber sogar im Rückspiegel konnte ich den Schatten sehen, den sein Ding warf.

Mein Herz klopfte, der Schweiß brach mir aus. Diese Inseln ließen mich nicht zur Ruhe kommen. Ich sah mich um, viel zu sehen gab es nicht, nur die Straße, die über den Rand der Senke in der flirrenden Hitze verschwand.

Er lag noch immer da, bewegungslos, der Schatten unverändert. Mit laufendem Motor beobachtete ich ihn, wartete auf ein Zucken seines Gesichts, seiner Arme. Seine Haut wirkte mumifiziert, trocken, das Weiß seiner Handflächen leuchtete unnatürlich hell. Kein Geräusch außer dem leise summenden Motor und dem Wind.

Ich warf hektische Blicke nach links und rechts, hörte hinaus, nichts. Hinter der Senke stieg ein Berg an, ebenso kahl wie der Rest der Landschaft, auf seiner Spitze drei große Antennen, am Himmel darüber eine einzelne, weiße Wolke.

Sie lauerten unter dem Müll. Eine andere Erklärung gab es nicht.

Ich hatte nicht einmal ein Messer dabei. Jetzt käme meine Pistole gut. Oder ein Fernglas, dann könnte ich die kleinen Röhrchen erkennen, mit denen sie unter dem Müll atmeten. Schweiß tropfte mir von innen auf die Gläser der Sonnenbrille.

Ich sah hoch zu der einsamen Wolke und gab Gas. Einfach so tun als sei nichts.

Wenig später lag eine breite Bucht vor mir, weit unten, in der drei silberne Wohncontainer in der Sonne glänzten. Rechts war die Bucht von einer flachen Landzunge begrenzt, links von einem spitzen, hohen Vulkankegel. Unter dem Vulkankegel in Ufernähe zwei Reihen Häuser, rohe Backsteinbauten mit flachen Dächern.

Das war also Calhau.

Neben mir, parallel zur Straße, zog sich ein tiefes Tal bis hinunter in den Ort. Im Tal vereinzelte graue Palmen, verrostete Wasserräder, vertrocknete Felder und ein paar Hütten.

Nichts bewegte sich in der gleißenden Sonne.

Von der Kuppe aus ließ ich den Fiat die schnurgerade Straße hinunterrollen. Auf den Containern am Strand konnte ich jetzt Solarpaneele und Parabolantennen erkennen. Etwas abseits waren Windmessgeräte und zwei Bohrgerüste aufgebaut. Zwischen den Containern liefen Männer umher, beim Näherkommen hörte ich einen Generator brummen und sah, dass sich in einem der Bohrgerüste der Bohrer drehte. Neben den Containern ein großes blaues Schild mit dem Emblem der Europäischen Union, zwölf weiße Sterne im Kreis auf blauem Grund.

Als ich näher kam, jaulte der unvermeidliche Creolo-Pop aus den Häusern herüber, ein quäkendes Saxophon, schnelle Gitarren, kehlige Gesänge. Ich stieg aus und ging zwischen den Häusern der Musik nach, bis ich am Meer auf eine kleine Bar stieß.

Eine Hand voll Männer saßen auf weißen Plastikstühlen und warteten auf ihr Essen. Auf der Theke plärrte ein Gettoblaster, ich bestellte mir ein Bier. Eine offene Tür führte hinaus auf die Veranda, ein paar Stufen, dann stand man am Wasser.

Zwei Männer saßen auf der Veranda, eine Frau stand neben ihnen, barfuß. Die Männer unterhielten sich leise mit ihr, der Wind drückte das dünne Kleid an ihren Körper, sie wusste es, die Männer wussten, dass sie es wusste. Einer von ihnen sagte etwas, sie lachte, während die Männer ihre Brüste unter dem dünnen Stoff fixierten, dem einen rutschte dabei seine Hand vom Schoß und pendelte unbeteiligt an seiner Seite, bis er es bemerkte und sie wieder auf seinen Schoß legte. Der Blonde aus dem Flugzeug. Er sah zu mir herüber, ich hob die Hand, er lächelte und neigte leicht den Kopf.

Wellen schlugen ans Ufer, Wind bauschte den Vorhang aus Plastikperlen vor der Tür, billiges Besteck klirrte, dazwischen das Gemurmel der Männer. Über allem lagen die ewigen, jaulenden Rhythmen der Musik. Die Geräusche verschmolzen zu einer schweren, wollüstigen Stille. Blut, das in Schwellkörper presste, Feuchtigkeit, langsame Bewegungen.

Rossi, wie kam ich an Rossi?

Ich winkte die Frau heran. Sie beugte sich zu mir herunter. Der billige Stoff hing ihr soweit vom Körper, dass ich zwischen ihren Brüsten den dunklen Knoten ihres Nabels sehen konnte.

»Gibt's was zu essen?« Rossi konnte sich noch einen Moment gedulden.

»Huhn mit Reis.«

Ich wartete. »Und?«

Sie richtete sich wieder auf. »Fisch mit Reis.«

»Dann Fisch.«

Der Kaffee war wirklich gut. Die Bar war mittlerweile leer, bis auf den Typen hinter der Theke.

»Ich suche Rossi.«

Jetzt sah er auf, interessiert.

»Im Ernst?«

Ich nickte. Er schien ehrlich überrascht.

»Ich dachte, Sie sind mit ihm zusammen gekommen. Es ist genau seine Zeit und sein Tag. Donnerstags hat er in Mindelo zu tun, kommt mittags zurück. Kann man die Uhr nach stellen. Jeder hier weiß das.«

Ich musste an den Alten auf dem Müllplatz oben in den Bergen denken. Aber das konnte unmöglich Rossi gewesen sein. Rossi war weiß.

Der Typ hinter der Bar griff unter die Theke, ich spannte meinen Körper an, erwartete, dass seine Hand mit einer Kanone wieder hochkäme, aber sie hielt einen Feldstecher.

»Dann gibt es nur eine Möglichkeit«, sagte er und ging auf die Veranda.

»Mann, hier ist er«, hörte ich ihn rufen, dann winkte mir seine Hand durch den Perlenvorhang zu. Er reichte mir das Fernglas, zeigte aufs offene Wasser. Weit draußen schwamm ein weißes Boot, das langsam näher kam.

»Sehen Sie genau hin, dann können Sie seinen Kopf erkennen.«

Ich suchte das Boot ab, zwei junge Männer saßen darin, keiner von ihnen war der Mann auf dem Bild von Sarrazin. »Er ist älter.«

»Nicht im Boot. Daneben, im Wasser.«

Es dauerte eine Weile, bis ich seinen Kopf zwischen den Wellen fand. Dann verschwand er wieder, tauchte auf, verschwand.

Rossi schwamm neben dem Boot her.

»Macht er das oft?«

»Ein paar Mal in der Woche.«

Ich wollte ihm gerade sein Fernglas zurückgeben, als ich auf der anderen Seite der Bucht eine schmale Gestalt sah, die aufs Meer hinausstarrte. Es war Malu. Sie hatte ein Fernglas vor den Augen und beobachtete Rossi.

Ich reichte dem Wirt sein Glas und zeigte in Richtung Malu. »Kennen Sie die Frau?«

Abrupt nahm er das Glas von den Augen und verschwand hinter seiner Bar.

»Und?«

»Glaube nicht.« Er log.

»Wo kann ich Rossi treffen?«

»Heute Abend gegen sieben, da isst er meistens hier.«

»Und vorher?«

Er zeigte auf die silbernen Container am Strand. »Versuchen Sie's dort.«

Ich hielt ihm einen großen Schein hin, um mein Mittagessen zu bezahlen.

»Kann ich nicht wechseln. Zahlen Sie alles heute Abend.«

»Und wenn ich nicht komme?«

Er atmete tief ein, blähte sich vor mir auf. »Ich finde Sie schon.« Dann lachte er, ließ die Luft ab und sackte in sich zusammen. »Und wenn nicht, dann knöpfe ich Rossi und seinen Leuten heute Abend eben mehr ab.«

Als ich aus der Kneipe kam, suchte ich den Strand nach Malu ab. Sie war verschwunden.

12

»Was wollen Sie?«

Rossi saß mit dem Rücken zu einem detaillierten Plan der Bucht von Calhau, farbige Pfeile waren über die Bucht gezogen, die Kühlung von zwei großen Rechnern summte.

Wer ich war, schien Rossi nicht zu interessieren. Ich sagte es ihm trotzdem. »Danco, Max Danco.«

Er stieß sich von seiner Arbeitsplatte ab und ließ die Lehne seines Stuhl nach hinten kippen. »Wen interessiert das schon?«

Ich fühlte mich sofort wohl. »Mich.«

Ich grinste ihn an.

»Also?«, fragte er. Eine Spur von Unsicherheit zuckte über sein Gesicht, als ich in meine Jacke griff. Als ich das Foto der Sestre herauszog und es vor ihn auf seine Arbeitsplatte legte, entspannte er sich merklich. Rossi schien Grund zu haben, mit etwas anderem zu rechnen.

»Wo ist sie?«

Er wippte mit seinem Stuhl hin und her, ein athletischer Mann, breiter Oberkörper, muskulöse, schwarz behaarte Arme, weiße Hose, weißes, kurzärmliges Hemd aus grober Seide. Ein weißes Jackett hing über der Stuhllehne. Nur sein Gesicht verriet sein Alter, Mitte, Ende fünfzig, braun gebrannt, abweisende Augen, in denen eine Mischung aus Unruhe und Wut glomm.

Als er das Bild sah, war die Unsicherheit verflogen.

»Freundin von Ihnen?« Er setzte ein herablassendes Grinsen auf.

»Sie wurde hier das letzte Mal gesehen.«

»Na und«, zischte er, »ich habe ihr gesagt, sie soll verschwinden. Sie hat rumspioniert. Ihr Söhnchen hat währenddessen am Strand herumgesessen und sich gesonnt. Immer wieder habe ich ihr gezeigt, was sie sehen wollte. Es gibt hier nichts zu bemängeln. Aber sie hat sich wichtig gemacht, meine Leute verunsichert. Hat irgendwas von einem Prüfungsbericht der Europäischen Kommission erzählt. Obwohl der noch lange nicht fällig ist. Dann hat sie angefangen, meine Leute hinter meinem Rücken über mich auszufragen. Irgendwann ist sie endlich abgehauen. Vielleicht, weil ich ein bisschen nett zu ihr geworden bin.« Er lachte.

»Die hiesige Polizei ist auch schon aufgetaucht.« Sein Grinsen wurde noch abschätziger. »Habe geholfen, wo ich nur konnte. Aber es hat nichts genützt. Wie auch. Bei den Affen hier. Danach hat niemand wieder was von ihr gehört. Wer weiß, wem sie noch alles auf den Geist gegangen ist. Interessiert mich auch nicht.«

Damit war das Thema für ihn erledigt. »Und wer schickt Sie«, wollte er noch wissen.

»Raten Sie mal.«

Rossi stieß sich mit seinem Stuhl von der Wand ab, ließ sich nach vorn kippen, fixierte mich einen Augenblick. Wieder flackerte diese Wut hinter seinen Worten, die sich gegen alles zu richten schien, was ihn umgab. »Brüssel schickt Sie nicht. Nicht einen Penner wie Sie. Die trauen sich doch ohne ihre dunklen Anzüge nicht unter die Leute. Also?«

Schnell und geschmeidig kam er hinter seinem Tisch hervor, lachte leise auf, als ich unwillkürlich einen Schritt zurücktrat, und öffnete die Tür des Containers.

»Hauen Sie ab, verschwinden Sie hier vom Strand.«

Ich nahm das Foto vom Tisch. Als ich mich an ihm vorbei zur Tür hinauszwängte, spürte ich seine harte Hand auf der Schulter, seinen Atem im Gesicht.

»Also, wer schickt dich?«

Ich schwieg. Mit einer plötzlichen Bewegung stieß er mich die drei Stufen hinunter auf den Strand. Auf der Tür seines Containers stand in schwarzer Schrift Bekkel Inc.

»Egal. Verpiss dich.«

Irgendwas lief völlig falsch. Ich zog meine Schuhe aus und rannte über den heißen Sand zum Wasser. Nicht dass mich Rossis Drohungen beeindruckten, was mich unsicher machte, war dass er etwas ganz anderes von mir erwartet hatte. Die Sestre interessierte ihn überhaupt nicht. Ihn beschäftigte etwas anderes.

Ich watete barfuß durch die Brandung zurück zu der Bar, der Wirt saß auf der Veranda und sah mir dabei zu, wie ich meine Schuhe wieder anzog.

»Und?«, fragte er, nachdem ich mir den Sand von den Füßen gewischt hatte.

»Vernünftig reden kann man mit ihm nicht.«

Er lachte und hielt mir eine Dose Bier hin, ich nahm sie, er gab mir die Hand. »Mino«, sagte er.

Ich schüttelte seine Hand. »Max.« Ich nahm einen Zug aus der Dose.

»Gab's Ärger?«

»Kann man sagen.«

»Dann hast du ihn nach der toten Frau gefragt?«

Das Bier fror in meiner Kehle fest. Ich versuchte, den Eisklotz hinunter zu würgen, aber er saß fest. Sie war tot? Sarrazins Augen blitzten vor mir auf, meine Zunge tastete nach der kleinen Narbe in meiner Wange.

Ich räusperte mich, dann noch einmal, meine Stimmbänder funktionierten noch. »Nach der toten Frau?«

Mino der Wirt ahnte wohl, dass er etwas Falsches gesagt hatte. Er fuhr sich mit der Hand durch die Haare, sein Gesicht verschloss sich.

»Wieso nach der toten Frau?« Ich musste mich beherrschen, ihn nicht anzuschreien.

»Ich dachte nur.« Er zögerte, als wolle er nicht zu viel preisgeben. »Weil du dich heute Mittag auch für die Frau mit dem Fernglas am Strand interessiert hast. Das war ...«

Er brach ab, als ich das Bild der Sestre rausholte und es ihm hinhielt.

»Ist das die Tote?«

Sein »Nein« klang erleichtert. Er sah mich an, schüttelte zur Bestätigung den Kopf und zog sich hinter seine Theke zurück. Ich starrte auf das Bild der Sestre, wischte mit dem Ärmel drüber. Sie war es also nicht.

»Du kennst die Frau, die heute Mittag am Strand war? Malu.«
Er antwortete nicht.
»Was hat sie mit einer toten Frau zu tun?«
Mino saß hinter der Bar und trank sein Bier.
»Also?«
Ich beugte mich über die Bar, er wich zurück. Ich zog hundert Dollar aus der Tasche, legte sie auf die Bar. »Sie gehören dir.«
Aber er sagte kein Wort. Als ich das Geld einsteckte, murmelte er leise: »Was weiß ich schon« und sah mich dabei an, »nichts«.

Nervös setzte ich mich ins Auto, stieg wieder aus. Um nach Mindelo zurückzufahren, war es zu spät. Ich wollte abends rechtzeitig in der Bar sein, das mit der toten Frau klären.

Ich lief durch den Ort, dann das breite, flache Tal hoch, das hinter den letzten Häusern inseleinwärts anstieg.

Ein Trampelpfad, flankiert von großen Steinen, die in der Abendsonne hellbraun leuchteten, schlängelte sich über den flachen, ausgedörrten Talboden. Auf der freien Fläche mitten im Tal leuchtete ein filigranes silbernes Gestell, ein Windmessgerät, gut drei Meter hoch. Die kleinen Löffel drehten sich schnell in der Brise. Weiter oben im Tal blinkten noch zwei Windmessanlagen und ein Bohrgestell im Licht der untergehenden Sonne.

Ich lief weiter, bis ich in den Schatten eines Palmenwäldchens kam. Krüpplige Büsche umrahmten einen kleinen Friedhof. Er war aufgeräumt und sauber, ohne den üblichen Müll aus Plastikflaschen und Papierfetzen. Plastikblumen waren vor den Gräbern in die Erde gesteckt.

Die Toten wohnten hier besser als die Lebenden.

Ich wanderte zwischen den trockenen Gräbern herum, las die Todesdaten. Nichts von einer Frau, die vor kurzem gestorben war.

Der Wind war stärker geworden und trieb kleine Staubwirbel das Tal hoch. Dann brach übergangslos die Dunkelheit herein, plötzlich waren die Berge links und rechts des Tals nur noch als schwarze Schatten gegen den rötlich und dunkelblau schimmernden Himmel zu erkennen. Unsichtbar in der Dämmerung knurrten Hunde in ihren Hungerträumen.

Ich sah Rossis höhnisches Gesicht vor mir, die Erleichterung, als ich ihm das Bild der Sestre hingehalten hatte. Heute Abend würde ich ihn nach der toten Frau fragen.

Als ich in den Ort zurückkam, jaulte mir eine Steelband aus der Bar entgegen. Licht fiel aus dem Eingang, ein Schwarzer mit Schürze lehnte neben der Tür und rauchte. Auf der staubigen Straße parkten jetzt Autos. In einem der Wagen saß jemand. Plötzlich leuchtete ein Feuerzeug auf, und mein Herz machte einen Satz. Es war Malu. Sie beobachtete den Eingang der Bar.

Das Fenster war heruntergekurbelt.

Leise rief ich: »Malu.«

Erschrocken drehte sie sich zu mir um, warf die Zigarette aus dem Fenster und ließ den Motor an. Ich musste zur Seite springen, Staub wirbelte mir ins Gesicht, als sie Gas gab und davonraste.

Ich sah ihr nach und fluchte leise vor mich hin.

Rossi sah mich sofort, aber er war nicht allein. Ein älterer Schwarzer, hellgraue Krause und auffällig blaue Augen saß neben ihm. Ich kannte ihn, es war der Offizielle, der im Café Lisboa auf Malu eingeredet hatte. Zwei jüngere Schwarze in Anzügen und offenen Hemden saßen links und rechts neben ihm. Die beiden jüngeren hingen an Rossis Lippen, der Grauhaarige wirkte gelangweilt.

In einer Ecke saß der Blonde mit der toten Hand. Er nickte mir zu, als er mich sah. Mino, der Wirt, stand hinter der Bar, die Frau von heute Mittag war nirgendwo zu sehen.

Ein paar Männer saßen am Tisch neben Rossi und hörten ihm zu. Die anderen Tische waren kaum besetzt.

»Leer heute Abend.«

Der Wirt grinste müde. »Tina hat frei.« Vermutlich die mit dem dünnen Kleid. »Sie ist morgen wieder da. Sie und ihre Freundinnen. Freitags ist es nicht schlecht hier.«

Aber ich war nicht ganz bei der Sache. Im Moment interessierte mich etwas ganz anderes.

Ich stieß mich von der Bar ab, ging rüber zu Rossi. Er blickte auf, der Grauhaarige beobachtete uns mit seinen hellen Augen.

»Eins habe ich heute Mittag vergessen.« Ich beugte mich zu Rossi herunter, sprach aber laut genug, dass alle es hören konnten. »Was war eigentlich mit der toten Frau?«

Es wurde still in der Bar, oder jemand hatte den Gettoblaster mit der Steelband leiser gestellt. Rossi sah mich nachdenklich an, dann ließ er sich mit seinem Stuhl an die Wand kippen, verschränkte die Hände vor der Brust und nickte in Richtung des Grauhaarigen. »Sie sollten ihn hier fragen.«

Wie es schien, brachte mich das auch nicht viel weiter, aber ich legte noch mal nach. »Ich wollte es von Ihnen hören.«

Rossi wusste, dass ich im Nebel stocherte, ein höhnisches Grinsen zog seine Mundwinkel nach unten. Er ließ sich mit seinem Stuhl wieder nach vorn kippen. »Hauen Sie ab.«

Ich stand da wie ein Idiot. Irgendeinen Abgang musste ich mir noch verschaffen. Ich sah Rossi an, seine rot geäderten Augen, die schwarz behaarten Oberarme mit den kräftigen Händen.

»Zu fest zugeschlagen?«, sagte ich ins Blaue hinein.

Rossi schoss aus seinem Stuhl hoch, doch der Grauhaarige war schneller und stellte sich zwischen uns. Rossi starrte ihn einen Moment an, dann mich. Widerstrebend setzte er sich wieder. »Wir sprechen uns noch.«

Ich hatte ihn erwischt, yeah.

»Gern«, sagte ich und wollte gehen, als der Grauhaarige mich festhielt. »Essen Sie doch hier. In aller Ruhe. Das Huhn ist nicht schlecht.«

Ich nickte.

»Der Reis auch nicht.«

Seine blauen Augen strahlten mich an. »Stimmt. Sie kennen sich aus.«

Er ließ meinen Arm los, und ich setzte mich an einen freien Tisch. Alle Augen im Raum folgten mir. Dann war der Bann gebrochen, die Stimmen wurden wieder lauter, die Musik hochgedreht.

Während ich auf dem Huhn herumkaute, versuchte ich, ein paar Brocken von Rossis Gerede mitzubekommen. Es ging um Raketen, Satelliten, Arbeitsplätze, Windstärken, Bodenbeschaffenheit. Und immer wieder darum, was er für ein guter Schwimmer sei.

Rossi trank nicht schlecht, redete sich warm. »In ein paar Jahren seid ihr reich, wenn ihr es richtig macht«, dröhnte er und schlug einem der jungen Schwarzen neben sich auf die Schulter. »Euer Land wird das reichste in Afrika. Ein neuer Hafen in Mindelo, neue Straßen hier rüber. Es wird wie früher.«

Rossi lachte, sah sich um, als erwarte er Widerspruch.

»Aber zuerst müsst ihr das Problem mit euren ungebetenen Besuchern da drüben in den Bergen endgültig regeln.« Er gestikulierte zur Tür hinaus. »Terroristen hier auf den Inseln, das geht nicht.«

Unsicher sahen die beiden jungen Schwarzen den Grauhaarigen an, dann nickten sie beflissen.

»Wenn ihr in Zukunft die Triebwerke hört und die Raketen starten seht, dann denkt an mich. Wir bringen euch die Zukunft. Um das Tal da hinten«, Rossi gestikulierte mit den Armen zur Tür hinaus, »wird euch ganz Afrika beneiden.«

Die Bar leerte sich langsam, die Männer nahmen ihr Bier und setzten sich draußen auf die dunkle Veranda. Ich folgte ihnen. Ein paar Lichtflecke tanzten über das Wasser. Rossis Stimme tönte aus der leeren Bar, er schien mit seinem Gequatsche alle bis auf die Schwarzen an seinem Tisch vor die Tür getrieben zu haben.

»Meine Fresse«, murmelte jemand und setzte sich neben mich. Im Halbdunkel sah ich, wie er mit der einen Hand eine Zigarette anzündete, die andere steckte in seiner Jackentasche. Die Zigarette im Mund, griff er nach seinem Bier, nahm dann mit der Hand, in der er das Bier hielt, die Zigarette aus dem Mund und trank einen Schluck.

Der Blonde mit der toten Hand.

Er wollte was sagen, aber da erschien der Grauhaarige mit zwei Bieren in der Hand und zog sich einen Stuhl zu mir heran.

»Ich habe mich beim letzten Mal nicht vorgestellt«, sagte er förmlich. »Fonseca«.

»Danco.«

»Nicht die Gegend, wo Sie sonst Urlaub machen«, sagte Fonseca nach einer Weile.

»Ich suche die Abwechslung.«

»Sie suchen ganz was anderes.« Spott klang in seiner Stimme mit, und er machte keine Anstalten, ihn zu unterdrücken.

»Was geht Sie das an.«

»Ich bin hier das Gesetz.« Der spöttische Ton wurde stärker.

»Das Gesetz? Und die beiden anderen an Rossis Tisch? Auch Gesetz?«

Neben mir bewegte sich etwas in der Dunkelheit. Der mit der toten Hand stand auf und verschwand.

»Nein. Die Macht.« Jetzt lachte Fonseca beinahe. »Die Regierung hat sie geschickt, sie kommen aus Praia. Halten sich über den Fortgang von Rossis Raketenprojekt auf dem Laufenden.«

»Diese Raketennummer?«

»Diese Raketennummer?« Er lachte. »So kann man es auch nennen. Das soll unsere Zukunft sein. Sie bauen eine Startrampe. Sie durchwühlen den Boden, messen den Wind, vermessen die Landschaft. Nur um rauszufinden, ob sie von hier aus Raketen in den Himmel schießen können.«

»Im Ernst?«

»Bitterer Ernst. Unsere alte Mutter Portugal steckt dahinter. Nachdem sie uns fast hat verhungern lassen. Aber das hier, das zahlt Brüssel, die Europäische Union.«

Ich horchte auf einen höhnischen Ton in seiner Stimme, aber da war keiner.

»Und was soll das Ganze? Ich denke, die Europäer schießen ihre Raketen irgendwo aus Südamerika in die Luft.«

Fonseca bewegte sich unruhig in der Dunkelheit. »Was weiß ich. Ein paar Raketen sind ihnen da unten in die Luft geflogen. Sabotage. Jedenfalls suchen sie was Neues. Und wir sind hier die Guten. Wir bringen uns nicht um wie unsere schwarzen Brüder auf dem Festland. Wahrscheinlich, weil wir nichts haben, wofür es sich lohnt.« Er trank einen Schluck. »Die Europäer machen sich wohl Sorgen, dass sie aus Guyana verschwinden müssen und bald keinen eigenen Raketenstartplatz mehr haben. Da hat Brüssel Rossi und seine Leute hergeschickt.

»Schön für euch. Dann seid ihr ja bald alle schwerreich.«

»Davon gehen wir aus«, sagte er fröhlich ins Dunkel hinein. »Europa bindet uns in seine Wertgemeinschaft ein. Um den Terror in der Welt zu bekämpfen.«

»Besser kann es nicht kommen«, sagte ich.

»Meine Worte«, murmelte er leise. Der Mond war aufgegangen und warf helle Flecken auf das Wasser, die wie Ölschlieren verliefen.

Wir schwiegen. Da war noch etwas, aber ich kam nicht gleich drauf. Schließlich fiel es mir doch noch ein. »Rossi hat was von Terroristen hier auf den Inseln gesagt.«

Ich spürte Fonsecas Blick auf mir.

»Nichts Ernstes. Er übertreibt. Wir haben sie im Griff. Sie kennen sie doch auch. Sie waren mit Ihnen im Flugzeug. Sehen doch ganz vernünftig aus, die Leute Sie ruhen sich hier aus. Seit Jahren schon.«

»Die Basken?« fragte ich. »ETA?«

Er ging nicht darauf ein. »Rossi spielt das hoch.«, sagte er nur. »Ich sorge schon dafür, dass ihn niemand am Arbeiten hindert.«

»So wie ich? Oder wie die tote Frau?«

Fonsecas Schatten wurde unruhig, erhob sich schließlich. Um uns herum in der Dunkelheit leuchteten die Glutpunkte der Zigaretten auf.

»Kommen Sie, wir gehen ein paar Schritte.«

Er nahm meinen Arm, überhaupt fassten sie einen hier sehr schnell an, fand ich, und zog mich in Richtung Strand.

»Was wissen Sie von der toten Frau?«, fragte er.

»Mino hat ein paar Andeutungen gemacht. Mehr nicht.«

Er blieb stehen, einen Augenblick schien er überrascht, dann sagte er: »Sie war eine Schwarze. Sie hatte was mit Rossi. Eine ganze Zeit lang. Dann war er sie wohl leid. Sie war eine von denen, die mit den Männern in den Containern schnelles Geld machen wollte. Schnell, für unsere Verhältnisse. Doch sie hatte einen Mann hier auf den Inseln. Der ist durchgedreht. Nehmen wir jedenfalls an. Wir haben die Frau tot am Strand gefunden. Ihn haben wir noch nicht.«

»Und was hat Rossi mit ihrem Tod zu tun?«

»Nichts. Gehen Sie Rossi in Zukunft aus dem Weg. Wenn ihm was zustößt, halte ich mich an Sie.«

Er lachte leise, während er durch den Sand hoch zu seinem Auto stakste.

»Warum sollte ich mich mit Rossi anlegen?«, rief ich ihm nach.

»Jeder weiß doch, dass Sie mit dem schwarzen Racheengel hier angekommen sind. Und heute Mittag war sie auch schon hier am Strand«, kam seine Stimme aus der Dunkelheit.

Ich ging zurück zu der Bar, Mino stand allein hinter der Theke. »Kommen Sie morgen Abend, dann ist richtig was los hier.«

»Ist Rossi wieder da?«

»Klar. Tina auch.«

»Dann bis morgen.«

Langsam fuhr ich durch die dunkle Nacht die Straße hinauf,

zurück nach Mindelo, ließ mir den Wind ins Gesicht wehen. Pech-
schwarz lag das Tal neben mir, nirgends das Flackern eines Feuers.
Nur in der Luft hing noch der Geruch von verbranntem Fleisch.

Alle wussten sie, mit wem ich gekommen war. Aber ich war mit
niemandem gekommen.

Es sei denn, sie meinten Malu.

13

Bewegungslos thronten die beiden Martins vor der Theke unten im
Hotel, Gesicht zur Tür, den Bauch auf den fetten Schenkeln abge-
legt. Sie schienen auf mich gewartet zu haben. Außer den beiden
war das Lokal leer, es war schon fast Mitternacht. Ich zog einen
Stuhl an den Tisch, Césario, der Sohn, zwängte sich an mir vorbei,
auf dem Weg zur Küche warf er schnell zwei Darts auf die Scheibe.
Doch er war nicht bei der Sache, die Pfeile blieben weit weg vom
Zentrum in der Scheibe stecken. Er kam mit einer Flasche Wein und
drei Gläsern zurück.

»Gibt's was zu feiern?«

»So wie Sie mit Rossi umgesprungen sind. Das ist doch schon ein
Grund.«

»Dafür, dass hier alles sehr langsam geht, wissen Sie sehr schnell
Bescheid.«

Césario überging die Bemerkung, zog den Korken aus der Flasche
und goß uns ein. Wir prosteten uns zu.

»Wird da was draus, aus der Idee mit der Startanlage?«

Als Antwort zog Ruben, sein Vater, nur die Augenbraue hoch.
»Rossis Leute sind seit gut sechs Wochen hier. Sie haben viel Geld
mitgebracht. Außer ihren Wohncontainern am Strand haben sie fast
ein ganzes Hotel in Mindelo gemietet.«

»So eine Menge Leute«, sagte der alte Martins, »die bringen hier viel Unruhe rein. In manchen Restaurants kann man nur noch mit Dollar bezahlen. Wenn die Startrampe gebaut wird, dann gerät hier endgültig alles aus dem Gleichgewicht.«

»Verhindern können Sie es doch nicht. Vielleicht hinauszögern, mehr nicht.«

Er antwortete nicht, nippte nur an seinem Wein. Ich sah zu seinem Sohn hinüber.

»Wir sind nicht die Einzigen, die was gegen die Raketen haben«, antwortete der. »Die Regierung will die Anlage. Sagen wir, eine große Mehrheit will es. Das bringt Geld ins Land. Viel Geld. Doch die Regierung sitzt in Santiago, weit ab vom Schuss. Für unsere Insel ist das nichts. Das Gebiet für die Startanlagen wird von der Europäern gepachtet. Von irgendeiner Kommission oder einer Behörde, ich hab's vergessen. Dann werden Hafenanlagen gebaut, damit die Satelliten und Raketenteile hierher gebracht werden können. Gebäude, um die Satelliten in die Raketen einzubauen. Wir sollen ein Vorzeigeland in Afrika werden.«

»Hochtechnologie im schwarzen Kontinent«, ergänzte der Sohn und lächelte vor sich hin.

»Sie könnten wirklich reich werden, wenn Sie es richtig anstellen", sagte ich.

Er nickte und zog den Korken aus der nächsten Flasche.

»Noch reicher?«, fragte ich.

Er überhörte die Frage und goss ein. Wir tranken schweigend. Schließlich zog ich das Bild der Sestre aus der Jacke und legte es auf den Tisch.

»Sie wissen doch alles hier. Wo ist diese Frau? Sie ist im Auftrag der Europäer hier. Ich muss sie finden.«

»Verstehe.« In der Stimme des Alten lag ein leiser Triumph.

»Ich nicht. Kennen Sie die Frau?«

»Sie war öfter in Mindelo. Sie hatte einen kleinen Jungen dabei. Einmal habe ich sie auch mit einem älteren Begleiter gesehen. Lange, weiße Haare«, sagte der junge Martins.

»So Mitte, Ende fünfzig?«

»Könnte passen. Schließlich ist sie verschwunden.«

Ich konnte es kaum glauben. Die Sestre hatte sich hier mit Jacob getroffen. »Wissen Sie, wohin?«

Césario sah seinen Vater an, der jetzt den Eindruck machte, als sei er eingeschlafen. »Weit kann sie nicht sein. Ein Flugzeug hat sie nicht genommen.«

»Ein Boot? Könnte sie mit einer der Yachten verschwunden sein, die manchmal die Inseln anlaufen?«

Er zuckte mit den Schultern. »Nicht, dass ich wüsste.«

»Wüssten Sie es?«

Er sah wieder zu seinem dösenden Vater hinüber, der hob müde den Kopf, öffnete die Augen und nickte.

»Und wo könnte sie sein?«, bohrte ich weiter.

Aber sie schwiegen.

»Ich dachte erst, sie sei die tote Frau vom Strand«, versuchte ich das Gespräch in Gang zu halten.

Der Alte schlug die Augen auf, über seinem Hemd breiteten sich feuchte Flecken aus, obwohl es kühl in dem Restaurant geworden war. Er wirkte erschöpft.

»Das war Rossis Kepse«, murmelte er. »Rossi und seine Leute holen sich die schwarzen Frauen mit ihrem Geld. Rossi vor allen anderen.«

»Und das hat ihr Mann nicht ausgehalten?«

Er öffnete die Augen etwas weiter. »Hat Rossi das gesagt?«

»Ein grauhaariger Polizist namens Fonseca.«

Ein Schauer lief durch den fetten Körper, eine Welle, die in den Oberschenkeln begann, über den schweren Leib nach oben lief, über sein Kinn, und dann aus seinem Mund schwappte. Ein böses Lachen. »Fonseca. Der weiß es besser.«

»Also doch Rossi?«

Der alte Martins stand unvermittelt auf. »Es gibt ein paar Leute hier auf den Inseln, die hätten gern, das es so aussieht.« Dann blickte er auf uns hinab. »Wir sehen uns morgen.«

Sein Sohn blieb sitzen, murmelte nur: »Nacht Vater«.

»Wen meint er?« fragte ich Césario, als sein Vater verschwunden war.

Césario schwieg einen Moment, dann sagte er: »Eine lange Geschichte. Erzähle ich Ihnen ein anderes Mal.«

Ich sah ihn an und musste an Fonsecas Bemerkung denken. »Sie wissen ja vermutlich auch, mit wem ich gekommen bin?«

Césario sah mich ruhig an. »Aber ja. Wir dachten zumindest, Sie seien mit ihr gekommen. Deshalb haben wir Sie auch eingesammelt. Aber es war wohl nur ein Zufall.«

»Sie kennen Malu?«

»Sicher. Jeder kennt sie hier. Jeder, der Musik macht, hofft, dass sie ihn groß rausbringt. Kaum eine CD, an der sie nicht beteiligt ist.«

»Und was hat sie mit Rossi zu tun?«

Einen Moment lang sah er mich etwas ratlos an. Dann schüttelte er ungläubig seinen kahlen Kopf. »Sie wissen es wirklich nicht?«

»Scheiße, nein«, sagte ich ruhig und sah ihm ins Gesicht, »ich weiß es nicht.«

Er hob abwehrend eine Hand, wie zum Schutz. »Es war ihre Schwester. Die Frau, die tot am Strand gefunden wurde, das war Malus Schwester. Und Rossi hatte monatelang was mit ihr. Hat sie ausgehalten, hat keinen in ihre Nähe gelassen.«

Er stand auf und räumte die Flaschen weg, dann streckte er noch einmal den Kopf aus der Küche. »Und Malu glaubt, Sie sind einer von Rossis Knechten.«

Er zog noch einen Dart aus seiner Brusttasche und schleuderte ihn auf die Scheibe. Genau in die rote Mitte.

Gegen sechs Uhr abends hielt ich es nicht mehr aus. Den ganzen Tag hatte ich mich in der Hitze auf dem Bett hin- und hergewälzt, auf den Abend gewartet. Ich las noch einmal die Unterlagen von Sarrazin durch, aber sie gaben nichts mehr her. Ich zerriss sie, stopfte sie zwischen einen Berg alter Zeitungen, den ich in einer Abstellkammer auf meinen Flur gesehen hatte. Nur das Bild der Sestre hob ich auf.

Dann durchwühlte ich meine Tasche, suchte nach dem Messer, das Pierre mir geschenkt hatte. Eine Weile befürchtete ich, die Truppe, die mir im Felicidade auf Santiago fast den Schädel eingeschlagen hatte, hätte es mitgenommen. Aber da war es. Ein Einhandmesser, die Klinge öffnete man mit dem Daumen. Sehr scharf, gut, um altes Brot und harte Wurst zu schneiden. Oder sich die Fingernägel sauber zu machen.

Aber ich fühlte mich sofort besser, als ich es in der Hand hielt.

Ich steckte das Messer ein und fuhr auf die andere Seite der Insel nach Calhau. Die Müllhalde, auf der gestern der Alte gelegen hatte, war wieder eine ganz normale Müllhalde. Es hatte sicher doch nur an der Sonne gelegen.

An der Straße zum Strand oberhalb der silbrigen Container ließ ich das Auto stehen. Es war dunkel geworden. Vor der Bar am Strand hielten immer wieder Autos, ihre Scheinwerfer flackerten durch die Gassen, das Schlagen von Türen hallte den Berg hoch, ab und zu ein Lachen.

Ein paar Schatten lösten sich aus den Containern und verschwanden in der Bar, wieder hielt ein Wagen, Rossis weißer Anzug leuchtete auf, als er die Tür zu Minos Bar aufstieß.

Ich sah in die parkenden Autos hinein, auf der Suche nach Malu. Nichts. Ich lief hinunter zum Meer, außen um die Bar herum, setzte mich auf die Stufen der Veranda, zog meine Schuhe und Socken aus. Dann zog ich eine Socke über meine Hand, die andere darüber, füllte beide mit feuchtem Sand und steckte sie in meine Jackentasche. Schließlich zog ich meine Schuhe wieder an und betrat die Bar.

Lärm schlug mir entgegen, in der Ecke war ein freier Tisch. Rossi sah in meine Richtung, ohne mein Kopfnicken zu erwidern. Er saß allein am Tisch, eng um ihn herum waren drei, vier vollbesetzte Tische, seine Speichellecker. In der gegenüberliegenden Ecke saß der Typ mit der toten Hand zusammen mit dem Italiener und dem krebsroten Schweden. Sie grüßten, als ich mich setzte.

Das Neonlicht machte die Gesichter grauer, eine kapverdische Violine aus dem Gettoblaster verstärkte die unangenehme Unruhe in dem Laden. An einigen Tischen leisteten schwarze Frauen den Männern Gesellschaft, die meisten hatten den Arm um einen der Männer gelegt. Die Frauen tranken Grogue. Wahrscheinlich spülten sie den Ekel runter. Tina, die Schwarze, die gestern Mittag bedient hatte, lief mit vollen Tellern durch den Raum.

»Wer viel arbeitet, soll auch viel vögeln«, rief Rossi hinter ein paar Männern her, die sich, jeder mit einer Schwarzen im Arm, an mir vorbei zur Tür hinausdrängten. Seine Speichellecker lachten.

»Und immer dieselben Pussies«, murmelte Rossi vor sich hin.

Rossi wirkte mürrisch, verkniffen. Ich hoffte, es hätte etwas mit meinem Auftauchen zu tun und setzte mich an einen winzigen Tisch am anderen Ende des Raums. Verstehen konnte ich nichts von dem, worüber Rossi sich mit seinen Leuten unterhielt, aber sie sahen immer wieder zu mir herüber. Tina brachte mir das Essen, Huhn, Reis und Bier. An Stelle ihres dünnen Kleides hatte sie sich in eine enge Jeans und einen ebenso engen Pullover gezwängt. Noch eine Nummer kleiner ihr BH, der unter dem Pullover tiefe Rillen in ihren Rücken und ihre Brüste schnitt. Hitze kroch mir die Beine hoch, während ich an meinem Hühnerbein nagte und ihr nachsah.

Die Atmosphäre in der Bar war angespannt, als warteten alle auf etwas. Die Männer an den Tischen neben Rossi versuchten, jedes seiner Worte aufzuschnappen, lachten schon, bevor er seine Sätze zu Ende gesprochen hatte. Die anderen ignorierten ihn.

Einfach war das nicht. Rossi trank immer schneller, wurde lauter. Als Mino kam, um den Tisch abzuräumen, lehnte Rossi sich zurück, schob die Unterlippe vor und fuhr sich dabei mit einem Taschentuch über den Hals.

»Wenn wir hier fertig sind, bist du ein gemachter Mann.« Die Stimmen in der Bar wurden leiser.

Mino blieb vor ihm stehen, die Teller in der Hand, ein festgefrorenes Grinsen im Gesicht.

»Und wenn wir hier bauen, kannst du dir den Schwanz vergolden lassen, wenn du dich nicht zu blöd anstellst.«

Ich wartete drauf, dass Mino ihm den Teller ins Gesicht hämmern würde, aber er grinste nur. Er zuckte nicht einmal, als Rossi sagte: »Dann kannst du neue Pussies haben, so viel du willst.«

Die Männer in Rossis Ecke grölten. An den anderen Tischen wurden die Gespräche wieder lauter. Rossi noch länger zuzuhören, brachte auch nichts, also stellte ich mich an die Theke.

Tina stand an der Kaffeemaschine, fuhr sich mit der Hand unter den Pullover, als sie mich kommen sah, um den Träger ihres BH hochzuziehen. Die Hand wäre ich jetzt gern.

»Zahlen.« Ich spürte Rossis Blicke in meinem Rücken.

Tina kratzte sich einen Moment mit dem Bleistift am Kinn, kritzelte dann ein paar Zahlen auf den Notizblock.

Ich grinste sie an, sie grinste zurück.

»Unser Pussijäger scheint ja endlich Glück zu haben.«

Es war nicht an mich gerichtet, aber für mich gedacht.

Ich ignorierte Rossi, beobachtete Tina und fragte mich, ob sie Rossis Englisch verstand.

»Dann weiß er ja bald auch, was wir schon alle wissen.«

Gelächter.

Ich holte meine Brieftasche raus, legte ein paar Scheine auf den Tisch und zog ein Foto von der Sestre raus. Irgendjemand schien den Gettoblaster immer lauter zu stellen.

»War die mal hier?«

Die Frau beugte sich vor, und ich hatte Probleme, meinen Blick von dem tiefschwarzen Schatten zwischen ihren Brüsten zu nehmen.

Sie nickte.

»Sie zeigt ihm schon mal die Ware.« Rossi.

Das Gelächter fing an, mich zu nerven. Ich fragte mich, wie Malu nur darauf kam, dass ich zu Rossis Leuten gehören könnte.

»Zwei-, dreimal«, antwortete die Frau leise, »manchmal war ein Junge dabei. Einmal auch ein älterer Mann mit langen weißen Haaren.« Schon wieder Jacob. »Aber ich habe nie mit ihnen gesprochen. Ihr gefiel es nicht, wie die Männer hier so sind. Sie kam nie wieder.«

»Wahrscheinlich denkt er, er betritt Neuland.« Eine Stimme hinter mir kreischte etwas zu laut.

»Verstehen Sie das eigentlich?«, fragte ich leise, als ich das Foto wieder einsteckte.

Sie nickte wieder. »Natürlich.« Sie legte mir die Hand auf den Arm. »Aber machen Sie sich nichts draus. Es ist mir egal, was sie sagen.«

Ich grinste sie an. »Und mir erst.«

Rossi saß in seinem albernen weißen Anzug zurückgelehnt im Stuhl, kippte auf den hinteren Stuhlbeinen hin und her.

»Na, endlich fündig geworden? Sie werden Ihren Spaß mit ihr haben.«

»Sicher.«

Ich machte einen Schritt auf ihn zu, die Socke in meiner Jackentasche schlug mir gegen die Hüfte.

In Rossis Augen glomm ein seltsames Feuer, eine Wut, ein zielloser Hass.

»Sie bringt's. Eine von denen, die es erfunden haben.«

Er lehnte sich zurück im Stuhl, kippte ihn wieder leicht nach hinten, so dass er mit der Schulter an der Wand lehnte. Seine Speichellecker kicherten albern und beobachteten uns.

»Hoffentlich haben Sie viel Fisch gegessen die letzten Tage.«

Er war nicht zu bremsen. Ich hatte die Nase voll.

»Ist ja gut, Rossi«, sagte ich noch.

Ein schneller Schritt nach vorn, ich trete den Stuhl unter ihm weg. Ein Stuhlbein bricht, Rossi landet auf dem Boden, knallt mit dem Kopf gegen die Wand.

Ein paar von seinen Leuten springen auf, keine Helden. Als sie sehen, wie ich mit dem Daumen meiner linken Hand die Klinge aus dem Spyderco klappe, treten sie den Rückzug an. Ich frage mich, wie das wohl aussieht, wo ich mit links kaum eine Buchseite umblättern kann.

Rossi kommt schneller hoch als erwartet. »Du fickst heute niemanden mehr.«

Er ist fast einen Kopf größer als ich, schwerer und stärker. Viel Spielraum habe ich nicht.

»Wart's ab.«

Er sieht das Messer, zögert. Ich lasse die Klinge wieder einschnappen. Noch bevor ich es in die Tasche stecken kann, stößt Rossi sich von der Wand ab, springt mich an. Ich tauche weg, seine Faust streift meine Schläfe, aber mehr auch nicht. Dann habe ich die Socke raus, treffe ihn aufs Ohr. Wortlos sackt er in sich zusammen.

Das Gejaule der Geige schneidet die Stille in dünne Streifen, in meinen Ohren rauscht das Blut, in der Bar steht die Zeit still. Das war knapp. Unwillkürlich musste ich grinsen. Das sollte reichen, um Malu zu überzeugen.

Schließlich bückte sich jemand vorsichtig zu Rossi herunter, fühlte seinen Puls, zog ein Augenlid nach oben. »In einer Viertelstunde quatscht er weiter.«

Ich steckte die Socke ein. »Das halte ich nicht aus«, gab ich zurück.

»Noch so einen Schlag hält er sicher auch nicht noch mal aus«, antwortete der Mann. Als ich mich an der Tür umdrehte, sah ich, wie er Rossi auf die Seite rollte und ihm seine weiße Jacke unter den Kopf schob.

Dann fiel mein Blick auf den Blonden. Mit der gesunden nahm er seine tote Hand und winkte mir damit zu.

»Mister, warte.«

Ich wollte die Autotür aufmachen, als Tina hinter mir stand.

»Du hast einen Gefallen gut bei mir.«

»Gib mir mal ein Bier aus.«

Tina lachte. In der Dunkelheit leuchteten ihre Zähne und ihre Zunge, als sie zwei Dosen Bier hochhielt. »Hol sie dir.«

Malus Gesicht taucht vor meinen Augen auf, einen Moment kämpfte ich mit mir, aber dann holte ich sie mir.

»Sie suchen die Frau auf dem Foto noch?«

Tina hatte nicht lange gebraucht, um mir meinen Gefallen zu tun. Dann hatten wir am Strand gelegen, ich hatte an Malu gedacht. Als Tina aufstand, hatte ich wieder nach ihr gegriffen, sah die helle Zunge aus ihrem Mund schießen, als sie sich zwischen meine Beine kniete. Doch nach ein paar schnellen Bewegungen war sie aufgestanden und hatte sich den Pullover angezogen.

»Das erhöht die Vorfreude auf das nächste Mal. Ich muss zurück in die Bar.«

Als ich wieder zu meinen Fiat zurückkam, hatte der mit der toten Hand plötzlich neben mir gestanden. »Also, was ist, suchen Sie sie noch?«

»Haben Sie sie?«

Die tote Hand steckte in der Tasche seines leichten Leinensakkos. Im Halbdunkel leuchtete sein Gesicht im Heiligenschein seiner strohigen Haare. »Ich weiß, wo sie ist.«

»Sagen Sie es der Polizei. Die scheint sich die meisten Sorgen zu machen. Oder Rossi. Für den hängt viel davon ab, dass sie wieder auftaucht.«

»Sie muss man wohl zum Jagen tragen.«

Mit der gesunden Hand zog er ein Päckchen Zigaretten aus seiner Jacke, schnippte eine Zigarette raus, hielt mir die Packung hin. Ich schüttelte den Kopf, er steckte sie ein, hielt mir dann eine Schachtel Streichhölzer hin.

»Ich kann es auch allein, aber es ist eine ziemliche Hampelei.«

»Feuerzeug wäre eine Alternative.«

»Weiß ich. Vergessen.«

Er zog an seiner Zigarette, die Glut gab seinem Gesicht zur Abwechslung mal eine gesunde Farbe.

»Noch nicht lang her, das mit der Hand?«

»Zehn Jahre. Hat aber auch sein Gutes.«

Er sah an mir vor bei in die schwarzen Schatten der Berge. Ich wartete.

»Früher habe ich gedreht, ohne Filter. Sicher besser so für mich.«

»Rossi?«, fragte ich.

Er ging nicht darauf ein. »Sie sollten fahren. Die Frau wartet auf der anderen Seite der Insel auf Sie. In Mindelo. Hotel Porto am Hafen. Zimmer 17.«

Die Lichter aus der Bar warfen quecksilbrige Flecken aufs Meer, sie wurden groß, zerflossen, liefen wieder zusammen.

»Warum ich?«

»Wenn Sie es nicht wissen.«

Langsam hatte ich es satt. »Ich könnte es aus Ihnen rausprügeln.«

Er fixierte mich einen Moment, dann lachte er, leise und geringschätzig, wobei seine Hand aus der Jackentasche rutschte. Mit der Schulter machte er eine leichte Bewegung in meine Richtung, die Hand flog in einem großen Bogen auf mich zu, ich wich zurück. Dann packte er die Hand, die Zigarette zwischen die Lippen gepresst, und steckte sie wieder in die Jackentasche.

»Klar könnten Sie das«, murmelte er und schnippte die Zigarette in die Nacht, »aber Sie sollten sich besser dranhalten. Sie haben noch knapp eine Stunde, dann ist sie weg.«

Ein paar Männer liefen an uns vorbei, Frauen im Arm. Wahrscheinlich gab es einen Trampelpfad hinunter zum Strand.

Ich sah den Blonden an, ruhig erwiderte er den Blick. Irgendwie musste ich weiterkommen, warum nicht so.

»Zimmer 17?«

Er nickte, doch als ich los wollte, hielt er mich am Unterarm fest. »Halten Sie nicht an, oben in den Bergen. Auf keinen Fall.«

»Warum sollte ich?«

»Manchmal traut man hier seinen Augen nicht. Besonders nachts.«

Den Alten auf dem Müllhaufen hatte ich nicht vergessen. »Meinen Sie den Alten?«

Aber er hatte sich schon umgedreht. Nur noch das Leuchten seiner strohigen Haare glomm in der Nacht.

»Auf keinen Fall vom Gas gehen«, hörte ich ihn noch einmal rufen.

Als ich den Fiat wendete, sah ich im Rückspiegel, wie die Tür der Bar aufflog. Rossis Anzug leuchtete im Lichtkegel. Hinter ihm der fahle Schopf des Mannes mit der toten Hand. Sie liefen zu Rossis Pick-up, als ich losfuhr. Wolken waren aufgezogen, das Mondlicht zeichnete ihre Ränder in kaltem Grau nach, kein Stern war zu sehen. Während ich die Straße in die Berge hinauffuhr, sah ich hinter mir die Lichter eines schweren Wagens. Ein Jeep. Wie Rossi einen fuhr. Dann kamen die engen Kurven, und ich konzentrierte mich auf die Straße.

Ich starrte in die Nacht, versuchte jenseits der Röhren, die die Scheinwerfer in die Dunkelheit schnitten, irgendetwas zu erkennen. Nach ein paar Minuten bildete ich mir ein, über dem Bergkamms vor mir ein leichtes Schimmern zu erkennen. Da flackerte es wieder in meinem Rückspiegel, der Jeep holte auf. Ich gab Gas.

Hinter einer Biegung flimmerte es leicht in der Nacht, schnell wurde das Leuchten stärker. Als ich über die Kuppe fuhr, wusste ich wieder, wo ich war. Vor mir lag die Senke, in der ich am Vortag den Alten auf dem Müll gesehen hatte.

Jetzt war es noch schlimmer. Einige Dutzend Kerzen waren sorgfältig um seinen Körper herum aufgestellt und flackerten im Wind, der Schatten seines aufgerichteten Glieds torkelte hin und her.

Nicht vom Gas gehen, hatte der mit der toten Hand gesagt.

Der kleine Fiat schleuderte durch die enge Kurve, mit dem linken Vorderrad kam ich von der Straße ab, Steine knallten dumpf unter das Bodenblech, vor mir schoss eine Felswand empor. Ein Schlag warf das Auto zurück auf die Straße, ich würgte den Motor ab.

Irgendetwas war anders. Ich hatte Mühe meinen Blick zu fokussieren, bis ich merkte, dass ich die Luft anhielt. Ich ließ sie aus den schmerzenden Lungenflügeln herausschießen und versuchte ruhig zu atmen.

Ich wagte kaum, mich umzudrehen, im Rückspiegel flackerten die Kerzen auf dem Müllhaufen, der Alte hatte sich nicht gerührt.

Mein Herz schlug im Hals, im Mund spürte ich einen seltsam metallischen Geschmack. Als Kind hatte ich manchmal an Taschenlampenbatterien geleckt. Genauso einen Geschmack hatte ich jetzt auf der Zunge. Strom.

Der Fiat sprang sofort wieder an, nur das linke Licht nicht.

Ein kindisches Glücksgefühl packte mich, als ich tief unter mir Mindelo leuchten sah. Das Licht der Stadt ließ mich ruhiger werden, als die ersten Häuser neben mir auftauchten, war ich fast wieder der Alte.

In Zimmer 17 reagierte niemand auf mein Klopfen. Ich lief runter zum Empfang

»Wer wohnt in 17?«

Der Schwarze sah in seinem Computer nach, schüttelte den Kopf. »Niemand.«

Hinter ihm hing der Zimmerschlüssel mit der Nr. 17 am Brett.

Jemand schob mich wie eine Schachfigur von einem Feld zum nächsten. Ich fluchte vor mich hin, sprintete aus dem Hotel, fühlte nach dem Messer in meiner Tasche und fuhr aus den Lichtern der Stadt hinaus wieder in die Berge. Ich wollte zurück nach Calhau, mir den Kerl mit der toten Hand vorknöpfen. Dann würde ich ihm seine andere Hand auch noch abschneiden.

Doch als ich den Ort hinter mir hatte und wieder durch die Nacht raste, holte mich der Irrsinn ein. Meine Hände wurden feucht, als ich an den Alten auf dem Müll dachte. Ich wartete auf das Schimmern des Kerzenlichts in der Dunkelheit, doch da war nichts. Fast wäre ich an der Müllhalde vorbeigefahren. Das Einzige, das im Licht des Scheinwerfers glitzerte, waren ein paar Glasscherben. Ich hielt, machte den Motor aus und horchte in die Nacht.

Dann eine Bewegung in der Dunkelheit. Zu sehen war nichts, aber da war etwas. Ich kurbelte das Fenster ganz herunter, horchte hinaus, jemand bewegte sich über die Steinwüste neben mir. Schritte, das Knirschen von Steinen. Der Wind trug das Geräusch von mir weg, aber da war jemand, wartete draußen in der Nacht auf mich.

Aus dem Dunkel löste sich auf einmal eine schwarze Gestalt, flog auf mich zu durch das offene Fenster. Rosa Zahnfleisch leuchtete auf, weiße Zähne. Ich riss die Arme hoch, stieß die Tür auf, versuchte, mich aus dem Wagen zu werfen, aber ich blieb im Sitzgurt hängen, den Oberkörper halb auf der Straße. Im Gesicht spürte ich die Wärme des Asphalts.

Das Licht im Wagen war angegangen, als ich die Tür geöffnet hatte. Jetzt sah ich sie im schwachen Licht, eine Ratte, die mich vom Fußraum des Beifahrersitzes mit eisigen Augen fixierte. Dann zog sich ihr Zahnfleisch zurück, ich versuchte verzweifelt, aus dem Gurt zu kommen. Die Ratte sprang auf meinen Oberschenkel, lief über meinen Oberkörper. Dann war sie in der Nacht verschwunden.

Als ich mich wieder aufrichtete, kam aus der Dunkelheit ein leises, tiefes Lachen, eine zweite Stimme fiel ein, Schritte entfernten sich. Dann umgab mich wieder nur Stille.

Ich schluckte und hielt mich am Lenkrad fest. Ich war eindeutig nicht auf der Höhe der Situation.

Ich ließ den Wagen an und suchte im Licht des Scheinwerfers die Müllhalde ab. Die Reste von meinem linken Scheinwerfer lagen vor einer Felsnase am Straßenrand.

Keine Kerzen, kein alter Mann.

Nur Rossis Pick-up.

Mit offener Fahrertür stand er in der Dunkelheit auf der gegenüberliegenden Straßenseite.

Mit laufendem Motor blieb ich im Fiat sitzen, die Hand an der Schaltung.

»Rossi«, brüllte ich in die Nacht, »Rossi.«

Aber ich wartete nicht einmal mehr auf eine Antwort, sondern knallte den Gang rein. Ich musste ins Licht, und wenn es nur ein paar heruntergekommene Straßenlaternen waren.

Césario stand vor seinem Restaurant und unterhielt sich heftig gestikulierend mit dem Mann, der die Puppe auf der Schulter trug. Césarios Hemd war völlig durchgeschwitzt, auch der Mann mit der Puppe wirkte erschöpft. Als ich den Fiat einparkte, beruhigten sie sich.

»Sieh dir das an«, sagte der Mann zu seiner Puppe.

»Was Ernstes?«, fragte Césario. Er lief um den Fiat herum.

»Ein Hund. Im Dunkeln«, sagte ich.

»Besser als ein Esel.«

Ich nickte ihm zu. »Viel besser.«

»Nur eine Ratte wäre noch besser gewesen«, sagte der mit der Puppe auf der Schulter ernsthaft.

Ich hörte einen Moment dem Klang seiner Stimme nach, er hatte tatsächlich »Ratte« gesagt. Dann riss ich mich zusammen. Hier auf der Straße würde ich nicht durchdrehen, das Vergnügen würde ich ihnen nicht machen.

Eine Weile blieb ich neben ihnen stehen, die Stimmung zwischen den beiden war irgendwie gespannt. Und sie stanken. Ganz leicht, aber sie stanken. Ich kannte den Geruch, aber es dauerte, bis ich darauf kam. Ein muffiger Gestank aus Kot, Blut und verdorbenen Fleisch. Das Flugzeug der Russen mit den toten Küken hatte so gestunken.

Ich ließ die beiden stehen und verschwand im Restaurant. Die alte Frau war noch in der Küche. Ich bat sie um ein Bier und setzte mich an einen der leeren Tische und vergaß den Gestank.

Es sah ganz so aus, als hätte der mit der toten Hand mich absichtlich nach Mindelo gelockt. Rossi war mir gefolgt. Und der Kerl war bei ihm gewesen.

Wenig später kam Césario ins Restaurant. Ich hob die Hand, als er etwas sagen wollte. »Ich kann heute nichts mehr hören.«

Massig und schweigend blieb er vor mir stehen. Schweiß lief über seinen dicken Hals.

»Noch gearbeitet?«, fragte ich ihn. Ich sah zu ihm hoch. Er antwortete nicht.

»Einen Gefallen können Sie mir doch tun.«

Er schwieg noch immer, sein Kopf wackelte leicht hin und her, als überlege er es sich.

»Ich will Malu treffen. Bekommen Sie das hin?«

Ein breites Grinsen wanderte über sein dickes Gesicht. »Jetzt kann sie ja wohl kaum noch Nein sagen.«

Sie wussten schon wieder alles.

Als er die Treppe hoch stieg, wehte wieder der Gestank von toten Küken durch den Raum. Ich wartete darauf, aber diesmal flog kein Dart durch die Luft.

14

»Wir haben keinen Hund gefunden«, sagte Fonseca, ließ mich dabei nicht aus den Augen.

Die Hitze drückte durchs Fenster, leise Geigen aus einem Kofferradio wehten herüber. Wir saßen im Restaurant, Césario hantierte in der Küche. Ich sah über Fonsecas Schulter zur offenen Tür hinaus, auf der gegenüberliegenden Straßenseite döste ein grau gefleckter Köter im Schatten.

»Da drüben ist er.«

Er machte sich nicht die Mühe, sich umzudrehen. »Sie haben ein Problem.«

Ich schüttelte den Kopf »Sicher nicht.«

»Ganz sicher sogar. Rossi ist verschwunden.«

Er griff in die Tasche, zog einen Umschlag hervor und kippte den Inhalt vor mir auf dem Tisch. Ein paar gelbe Lacksplitter. »Kein Hundeblut weit und breit.«

Ich grinste ihn freundlich an und nahm einen Schluck Kaffee. »Ich habe nie gesagt, dass ich den Hund überfahren habe. Er ist über die Straße gelaufen, ich wollte ihm ausweichen.«

Fonseca blies die Lacksplitter vom Tisch.

»Sie haben sich gestern drüben in Calhau mit Rossi geprügelt.«

»Er wollte es nicht anders.«

»Dann ist er hinter Ihnen her, dafür haben wir noch Zeugen aus der Bar. Seitdem wurde er nicht mehr gesehen. Seinen Jeep haben wir oben in den Bergen gefunden, offen. Der Schlüssel hat noch gesteckt. Ein paar Schritte weiter lagen die Lacksplitter von Ihrem Fiat.«

»Und ich soll ihn über den Haufen gefahren haben?«

Er schüttelte den Kopf. »Auch kein Blut an Ihrem Auto.«

Wenn sie wollten, konnten sie hier sehr fix sein.

»Sie haben ihm oben in den Bergen aufgelauert. Vermutlich war Malu dabei. Obwohl ich sie gewarnt habe. Dann haben Sie gemeinsam Rossi erledigt und in den Bergen verscharrt.«

»Sie haben Recht«, sagte ich, »und wissen Sie auch warum? Sein weißer Anzug. Auf den war ich schon lange scharf. Die Alte hier in der Küche hat mir versprochen, den Bund enger zu machen. Noch Kaffee?«

Fonseca sah mich unbeteiligt an, nickte dann. Ich bestellte uns zwei Espresso.

»Das wäre ein Motiv.«

»Es könnte ja auch ganz anders gewesen sein«, sagte ich schließlich.

»Ich höre.«

»Ich prügele mich mit Rossi. Jemand steckt mir, dass die Sestre in Mindelo im Hotel auf mich wartet. Zimmer 17. Fragen Sie nach. Ich war da. Derselbe Kerl stachelt Rossi auf, mir zu folgen. Er hatte den schnelleren Wagen, er hätte mich ganz sicher in den Bergen erwischt.«

»Wer sollte das gewesen sein?«, fragte Fonseca.

»Ein Mann aus der Bar. Ich kenne ihn nicht«, log ich. Wenn nötig, konnte ich Fonseca den Blonden immer noch liefern. Auch von dem Alten mit dem Riesending und den Kerzen auf dem Müll erzählte ich ihm nichts.

»Und das soll ich glauben?«

Ich zuckte mit den Schultern. »Haben Sie schon mit Malu gesprochen?«

»Sie ist verschwunden«, sagte er leichthin, »aber sie läuft mir nicht weg.«

Wind wehte mir durchs Herz.

Fonseca schien es zu sehen und lächelte mich an. Dann stand er auf. »Bis wir Rossi gefunden haben, bleiben Sie hier auf der Insel. Ich muss Sie um Ihren Pass bitten. Und wenn Sie versuchen zu verschwinden, stecke ich Sie in unser Gefängnis. Das würde Ihnen gefallen.«

»Bestimmt", sagte ich und zog meinen Ausweis aus der Hosentasche. Ich legte ihn auf den Tisch zwischen uns. »Aber eins interessiert mich noch, bevor Sie gehen.«

Er nahm den Pass an sich und blickte auf mich herunter. Wartete.

»Warum sind die Martins gegen die Raketen?«

»Weil sie zu denen gehören, die hier das Sagen haben. Es stört ihre

Geschäfte, wenn jetzt jede Menge Europäer hier auftauchen. Dann werden die Karten neu gemischt.«

»Was für Geschäfte kann man hier schon machen?«

»Was man auf diesen Inseln schon immer gemacht hat. Schmuggeln. Die Inseln waren immer ein Zwischenlager. Früher für Sklaven, manchmal auch Elfenbein. Im letzten Jahrhundert für die Kohle der Handelsschiffe. Daran hat sich heute nichts geändert.«

Ich lachte ungläubig. »Dieser Dicke mit seinen Darts und sein Vater?«

Kalt sah Fonseca mich an. »Césario kann mehr als nur seine dämlichen Pfeile werfen.«

»Und das wäre?«

Aber Fonseca drehte sich grußlos um und ging.

Als die Tür hinter ihm zufiel, musste ich an Césario denken und hatte wieder diesen Gestank von toten Küken aus dem russischen Flieger in der Nase.

In einem kleinen Restaurant in der Nähe der Uferpromenade aß ich zu Abend und fragte mich, wo Malu war. Am Nebentisch saßen ein paar sonnenverbrannte Segler und unterhielten sich laut. Nur einer hörte nicht auf zu lesen, während er sein Huhn runterschlang, bis er schließlich das Buch mit einem ratlosen Kopfschütteln auf den Tisch legte. Ich warf einen Blick drauf, Ross Macdonalds »Untergrundmann«.

Zusammen zogen wir später in eine Bar ein paar Häuser weiter, als wir uns trennten, hatte ich ihm das Buch abgeschwatzt.

Als ich ins Hotel zurückkam, steckte unter meiner Zimmertür ein Zettel. »Malu. Hafen von Ponta do Sol, Santo Antão, morgen nachmittag gegen fünf Uhr.«

Mein dicker Wirt hatte sie also aufgetrieben.

Santo Antão war die Nachbarinsel, gut zehn Kilometer von São Vicente entfernt. Ich würde mit Fonseca reden müssen.

Vor dem Einschlafen versuchte ich, mich auf die ersten Seiten des Untergrundmanns zu konzentrieren, »... sie schenkte mir ein kühles kleines Lächeln ...«, aber dann ließ sich Malu nicht mehr verscheuchen. Morgen. Vielleicht hatte ich jetzt bessere Karten, nachdem mir Rossi vor die Socke voll Sand gelaufen war.

»Ihr Beschützer hat Malu ja schnell gefunden«, sagte Fonseca grinsend, »grüßen Sie sie. Und sagen Sie ihr, dass eine Menge Ärger auf sie wartet.«

»Ich weiß, dass die tote Frau am Strand ihre Schwester war. Aber was hat Rossi damit zu tun?«

»Wer erzählt denn so was? Die Martins?«

Als ich nicht antwortete, zuckte er mit der Schulter.

»Also gut. Malus Schwester war mit Rossi befreundet.« Fonseca grinste vor sich hin. »Nennen wir es mal so. Irgendwann hat er sie abgeschoben. Sie ist in die Kneipe am Strand von Calhau gekommen und hat Geld von ihm gefordert, für ihre Dienste, vor all den Männern. Rossi ist ausgerastet und hat ihr eine gescheuert. Sie ist hingefallen, mit dem Kopf gegen die Kühltruhe geschlagen. Aber sie ist wieder aufgestanden und gegangen. Ohne Hilfe. Erst später haben wir sie dann tot am Strand gefunden. Genickbruch. Vermutlich war das Genick durch den Sturz angebrochen.«

»Was dagegen, wenn ich rüber nach Santo Antão fahre?«

Er schüttelte den Kopf. »Dachte mir schon, dass sie da ist. Sie kommt von dort.«

Fonseca hörte nicht auf zu grinsen, während er mir sogar noch die Abfahrtszeiten der Schiffe aufschrieb.

»Viel Spaß«, sagte er und gab mir einen leichten Schlag auf die Schulter.

Als die Fähre den Hafen verließ, lag ein großes, graues Schiff in der Bucht. Es hatte etwas von einem Kriegsschiff, eine schwimmende Drohgebärde. Aber was sollte ein Kriegsschiff in dieser gottverlassenen Gegend?

Da war die Fähre ganz anders. Wie ein todesfiebriges Seetier schwankte sie durch die Wellen, ab und zu spülte Wasser über die windabgewandte Seite, so schief lag es im Meer. Ich hatte mir hoch oben auf dem Boot einen Platz gesucht. Wenn es kenterte, wollte ich wenigstens nicht von den rostigen Aufbauten erschlagen werden.

Unten auf dem offenen Hinterdeck war alles bis auf dem letzten Platz belegt. Zwischen den Sitzreihen, eingekeilt von Gepäckbergen, standen bewegungslos Frauen, Männer und Kinder.

Die letzten Gespräche erstarben, als wir auf das offene Meer kamen. Ein abergläubisches Schweigen legte sich über das Schiff.

Seeleute waren die Menschen hier nicht. Ein kleiner Junge war der Erste. Er saß auf der Seite, von der der Wind kam und übergab sich. Als er sich umdrehte, sah sein Hemd aus wie eine billige Pizza. Doch bevor seine Mutter ihn ohrfeigen konnte, machte sich ihr Mageninhalt auf den Weg in eine Plastiktüte, die sie in der Hand knetete, seitdem wir den Hafen verlassen hatten. Beim Einlaufen in den winzigen Hafen von Santo Antao klatschten Dutzende von Plastiktüten ins Wasser, Menschen wischten einander ab, reinigten Koffer und Taschen.

Kaum kam das Ufer näher, kehrte Leben in die Schwarzen zurück. Sie schrien durcheinander, drängelten sich an die Reling, brüllten, winkten, nur um dann am Ufer weiter zu schreien und zu drängeln. Männer luden ihren Frauen schwere Schüsseln, Taschen und Säcke auf den Kopf, trotteten schließlich, nie mehr als ein Huhn in der Hand, vor ihnen von Deck.

Als die Fähre an die Kaimauer schrammte, fiel mir ein Gesicht auf, das mir bekannt vorkam. Unten im Schiff stand einer der Männer, die mit mir von Praia hergeflogen waren. Und die Baskisch gesprochen hatten. So wie Alex. Er hatte nur immer Euskara gesagt. Der Mann hatte einen Begleiter dabei, den ich nicht kannte. Sie unterhielten sich, aber ich war zu weit weg, um sie zu verstehen.

Die beiden sprangen als Erste ans Ufer, die Schwarzen gingen ihnen aus dem Weg. Da drehte sich einer der Männer um und sah zu mir hoch, sagte dann etwas zu seinem Begleiter.

Der Kai war verstopft von Bussen, die Fahrer schrien und gestikulierten durcheinander, die hellen Stimmen der Frauen antworteten, Menschen verschwanden in den Bussen, die Gepäckberge auf den Autodächern wuchsen bedrohlich an. Ein paar Busfahrer hielten mich am Arm fest, ich schüttelte sie ab, unsicher, weil ich nicht verstand, wo sie hinfuhren.

Einer stach heraus aus diesem Chaos, ein großer Mann mit blutunterlaufenen Augen, einer Haut wie Ruß, die kurze Krause dunkelblau gefärbt, nachtblaues Hemd mit goldenen chinesischen Drachen, ein Goldkettchen um den Hals. Bewegungslos stand er neben seinem Bus. Auf dem Dach turnte ein kleiner Schwarzer herum und verlud das Gepäck.

Der Schwarze fixierte mich, als ich näher kam. Ich sagte ihm, wo ich hinwollte, er nickte nur und machte mir ein Zeichen einzusteigen. Der Bus war voll, fast alles Männer.

Als ich mich in den Bus quetschte, sah ich zwei Motorräder langsam durch die Menschen auf uns zurollen. Auf den Rücksitzen der Motorräder saßen die beiden Basken. Sie trugen jetzt Helme, und ich konnte ihre Augen nicht sehen. Aber ich wurde das Gefühl nicht los, dass sie die Busse nach mir absuchten. Ich musste wieder an Alex denken, wie er mich belogen hatte. Nur ein paar Brocken, hatte er gesagt. Dabei sprach er Baskisch fließend.

Die Musik in meinem Bus war besser als die nervigen Saxophone und Gitarren des Creolo-Pop, den ich bisher aus den Bussen kannte. Talvin Singh dröhnte aus dem Kassettenplayer. Als der Kai sich allmählich leerte, zog der kleine Schwarze auf dem Dach ein Netz über das Gepäck, der große mit den blauen Haaren schob eine neue Kassette in den Player, Travis.

Wir verließen den Hafen. Vor uns wuchs ein kahler brauner Bergrücken in die Höhe, der sich über die gesamte Insel zog. Sein Kamm verschwand in einer riesigen grauen Wolke, der einzigen in dem strahlend blauen Himmel. Endlose Serpentinen zogen durch braune, verdorrte Erde. Ich sah zurück, tief unter uns glitzerte das Meer.

Langsam gewannen wir Höhe, es wurde kalt, ich zog die Jacke enger um den Körper. Die Fenster ließen sich nicht schließen, die Fassungen der Scheiben waren festgerostet. Nach gut einer Stunde verschwanden wir in der Wolke aus nassem, frostigen Nebel.

Hier oben war alles anders als auf den anderen Inseln. Hier war es grün, einzelne Bäume schälten sich aus den Nebelschwaden, fast ein Wald, hohe Büsche, nass glänzendes Gras, Agaven. Ich fror. Erst als mein Blick an unseren Reifen hängenblieb, wurde mir wieder warm. Das Profil war abgefahren, an einigen Stellen war die Karkasse zu sehen. An jeder zweiten Kurve bekreuzigte sich der Fahrer.

Gut eine Stunde fuhren wir im Schritttempo wieder bergab, der Nebel wurde lichter, schließlich hatte uns die Sonne wieder.

Zwischen ein paar Häusern am Meer hielt der Bus. Wenige Schritte neben dem Ort endete ein Flussbett im Meer. Wasser war hier lange keines mehr geflossen. Das einzig Bunte waren die Müllberge auf der Uferböschung. Weiter oben spielten ein paar Jugendliche Fußball auf einer ebenen Fläche. Es dauerte, bis ich die Spieler in der Staubwolke ausmachte. Sie wirkten wie Fische in einem trüben Aquarium. Ich stieg aus und streckte mich in der Sonne.

So könnte sie aussehen, die Hölle. Ein Stück Afrika.

Etwas strich um meine Beine. Ein kleiner verhungerter Hund, tiefschwarz, die Wirbelsäule eine Hügelkette unter seinem Fell. Doch irgendetwas stimmte nicht mit dem Hund. Hunde gingen Menschen hier aus dem Weg, mehr als Tritte, Steine, und Schläge hatten sie nicht zu erwarten.

Als ich genauer hinsah, wirkte der Hund schon nicht mehr so verhungert. Sein Fell war tiefschwarz und glänzte. Er stemmte eine Schulter gegen meine Wade, als wolle er mich vorwärts drängen.

Ein Pfiff gellte durch das Tal, ich blickte hoch, sah aber niemanden, nur der Druck an meiner Wade verschwand. Ich starrte das breite Tal hinauf, hoch in die Berge, in die dunkle Wolke, die über dem Kamm hing.

Sie war hier, die Sestre war hier. Ich wusste es. Und ich würde sie finden.

Aber dazu brauchte ich Malu. Ich lief zurück zum Bus.

»Hallo.«

Sie drehte sich zu mir um. »Du lässt nicht locker«

»Was soll ich sonst tun?«

»Was willst du von mir?«

Wieder fuhr mir dieser warme Wind durchs Herz.

Sie warf einen schmalen Schatten über die staubige Lehmstraße. Die Straße endete an einer Mauer über dem Meer. Unter uns eine winzige Mole. Jenseits der Mole rumorte die Brandung.

Ein paar Boote lagen auf den Felsen, die rotgelbe Bemalung pockig. Riesige, schwarze Schimmelflecken überzogen die Häuser am Wasser.

Malus gelbes Kleid leuchtete in der tief stehenden Sonne. Die Augen mit der linken Hand gegen die Sonnenstrahlen geschützt, schaute sie aufs Meer hinaus.

»Also«, fragte Malu, »was willst du?«

Ich suchte in ihrem Gesicht nach etwas, das nicht nach Zurückweisung aussah.

»Ich brauche deine Hilfe.«

»Meine Hilfe?« Echte Überraschung lag in ihrer Stimme.

»Du kennst dich hier aus. Ich suche eine Frau. Sie wurde hier auf den Inseln zum letzten Mal gesehen.« Ich zögerte einen Augenblick. »Ich glaube, sie ist hier. Ich brauche jemanden, der mir beim Suchen hilft. Und außerdem ist Rossi verschwunden.«

»Was interessiert mich Rossi?«

»Fonseca denkt, dass wir Rossi gemeinsam beseitigt haben.«

Sie lachte trocken. »Schwachsinn. Deshalb bist du ja wohl kaum hergekommen.«

Sie sah wieder raus aufs Meer, ein kleines Motorboot fuhr aus der untergehenden Sonne auf uns zu. Unsere Schatten wurden langsam schwächer.

»Du hast dich an ihn gehängt, versucht rauszufinden, was er so macht. Warst ihm auf den Fersen. Ich habe dich gesehen«, sagte ich.

»Ich weiß.«

»Wenn du nicht weißt, wo er ist, könnten wir ihn suchen.«

»Und dann?«

»Was immer du willst«, sagte ich.

Sie drehte sich zu mir um. Die letzten Sonnenstrahlen warfen einen roten Schimmer über ihre nackten, schwarzen Schultern und Arme. Hinter ihr schäumte die Gischt der Wellen in die Höhe. »Dafür brauche ich dich?«

»Warum nicht? Allein kommen wir beide ja doch nicht weiter«, gab ich zurück.

Das Boot war in die Mole gefahren, ein paar Männer zogen es aufs Ufer.

Malu ging langsam die Straße hoch in den Ort. Unten in der Mole feilschten die Männer mit ein paar Frauen um die Fische. Daumen und Mittelfinger tief in den Augenhöhlen der Fische, hielten sie sie ihren Fang am Kopf in die Höhe.

Ich folgte Malu. Das Licht war gerade noch hell genug, dass ich die Muskeln ihres Rückens und ihrer Oberschenkel unter dem gelben Stoff erkennen konnte. Meine Gedanken wanderten ihre Beine hoch, ich suchte nach den Konturen eines Slip unter dem glatten Stoff, fand keine, wurde unaufmerksam.

Sie blieb plötzlich vor mir stehen, und ich lief in sie hinein.

»Und gemeinsam kommen wir weiter?« Sie sah mir ins Gesicht und las meine Gedanken.

»Versuchen wir's.«

Ich stand dicht vor ihr. Das Weiß ihrer Augen zerlegt von roten Äderchen, die kleinen Narben auf den Wangenknochen waren ganz nah. Ich versuchte ihrem Blick standzuhalten, was nicht ganz leicht war, dann drehte sie sich weg.

Mittlerweile war es fast dunkel. Am Ende der Straße machte Malu vor einem Sonnenschirm Halt, unter dem eine Glühbirne baumelte. Zwei Tische und Stühle standen vor einer Tür. Sie setzte sich und schob mir einen Stuhl hin.

Wir bestellten zwei Bier, sie verhandelte auf Creolo mit dem Wirt.

»Es gibt Huhn.«

»Lass mich raten. Mit Reis?«

»Genau.«

»Warum nicht.«

Der Typ verschwand, wenig später knallte aus dem Inneren des Cafés der hektische Rhythmus des Creolo-Pop. Ich hob fragend die Hand, Malu murmelte einen Namen.

»Seine erste Platte habe ich produziert.«

»Gut.«

Sie lachte, glaubte mir kein Wort, hob ihre Bierflasche und sagte: »Cheers«.

Der riesige, menschenleere Platz vor uns lag in der Dunkelheit. Eine einzelne Laterne beleuchtete ein Kirchenportal, eine hohe gelbe Wand, zwei Fenster über der schmucklosen Tür. Nichts rührte sich, die Glühbirne unter unserem Sonnenschirm warf einen scharf umrissenen Halbkreis auf den Boden. Von fern brüllte das unsichtbare Meer.

Ich drehte die Bierflasche zwischen den Händen, rieb mir dann die Finger an der Hose trocken, auch um festzustellen, dass ich nicht schon wieder durch einen meiner Träume wanderte.

Malu sah mir zu, wie ich den Hals der Bierflasche am Hemd abwischte, den ersten Schluck nahm.

Ich erzählte ihr von der Sestre und ihrem Sohn, dem Klaviergenie, von Sarrazin, der mich schon mein halbes Leben verfolgte. Dann wollte sie wissen, wie Rossi gegen die Socke mit dem Sand gelaufen war. Sie sah mich gespannt an, und ich ließ nichts aus. Als Rossi zu Boden ging, hielt sie es nicht mehr im Stuhl, sie stieß mit dem Knie an unseren Tisch, gut ein halbes Dutzend leerer Bierflaschen kippte um, ein paar fingen wir auf, so richtig schnell waren wir auch nicht mehr. Ohrenbetäubend zersplitterte der Rest in der Stille der Nacht.

Erschreckt schwiegen wir einen Moment, der Wirt kam, fegte wortlos die Splitter zu Seite und nahm die leeren Flaschen mit.

Dann flutete die Stille zurück auf den dunklen Platz.

»Wieso glaubt Fonseca, ich hätte Rossi mit dir oder in deinem Auftrag verschwinden lassen?«

»Irgendeine Theorie muss er doch haben. Eine, über die er laut reden kann. Ohne alle auf der Insel gegen sich aufzubringen. Dabei weiß er genau, dass das nicht stimmt. Seit ich hier bin, werde ich überwacht«, antwortete Malu ruhig.

Als sie schwieg, bohrte ich weiter. »Was hatte Rossi mit deiner Schwester zu tun?«

Jetzt war sie dran, ich nahm einen Zug aus meiner Flasche.

»Was wohl?« Sie fixierte mich im Licht der schwachen Glühbirne.

»Wahrscheinlich hat sie ihm einen geblasen, wenn ihm danach war. Typen wie er finden es doch geil, wenn Schwarze ihnen einen blasen. Oder etwa nicht?«

Sie ließ mich nicht aus den Augen.

Typen wie er, dachte ich, zuckte mit den Schultern, sah in meine Bierflasche.

»Rossi hat ihr eine gescheuert. Sie ist mit dem Kopf gegen die Eistruhe geknallt.« Malu schwieg einen Moment, hing ihren Gedanken nach. »Alle bezeugen, dass sie wieder aufgestanden und aus der Bar gegangen ist. Später ist Rossi hinter ihr her, ist dann aber zurückgekommen und hat behauptet, er hätte sie nicht mehr erwischt.« Sie knallte ihre Bierflasche auf den Tisch. »Am nächsten Morgen hat man sie am Strand gefunden. Der Arzt sagt, vielleicht sei das Genick durch den Sturz angebrochen gewesen. Dann hat sie eine falsche Bewegung gemacht und war tot. Saubere Geschichte, nicht wahr?«

»Sie soll einen Mann auf den Inseln haben«, sagte ich leise.

»Unsinn. Seit über einem Jahr hat sie nichts mehr von ihm gehört. Er ist längst weg.«

»Glauben denn deine Eltern, dass es Rossi war?«

Malu nickte langsam und drehte die Flasche in ihren Händen.

»Ich kenne ein paar Journalisten, denen habe ich die ganze Geschichte erzählt. Das mit den Raketen fanden sie noch interessant, bei Rossi und meiner Schwester haben sie abgewiegelt.« Verachtung lag in Malus Stimme, mehr noch Resignation.

»Dann war ich hier bei einer Frau im Justizministerium in Praia«, sie löste den Blick von der Bierflasche zwischen ihren Händen und sah zu mir herüber, »kurz bevor du mir das erste Mal über den Weg gelaufen bist. Sie war irgendjemand Wichtiges, weiß der Teufel, sie hat sogar gemeint, meine Schwester hätte den Unfall selbst verschuldet. Und zudem sei sie ja wohl eine Prostituierte. Ich habe ihr eine geknallt.«

»Einer Justizbeamtin?«

Sie schwieg, bewegungslos im Schwarz der Nacht. »Wenn ich ihn finde, mache ich ihn fertig.«

Ich glaubte ihr nicht. Ein paar Mal war sie sicher nah genug an ihm dran gewesen. Aus ihrer Stimme klang eher Verzweiflung. Sie wusste nicht, wie sie ihn fertig machen konnte. Oder sie wusste, sie würde es nicht schaffen.

Oder aber sie ahnte, dass Rossi nichts mit dem Tod ihrer Schwester zu tun hatte.

Das Bier und Malus schwarze Schultern hatten meine Gedanken von der Leine gelassen, ich war nicht mehr so ganz bei der Sache. Ich schreckte in meinem Stuhl hoch, als sie ihre Bierflasche auf den kleinen Tisch knallte. Ein helles Echo sprang über den leeren Platz.

»Aber wir müssen ihn erst finden,« murmelte ich.

In dem Moment flog der Vorhang aus Plastikperlen zur Seite, ein Kind brachte unsere Hühnchen, gegrillt, dazu ein Teller mit Reis, dekoriert mit Kartoffeln und gekochten grünen Bananen.

Malu beruhigte sich. Wir bestellten mehr Bier, aßen mit bloßen Händen, zwei Gestalten im Licht einer Glühbirne unter einem Sonnenschirm mitten in der Nacht, auf einem leeren Platz auf einer verlorenen Insel im Atlantik.

Der eine wollte seinen Bruder rächen, die andere ihre Schwester. So etwas verbindet.

»Deine Leute, die müssten doch ein Interesse daran haben...«

Weiter kam ich nicht. Der Junge hatte die Teller wieder abgeräumt und stand zwischen den Plastikfäden des Vorhangs und beobachtete uns.

Malu stand plötzlich auf. »Komm wir gehen.«

Sie reichte dem Jungen einen Schein, wartete kaum, dass ich nachkam. Vermutlich hatte ich schon wieder was Falsches gesagt, aber jetzt wollte ich es wissen.

»Könnte uns deine Familie nicht helfen, Rossi zu finden. Und die Frau?«

Als ich sie einholte, wurde mir endgültig schwarz vor den Augen. Aber es war nichts Ernstes. In der Kneipe hatten sie die Glühbirne ausgeschaltet. Malu wollte etwas sagen, ich spürte ihre kräftige Hand auf meinem Unterarm, dann zischte sie leise: »Vergiss es.«

Auf dem dunklen Platz standen wir uns gegenüber, langsam gewöhnten sich meine Augen an das Dämmerlicht. Ich warf den Kopf in den Nacken, die Sterne setzten sich übergangslos in Bewegung.

»Und jetzt?«, murmelte ich.

Ihr Gesicht kam näher, ihr warmer Atem nahm mir fast die Luft. Sie schwieg.

»Heute geht sicher kein Schiff mehr«, brachte ich raus.

Sie hatte meinen Unterarm nicht losgelassen, zog ihn jetzt langsam an sich heran. Es traf mich wie ein Schlag, als ich die raue Seide ihres Kleides unter den Fingern spürte, eine trügerische Klarheit machte sich in meinen Kopf breit.

»Ganz sicher nicht«, sagte sie.

Das Letzte, was ich bei vollem Bewusstsein sah, war ihre helle Zunge. Dann stolperten wir über den Platz, bis wir eine Hauswand fanden, die uns Halt gab, ich hatte meine Hände unter ihrem Hintern, sie scheuerten am Putz der Wand, Stoff riss, sie hielt meinen Kopf fest und sagte: »Da hinten steht mein Auto.«

Sie stieg vorn ein, sah sich überrascht um, als ich mich hinter sie auf den Rücksitz setzte. Als sie losfuhr, schob ich vorsichtig meine Hände an ihren Achseln vorbei unter das ärmellose Kleid, bis ich ihre Brustwarzen zwischen Zeige- und Mittelfinger fühlte.

Sie fuhr, während ich die Brustwarzen bearbeitete. Sie war betrunken, aber nicht so, dass sie unvorsichtig geworden wäre. Im Schritttempo nahm sie die engen Kurven, ab und zu tauchte im Lichtkegel eine Felswand vor uns auf, Steine lagen auf der Fahrbahn, immer wieder fehlte der Straßenbelag, war weggespült oder abgerutscht, und wir holperten durch flache, sandige Löcher. Jedes Mal sackten ihre Brüste in meine Hände. Sie stöhnte und bäumte sich im Sitz auf, der kleine Wagen machte einen Satz nach vorn und blieb abrupt stehen.

Ich sah nach unten, plötzlich fehlte die Straße, und ich hörte das Meer an den Strand krachen. Doch der Schreck saß nicht tief. Ich murmelte ihr eine betrunkene Schweinerei ins Ohr, sie setzte langsam zurück und fuhr weiter.

Wenig später hielten wir vor einem Haus in einer schmalen Gasse. Ich zog meine Hände aus ihrem Kleid, die Knöchel schmerzten. Als sie die Tür aufmachte und das Licht aufflammte, sah ich, dass ich sie mir an der Hauswand blutig gescheuert hatte. Schade um ihr Seidenkleid.

Wir stiegen ein schmales Treppenhaus hoch, sie machte eine Tür auf und zog sich das Kleid über den Kopf, ich versuchte, meine Hose auszuziehen, aber sie griff mir mit beiden Händen in die Haare, ließ sich rückwärts aufs Bett sinken, die Füße auf dem Boden und zog meinen Kopf zwischen ihre Schenkel. Meine Kopfhaut schmerzte. Ich hatte Mühe, Luft zu bekommen, so presste sie mich in sich. Kurz bevor ich erstickte, kam sie, bäumte sich auf, ich schnappte nach Luft. Mein Kopf drohte zwischen den Muskeln ihrer Oberschenkel zu platzen, mein Kiefer knackte. Dann entspannte sie sich, griff aber sofort wieder nach mir.

Ich weiß kaum noch, was sie dann mit mir machte. Kurz bevor ich kam, zischte sie noch »sei leise«, doch sie traute mir nicht und hielt mir im entscheidenden Moment den Mund zu.

15

»Ist die Sestre da oben. Oder Rossi?«, fragte ich Malu.

»Ich weiß es nicht.«

»Wenn du es wüsstest, würdest du es mir sagen?«

»Vermutlich.«

Wir standen auf dem Dach des Hauses und sahen in die Berge hinauf. Malu trug eine schwarze Hose, darüber einen schwarzen Pullover. Der Morgen war ungewohnt grau und kühl. Über der Küste stieg ein feuchter Dunst empor, ließ die steil ins Meer abfallenden Berghänge blass und weit weg erscheinen. Regenwolken senkten sich langsam hinab ins Meer.

Das Dach war gut drei Meter tief und vier Meter breit, umgeben von einer niedrigen Mauer, die an einer Seite weggebrochen war.

Ich holte uns zwei Plastikstühle, setzte mich neben sie und kraulte ihr den Nacken. Sie rückte zur Seite und sah mich an.

»Bist du okay?«, fragte sie.

Ich klapperte mit dem Unterkiefer, er schmerzte noch ein wenig. »Denke schon. Und du?«

Aber sie schwieg und starrte wieder den Berg hinauf in die dunklen Wolken.

»Sind wir hier im Haus deiner Eltern?«

Sie schüttelte den Kopf, unwillig, fast mürrisch.

»Es gehört einem Onkel. Meine Eltern wohnen da hinten.« Sie zeigte in die Regenwolken, aus denen sich ein paar weiße Häuser schälten.

Ich fragte nicht weiter, rückte wieder an sie heran und fuhr ihr mit dem Fingernagel über die Schulter. Eine Gänsehaut kroch aus ihrem Rollkragen den Hals hoch.

Schließlich stand ich auf und blickte in die lehmige Gasse vor dem Haus. Ein paar Schwarze hingen neben Malus Wagen ab, wegen der Regenwolken in mehr Lumpen als gewöhnlich gehüllt. Kinder hockten mit ihren nackten Hintern in den Hauseingängen. Aus einem offenen Fenster tönte das hölzerne Knallen eines Tischfußballs. Hinter dem Haus tobte das Meer.

Nichts war hier noch viel.

Ich studierte Malus Profil. Ihr Gesicht hatte seine Härte verloren. Sie war wieder ganz von hier. In aller Ruhe aß sie eine Banane.

Aber ich war nicht hier, um zu werden wie alle hier auf den Inseln. Ich suchte die Sestre, ihr Kind, wollte mir Sarrazin vom Hals schaffen und mit Alex ins Reine kommen.

Ich wollte es hinter mich bringen und dann wieder weg. Und nicht den Wolken zusehen.

»Ich brauche einen Fahrer«, sagte ich, »dann könnten wir schneller die Gegend abklappern.«

»Wir?«

»Wir könnten sie zusammen suchen. Wo die Frau ist, ist auch Rossi.«

»Ich kann hier nicht weg. Selbst wenn ich nicht mehr...«

Der Satz ging im Krachen einer Welle unter. Schwarze Kiesel kollerten ins Meer, als sich die Welle zurückzog. Es hörte sich an wie Zähneklappern.

»Interessiert es deine Leute nicht, was mit Rossi wird?«

»Sie spielen ihr eigenes Spiel. Sie akzeptieren mich nicht mehr. Nicht bei so was.« Sie wog die Bananenschale in der Hand. »Ich bin zu lange weg. Ich gelte hier nicht mehr viel.«

»Unternehmen sie denn was? Rossi an ihre Schweine verfüttern. Oder was ähnliches?«

Malu sah die Berge hoch. »Ich weiß es nicht. Aber ich glaube nicht. Meine Familie lebt seit fast dreihundert Jahren hier auf der Insel. Erst haben sie ganz oben in den Bergen gewohnt, dann, als weggelaufene Sklaven nicht wieder eingefangen wurden, haben sie sich ein bisschen weiter nach unten getraut. Bis sie ganz unten waren. Dreihundert Jahre, um von diesen Bergen herunterzukommen. Wenn man gut in Form ist, ist man in knapp acht Stunden oben.«

»Wenn man will, kommt man ja auch noch weiter weg.«

Sie wandte den Blick von dem Berg ab und sah mich an. »Männer, die gehen, sind Helden. Bei Frauen ist das so eine Sache. Vor allem, wenn sie allein gehen und dann auch noch Erfolg haben, wie ich.«

»Deine Schwester hat nie dran gedacht, von hier zu verschwinden?«

»Doch, sicher. Aber ihr fiel hier alles so leicht. Sie war immer die Beste in der Schule. Ihr Lehrer haben dafür gesorgt, dass sie zu den Kapuzinern gekommen ist."

»Zu den Mönchen?«

Sie nickte. »Sie haben auf der Nachbarinsel eine Klosterschule. Doch Francisca wollte nicht ohne mich gehen, also durfte ich mit. Später organisierten die Kapuziner für uns ein Stipendium für das Lyzeum in Mindelo.«

Ich ließ sie reden, es fiel ihr nicht schwer. Aber es erleichterte sie auch nicht. Die Geschichte war zu klar, zu lange vorbei, nur der Tod hatte die beiden Schwestern noch einmal zusammengebracht.

»Francisca ist alles zugeflogen. Erst die Schule, dann die Männer. Für mich war alles harte Arbeit. Aber ich hab durchgehalten. Francisca hat die Lust verloren. Nach der Schule war ich auch mit den Inseln fertig und bin nach Holland gegangen. Und irgendwann hat das mit der Musik geklappt. Ich habe sogar Geld nach Hause geschickt.« Ihre Stimme war bitter.

»Aber meine Eltern haben immer nur geschrieben, was Francisca für eine gute Tochter sei. Da hatte sie schon zwei Kinder von zwei unterschiedlichen Männern.« Malu lachte leise vor sich hin. »Ich hab' nicht mehr dazugehört. Als der letzte Brief gekommen ist, war Francisca seit einer Woche tot.«

Aber Malu war hergeflogen, um ihre Schwester zu rächen. Nachts, im Dunkeln, war ihre Wut gewachsen, aber jetzt, bei Tageslicht, war die Wut verschwunden. Was blieb, war ihr schlechtes Gewissen.

Und die Unsicherheit, wer wirklich für den Tod ihrer Schwester verantwortlich war.

Aber mir half das alles nicht weiter. Ich wollte hier raus, und zurück nach Hause, nach Brüssel.

»Ich muss die Frau finden. Rossi bringe ich dir mit. Aber ich brauche jemanden, der mich auf der Insel rumfährt.« Ich drehte ihren Kopf zu mir. »Gestern wolltest du Rossi doch auch fertig machen.«

»Gestern war gestern.«

Ich schluckte einen Fluch hinunter. Sie ging zum Rand des Daches und warf die Bananenschale ins Meer.

»Du bist dir nicht sicher, dass es Rossi war, der deiner Schwester das Genick gebrochen hat.«

»Was ist schon sicher?«, sagte sie, »wir sehen uns später.«

Als es dunkel wurde, hatte ich keine Lust, länger auf Malu zu warten. Das Haus war feucht und kalt ohne sie. Im Treppenhaus der ersten Etage hing ein schwarzes Tuch an der Wand. Ich zog es zur Seite, und mein Gesicht erschreckte mich. Sie hatten die Spiegel verhängt. Ein kalter Luftzug wehte die Treppe hinauf.

Neben dem Haus war eine kleine Bar, ein quadratischer, mit Linoleumresten ausgelegter Raum, eine Kaffeemaschine und Regale voller Flaschen mit Zuckerrohrschnaps, Grogue.

Ich trank Kaffee, kippte immer mal wieder einen Grogue hinterher, dann fing es an zu regnen, und ich stierte in den Nieselregen. Zwei fingerlange Kakerlaken zwängten sich zwischen den Pflastersteinen des Bürgersteigs hindurch und verschwanden. Ich träumte vor mich hin und fing an, mich in meiner Hölle einzurichten.

»Gibt's was zu essen?«

»Fisch und Reis oder Truthahn und Reis«, antwortete der Typ hinter der Theke. Er hatte ein helles, fast nordeuropäisches Gesicht, dafür auf den Wangenknochen jeweils drei saubere, parallele Schnitte, so vernarbt, dass er sie seit seiner Kindheit haben musste. Und viel größer als die von Malu.

Truthahn? Ich versuchte, das Gehörte zu verarbeiten, sicherlich eine Halluzination, aber ich versuchte es trotzdem.

»Truthahn und Reis«, wollte ich sagen, da hörte ich das tiefe Brummen eines Motorrads. Eine schwere Geländemaschine rollte langsam durch die Gasse. Den Fahrer kannte ich nicht, aber die Maschine. Es war eine von denen, mit denen die beiden Basken am Hafen abgeholt worden waren. Ich sah, dass der Typ hinter der Bar der Maschine wie hypnotisiert hinterherstarrte.

»Truthahn mit Reis«, sagte ich.

Ich musste es zweimal sagen, bis er sich aus seiner Trance löste.

Er nickte.

»Wissen Sie, wer das war auf der Maschine?«

Aber er zuckte nur mit den Schultern und verschwand in der Küche.

Der Truthahn roch nach nassen, alten Zeitungen und schmeckte auch so. Ich goss Unmengen Piri Piri darüber, trank Grogue dazu, bis ich sämtliche Geschmacksnerven abgetötet hatte, und war froh, als Malu endlich auftauchte.

»Lass' uns ein Stück gehen«, sagte sie.

Ich hielt sie fest, zog sie auf den Stuhl. »Gibt es hier auf den Inseln Basken?«

Überrascht sah sie mich an. »Basken?« Dann, nach einer kurzen Pause: »Vor Jahren gab es mal eine kleine Kolonie, drüben in Mindelo. Als die Kapverden unabhängig von Portugal wurden, da hatte unsere Regierung viel übrig für Revolutionäre. ETA-Leute waren willkommen. Sie haben sich hierhin zurückgezogen, wenn es eng wurde für sie in Europa. Unsere Regierung hat das geduldet.« Sie ließ mich nicht aus den Augen. »Wieso fragst du? Bist du welchen begegnet?«

»Ich dachte, ich wäre einem über den Weg gelaufen.« Ich zuckte mit den Schultern.

Malu stand auf und nahm meine Hand. »Wir sollten uns beeilen.«

Sie hatte einen Fahrer aufgetrieben.

»Inglés will weg hier.«

»Das verstehe wer will.«

Wir liefen aus dem Ort hinaus in die Nacht. Unvermittelt blieb Malus dunkler Schatten neben mir stehen und drehte sich zu mir um. »Ich kann ihn auch wieder wegschicken.«

»Schon in Ordnung, tut mir Leid.«

»Inglés ist auf dem Absprung. Er ist Musiker. Kein schlechter. Das Auto lässt er seinem Schwager da.«

»Und er heißt wirklich Inglés.«

»Alle nennen ihn so. Er will nach London. Hört fast nur englische Musik. Ich habe ihm versprochen, dass ich ihm helfe, wenn er nach England geht.«

»Kostet?«

»Zweihundert Dollar am Tag.«

Üppig.

»Weiß er, worum es geht?«

»Das weiß hier jeder. Aber außer ihm würde dich niemand fahren. Er will weg, um jeden Preis. Als Musiker hat er hier keine Zukunft.« Dann senkte sie die Stimme. »Er kann manchmal etwas seltsam sein.«

Wer war das nicht hier?

»Da ist er«, sagte sie leise.

In der Dunkelheit wäre ich fast an ihm vorbeigelaufen. Doch da sah ich den dunkelblauen Schimmer seiner Haare. Er trug ein schwarzes Hemd, schwarze Hosen. Fehlte nur noch die Ninjamaske. Das war also Inglés.

»Hey, wir kennen uns.« Ich war wirklich erleichtert, dass er es war.

Er lehnte an der Fahrertür seines Toyota-Busses. »Yeah.« Seine Stimme kam aus dem Inneren der Erde.

»Er hat mich hergefahren«, sagte ich zu Malu.

»Ich weiß.«

»Wo ist der andere, der kleine, der das Gepäck aufgeladen hat?«

»Das ist sein Schwager. Er hält sich raus. Er will hierbleiben.«

»Ihm überlässt du den Bus?«, fragte ich Inglés.

Inglés sah mich nur an, sagte nichts, machte die Fahrertür auf, und das Licht ging an. Leer sah der Bus noch verheerender aus als besetzt. Ich fragte mich, wie sehr er seinen Schwager hasste, dass er ihm dieses Fahrzeug überlassen wollte. Aber dann wurde mir klar, dass sie hier alle so aussahen. Ich hatte mich nur zu sehr daran gewöhnt, dass Autos eine Innenverkleidung haben und Armaturen im Armaturenbrett. Das einzige Identifizierbare war ein Kassettenplayer und vier Lautsprecher in jeder Ecke des kahlen Blechdachs.

»Sieht gut aus.«

Er nickte kaum sichtbar. »Yeah.«

Seine Pupillen schwammen in rot geäderten Augäpfeln. In der trüben Innenbeleuchtung wirkte seine Haut noch schwärzer.

»Taschenlampe?«

»Yeah.«

Ich nahm seine Lampe und leuchtete die Reifen ab, keiner hatte auch nur den Rest von Profil. Es war ein Wunder, dass wir überhaupt von Santa Antão hierher gekommen waren.

»Bessere Reifen wären gut.«

»Immer.«

»Kannst du welche besorgen?«

Sein Blick ging zu Malu.

»Ich bezahle«, beruhigte ich ihn.

»Gut.«

»Bis morgen?«

»Verlass dich drauf.«

»Du weißt, wonach ich suche?«

»Kein Problem, Mann.«

»Noch nicht.« Ich hielt ihm die Hand hin, mit einem leichten Klaps schlug er sie zur Seite, die helle Haut seiner Handfläche leuchtete kurz auf. »Morgen früh um zehn.«

»Hier draußen, vor dem Ort«, antwortete er.

Der Motor sprang an, ich sah dem Geräusch nach, Rücklichter waren keine zu sehen. Entweder bremste er kein einziges Mal auf der schmalen Küstenstraße, oder er hatte kein Bremslicht. Oder keine Bremse.

»Er ist in Ordnung«, kam Malus Stimme aus der Dunkelheit.

»Er schon.«

Ich blickte in die Richtung, in der Inglés verschwunden war. Aber ich dachte nicht mehr an ihn, sondern an den Basken auf dem schweren Motorrad.

Fast den ganzen nächsten Tag fuhren wir durch die Berge, quälten uns im ersten Gang ausgewaschene Wege hoch, fast immer in dicken Regenwolken. Vorbei an Maisplantagen, nassen Hecken, deren Zweige vors Fenster schlugen, an qualmenden Grogue-Destillen. Von den Büschen tropfte das Wasser, dick vermummte Schwarze froren vor ihren Häusern, Kinder saßen auf ihren nackten Füßen, um sie zu wärmen.

Das einzige, was es erträglich machte, war seine Musik.

»Was für dich«, brummte Inglés und schob eine Kassette in den Player, auf der »Ronnie Scott Bobtet« stand. Britischer Jazz aus den sechziger Jahren.

Viel half es nicht. Ich blickte in leere Gesichter, die sich abwandten, wenn ich nach der Frau oder Rossi fragte. Ab und zu sah ich so etwas wie Unsicherheit in ihren Augen aufflackern, als hätten sie Angst, setzte nach, aber sie ließen mich stehen, verschwanden in ihre Häuser oder im Nebel.

»Halt an.«

Inglés ging vom Gas und bremste. Schon das zweite Mal bildete ich mir ein, das Aufjaulen eines Motorrads zu hören.

»Hörst du nichts?«

Er schüttelte den Kopf. Irgendwo hinter den Regenwolken drehte ein Motor hoch, wie von einem Motorrad, das durch schweres Gelände fährt.

»Hörst du das nicht?«

Inglés stierte aus dem Fenster und schüttelte wieder den Kopf. Es fiel mir schwer, ihm zu glauben.

»Kein Mensch macht den Mund auf.«

Ich wusste kaum noch, wo wir waren. Immer wieder fuhren wir

bergauf, bergab, blieben vor nassen Häusern und Hütten stehen. Wenn ich an die Tür klopfte, hörte ich drinnen Bewegungen, aber niemand machte auf. Wenn wir weiterfuhren, sah ich im Rückspiegel, wie sich die Türen einen Spalt weit öffneten und uns dunkle Augen nachsahen. Wut kochte in mir hoch.

»Sie haben Angst«, sagte ich zu Inglés.

»Yeah.«

Mehr an Unterstützung war für zweihundert Dollar am Tag offensichtlich nicht drin.

Schließlich hielten wir unter einem tropfenden Baum, Ronnie Scott spielte »Little Willie Leaps«. An einem mächtigen Ast des Baumes hing eine tote Ziege. Ein Seil war um ihre Vorderläufe geknotet, und nur der Kopf mit den glasigen Augen war unversehrt. Zwei Männer zogen ihr mit Macheten das schwarze Fell ab. Ihre Finger glänzten vom Blut der Ziege. Sie ignorierten uns, während uns aus einer Hütte mit einem Dach aus Bananenblättern zwei Kinder entgegenliefen und uns mit ausgestreckten Armen anbettelten.

Als ich ausstieg, stürmte eine schreiende Schwarze hinter den Kindern her, riss sie zurück in die Hütte. Wut schoss in mir hoch, das Blut pochte in meinen Ohren, ich ballte die Fäuste. Hier, irgendwo hier war die Sestre. Und sie alle wussten es. Ich ging auf das Loch zu, in dem die Schwarze verschwunden war, da ließen die Männer von ihrer Ziege ab, verstellten mir den Weg, Macheten in den blutigen Händen, die Augen feindselig unter der schwarzen Krause.

»Habt ihr einen weißen Mann hier gesehen? Rossi? Und eine Frau mit ihrem jungen Sohn?«, fragte ich.

Ich spürte das Pochen meines Blutes an den Schläfen und im Hals, als sie mich für einen Moment wortlos und mit unbeteiligtem Blick fixierten. Schließlich wandten sie sich ab, verschwanden in der Hütte. Mein Arm schoss vor, ich riss einen von ihnen an der Schulter zurück.

»Mach's Maul auf, wenn ich mit dir rede!«, schrie ich.

Ich sah noch, wie aus dem Halbschatten der Hütte die Machete auf mich zukam, doch bevor sie mich traf, schlug mir etwas gegen den Hals, ich flog zur Seite und es wurde dunkel.

Ein dumpfes Hämmern holte mich in diese Welt zurück, ich schlug die Augen auf und blinzelte in den blechernen Himmel des Toyota.

Wir standen noch immer unter dem Baum, dicke Wassertropfen knallten aufs Dach. Inglés starrte mich vom Fahrersitz aus über die Schulter an.

»War das nötig?«, murmelte ich und richtete mich vorsichtig auf.

»So geht das nicht. Das sind auch meine Leute. Trotz allem. Noch einmal so was, dann läufst du«, antwortete er.

Es war Inglés gewesen, der mich aus dem Verkehr gezogen hatte, bevor mich die Machete traf.

»Du hättest besser den beiden eine verpassen sollen.« Vorsichtig legte ich mich auf die Seite, mein Hals war völlig steif.

»Ich will lebend von den Inseln wegkommen«, sagte er leise.

Ich nickte, wollte mich entschuldigen, aber die Zeit reichte nicht mehr. Ich sprang aus dem Toyota und übergab mich.

»Lass uns eine Pause machen«, murmelte ich.

Mein Halsmuskel schmerzte, als ich den Kopf hin und her drehte. Wir fuhren runter ans Meer ins Helle. In der brütenden Sonne entspannte ich mich wieder und machte das Beste aus dem Tag.

»Das war schon nicht schlecht für den ersten Tag. Wir haben für Unruhe gesorgt. Sie ein wenig aufgemischt.«

»Yeah, haben wir.«

Aber so ganz auf der Höhe war Inglés auch nicht. Er hielt bei ein paar eingefallenen Häusern am Strand, verschwand in einem Verschlag und kam mit ein paar Dosen Bier wieder. Wir setzten uns auf die Reste einer eingefallenen Mauer am Strand, als ein Kind auftauchte. Barfuß hockte es sich vor uns in den Staub der Straße, nackt bis auf den mülligen Rest eines Hemds. Zäher, kranker Speichel floss ihm aus Mund und Nase.

»Gott ist ein Versager.«

Ich lauschte dem gleichmäßigen Dröhnen der Sonne, aber es war Inglés' Stimme gewesen. Wahrscheinlich eine Halluzination. Er hatte mich einfach zu hart erwischt. Und jetzt die Sonne.

Da spritzte ein Stein vor dem Kind in den Staub. Ich drehte mich zu Inglés um, sah, wie er einen neuen Stein nahm.

»Lass den Scheiß.«

Er wog den Stein in der Hand. »Ein Versager«, er holte aus, ließ dann den Stein fallen, »Gott ist ein Versager.«

»Lass uns aus der Sonne gehen.«

Ich rutschte von der Mauer. Er machte keine Anstalten, mir zu folgen, und ich stellte mich vor ihn hin.

»Du bist in ein paar Wochen weg hier«, sagte ich leise, »aber glaub' nicht, dass es bei uns besser ist. Du wirst dich an eine Menge gewöhnen müssen.«

Ich kramte ein paar Münzen aus der Tasche, hielt sie Inglés hin. »Sag ihm, es soll sich verpissen.«

Er murmelte etwas in Richtung des Kindes, warf ihm die Münzen hin. Mit einer unendlich langsamen Bewegung ließ es sich aus der Hocke auf Knie und Hände fallen. Noch nie hatte ich eine Bewegung gesehen, die so viel Erniedrigung ausdrückte. Das Kind klaubte die Münzen aus dem Staub und lief ohne einen Laut mit schlingernden Schritten davon, die Hand mit den Münzen über den Kopf.

Inglés hatte Tränen in den Augen.

Wir setzten uns wieder in den Wagen, für heute hatte ich keine Lust mehr. Ich gab Inglés sein Geld und bat ihn, mich zurückzufahren.

»Ich zeig' dir noch was«, brummte er.

Wir fuhren durch den Ort mit Malus Haus, von weitem leuchteten die weißen Plastikstühle auf dem Dach. Ich sehnte mich nach Malu.

Die Straße wurde schmaler, das Kopfsteinpflaster löste sich auf, und die Staubwolke, die wir hinter uns her zogen, wurde immer undurchdringlicher. Die Küste stürzte steil neben uns ab, die Piste wurde durch tiefe Rinnen, die der Regen hinterlassen hatte, fast unpassierbar.

»Hast du irgendwas Besonderes vor?«, fragte ich ihn.

»Wir sind gleich da.« Am Fuß eines riesigen Felsen endete die Straße. Der Steinbrocken war wie eine große Nase geformt.

Unter uns lag ein zerklüfteter, schwarzer Strand aus erstarrtem Lavagestein. Darunter rumorte das Meer, es musste an vielen Stellen den Fels weit unterspült haben. Überall waren tiefe Spalten und Löcher im Gestein. Wenn eine Welle unter dem Fels verschwand, spuckte er kleine Fontänen in die Luft. Eine gute halbe Stunde rührte Inglés sich nicht, ich wartete, die Augen fielen mir zu, der Hals tat mir weh.

»Schau mal.«

Ich spürte plötzlich seine Hand an der Schulter. Inglés zeigte auf die Lavafelsen.

»Jede fünfte Welle.«

Ich hörte nicht genau hin, aber als Inglés »fünf« zählte, schoss nah am Wasser eine große Fontäne aus den Felsen.

»Lass uns ans Ufer gehen.«

Über die Felsen liefen wir hinunter zum Wasser. Er zeigte auf ein Loch. »Die Fontäne.«

Dann starrte er ins Wasser. »Siehst du den Ring?«

Auf Höhe des Wassers war ein großer Eisenring in einen einzeln stehenden Fels gemauert. Sanfte Wellen rollten heran, und langsam verschwand der Ring unter dem Wasser. Viel Flut gab es hier nicht. Aber bald war der Ring nicht mehr zu sehen.

»Da hat früher deine Yacht geankert«, sagte ich.

»Yeah«, brummte er leise, »da unten ist mein Vater gestorben.«

Ich wandte mich ab. Ich konnte es einfach nicht mehr ertragen. Niemand, der hier nicht irgendwas mit sich rumschleppte. Warum gab es keine normalen Menschen hier? So wie ich. Einer, der ein Ziel hat, seinen Job erledigen will, und dann nichts wie weg.

Ich drehte mich um, wollte zurück zum Auto laufen, als ich den Motorradfahrer oben auf der Straße sah. Ich packte Inglés am Arm. »Siehst du ihn? Ich wette, er verfolgt uns.«

In dem Moment hörte ich das Grummeln eines Motors. Der Motorradfahrer gab Gas und verschwand.

»Ich sehe nichts«, sagte Inglés und blickte wieder aufs Meer hinaus.

»Du lügst.«

Hinter uns schoss wieder ein Wasserstrahl in die Luft.

Ich ließ ihn stehen und ging zurück in den Ort. Inglés hatte das Motorrad gesehen. Inglés hatte Angst.

16

Malu saß in der Morgensonne auf dem Dach und unterhielt sich mit einer jungen Frau. Als ich auftauchte, verschwand sie ohne mich anzusehen sofort vom Dach.

»Hat sie ein Problem?«

»Du bist das Problem.« Malu nahm meine Hand und sah sich die verschorften Knöchel an. »Du bist vorgestern in den Bergen auf ihre Familie losgegangen.«

Den dritten Tag war ich jetzt mit Inglés unterwegs, ohne Erfolg. Ich hielt Malus Hand fest, fester als beabsichtigt.

»Ich komme nicht weiter. Kein Mensch macht den Mund auf. Inglés lügt mich an. Und dann ist da noch dieser Motorradfahrer, den niemand gesehen haben will.«

»Sie haben sich gemeldet«, sagte Malu.

Einen Moment war ich sprachlos. »Wer hat sich gemeldet?«

Sie ging nicht darauf ein. »Tust du mir einen Gefallen?«, fragte sie stattdessen.

»Sicher.«

»Du musst etwas für mich erledigen.« Malus Stimme zitterte, sie ließ meine Hand los und verschränkte ihre Arme.

»Ja klar, nur was?«

»Es geht um Rossi. Sie haben einen Jungen geschickt. Ob ich Lust hätte Rossi wiederzusehen. Es würde mir gefallen. Aber ich will da nicht hin.«

»Wer hat ihn geschickt?«

»Ich weiß nicht.«

»Und das war alles, was er gesagt hat?«

Sie schüttelte den Kopf. »Jemand will mich treffen. Ich habe gesagt, du kommst an meiner Stelle. Inglés bringt dich hin. Heute Nachmittag.«

»Wohin?«

»Zu einer alten Frau. Sie wohnt auf der anderen Seite der Insel.

Man sagt, sie weiß alles, was auf der Insel geschieht. Aber niemand geht freiwillig zu ihr.«

Sie stand auf, stellte sich hinter mich und streichelte mir mit dem Zeigefinger den Hals, wo Inglés mich getroffen hatte.

»Wirst du für mich hingehen?«

Ich nickte.

»Vorher zeige ich dir noch etwas.«

Der Friedhof war ein sauberes Geviert mit akkuraten Kreuzen und Grabplatten, umschlossen von einer schulterhohen Mauer, weit oben über dem Ort und dem Meer.

Malu hatte eine gelbe Wachsrose mitgebracht und legte sie auf ein frisches Grab. Auf dem Erdhaufen lag ein Holzbalken, Francisca Vicra stand darauf.

»Der Grabstein kommt noch.«

Zielstrebig ging sie zu einem anderen Grab und winkte mich heran. Das Kreuz war eine aufwendige Schmiedearbeit.

»Der Vater von Inglés.«

»Ich dachte, er sei im Meer beerdigt.«

»Da ist er gestorben.«

»Ein schönes Kreuz.«

»Inglés Vater war Schmied. Das Kreuz hat er selbst angefertigt. Sie haben es nach seinem Tod in seiner Werkstatt gefunden. Den Todestag schon eingraviert. Ein seltsamer Mann.«

»Ist er bei dem Felsen mit dem Ring ertrunken?«

»Inglés hat dir die Stelle gezeigt?«

Ich nickte.

»Er ist nicht ertrunken. Wochenlang ist er an diese Stelle gegangen, niemand hat gewusst, warum. All die Tage hat er diesen Eisenstift mit dem Ring in den Fels getrieben. Als der Stift tief genug im Fels saß, hat er eine Stahlkette und ein Schloss genommen, sich die Kette um den Hals gelegt, sie an den Ring im Fels angeschlossen und den Schlüssel ins Meer geworfen.«

»Einfach so?«

»Einfach so. Inglés hat ihn gefunden, als das Wasser anstieg. Er hat noch gelebt, aber Inglés hat es nicht geschafft. Niemand hält sich da draußen vor den Felsen, wenn die Wellen kommen. Die Männer aus dem Dorf mussten Inglés aus dem Wasser ziehen. Oben von den Felsen hat er zugesehen, wie sein Vater ertrunken ist.«

Malu erzählte weiter, aber ein tiefes Brummen lenkte mich ab. Unten im Ort war das Motorrad aufgetaucht. Jetzt stand es in einer kleinen Sackgasse, nicht weit von Malus Auto.

Es war wie ein Reflex. Ich nahm ihre Hand. »Lass uns gehen.«

Ich musste mich zwingen, nicht loszurennen. Malu hatte Schwierigkeiten mitzuhalten.

»Den Autoschlüssel.«

Sie zögerte, als ich ihr die Hand hinhielt. »Den Schlüssel.«

Wir waren mittlerweile fast an Malus Wagen angekommen. Von hier aus konnten wir den Motorradfahrer nicht sehen, er uns aber auch nicht. Er wartete vermutlich darauf, dass wir den Motor anließen. Ein anderes Auto außer unserem hatte ich in dem Ort nicht gesehen.

Ich setzte mich in den Wagen. Der Mann mit dem Motorrad musste in einer der kleinen Gassen hinter uns stehen.

»Hast du eine Waffe?«

Sie drückte ihre Brust raus, ich murmelte »Okay, dann eben nicht«, knallte den Rückwärtsgang rein, und wir schossen rückwärts durch die Straße.

Er stand in der zweiten Gasse.

Ich stieg in die Bremse, als wir genau vor der Gasse standen. Jetzt hatte ich ihn. Nach hinten konnte er nicht, vorn standen wir.

Unter dem Helm sah ich seine überraschten Augen. Ich zögerte. Aber jetzt musste ich es durchziehen. Ich stieg aus und ging auf ihn zu.

»Was willst du von mir?«, brüllte ich.

Er fasste sich schnell, ohne Eile musterte er uns. Dann grinste er, zog eine altmodische Pistole aus der Jacke und richtet sie auf mich.

Ich spürte den Luftzug, Glas splitterte, Malu schrie leise auf. Hinten im Auto fehlte eine Scheibe.

»Haut ab.« Sein Portugiesisch war schlecht, aber verständlich. »Die nächste trifft die Frau.«

Ich starrte ihn an, dann die Waffe

»Also?«

Seine Stimme klang entspannt. Die Waffe zielte auf meinen Kopf.

»Ich dachte, du wolltest die Frau erschießen.«

»Wie du meinst.« Die Waffe schwenkte wieder zu Malu. Die Sehnen an seiner Hand traten hervor.

»Lass das, du Arsch«, schrie ich, setzte mich in den Wagen und gab den Weg aus der Gasse frei.

Vorsichtig, die Waffe in der linken Hand, rollte er aus der Gasse, ich hörte ihn lachen. So nicht. Ich riss die Wagentür auf, als er an uns vorbei fuhr. Er wich aus, schlingerte, konnte das Motorrad aber noch abfangen. Nur die Waffe ließ er fallen. Ich hechtete auf die Straße, erwischte die Waffe. Doch er war schon weg, verschwunden in einer Staubwolke.

Es war meine Makarov, die ich in der Hand hielt. Die Pistole, die ich den beiden Russen abgekauft hatte. Und die mir dann der Mann mit dem Schlangenledergürtel in Praia geklaut hatte.

Ich drehte mich zu Malu um. »Du hast ihn jetzt aber gesehen?«

Sie war völlig ruhig, wischte sich eine Strähne aus der Stirn. »Davon kannst du ausgehen.«

Als wir aus dem Ort fuhren, kam uns der rote Toyota-Bus mit Inglés entgegen. Wir hielten, und ich stieg aus.

»Ist dir das Motorrad entgegengekommen?«

Inglés schüttelte den Kopf. Er log. Ich beugte mich zu Malu in den Wagen und sah sie fragend an.

»Lass ihn«, murmelte sie leise.

Ich nickte. »Ich fahre noch ein bisschen mit ihm rum und mache mich unbeliebt.«

Sie hielt mich am Arm fest und zog mich in den Wagen. Dann küsste sie mich.

»Halt' dich zurück«, sagte sie, »und sag Inglés, er soll die Alte nicht vergessen. Er weiß Bescheid.«

Doch Inglés war nicht bei der Sache. Wortlos und ohne eine einzige Kassette in den Player zu drücken, fuhr er mich durch die Gegend. Ich stieg immer wieder aus und holte mir meine Abfuhren, während er wartete und ins Leere starrte.

»Was ist denn nun mit der Alten?« Immer wieder fragte ich ihn danach.

»Okay«, murmelte er nur, »da kommen wir schon noch hin.«

Aber wir kamen nie bei einer Alten an.

»Dann lass uns die Alte jetzt erledigen.«

Inglés rieb sich die blutunterlaufenen Augen. »Ja, Mann, ist ja gut.«

Nichts war gut. In einem Dorf holte Inglés uns zwei Bier, und wir setzten uns auf eine Bank neben einen alten Mann. Er stand sofort auf und schwankte davon.

»Sag mir, wie ich die Alte finde, und ich fahre allein hin.«

Inglés nickte vor sich hin, knetete die Bierdose in der Hand. »Ich sag' doch, es ist gut. Noch eine halbe Stunde, dann bring ich dich hin.«

Ich sah in den Himmel, es wurde langsam dunkel. Wenn es ihm half.

Schließlich fuhren wir los, über den Kamm auf die andere, verdorrte Seite der Insel, bis wir in einen kleinen Ort am Meer kamen. Bei den ersten Häusern bog Inglés in eine Straße aus gestampfter Erde mit halbfertigen, unverputzten Häusern.

Über uns färbte die untergehende Sonne den Himmel blutrot.

Im konturlosen Licht der Dämmerung hatte ich ihn nicht gesehen, erst Inglés' Nervosität machte mich auf ihn aufmerksam. Vor uns stand der Rest eines Baumes, ein dünner, krummer Stamm, vielleicht vier Meter hoch, mit zwei kahlen Ästen. Auf einem der Äste saß, an den Stamm gelehnt, ein Affe und beobachtete uns. Eine Meerkatze. Unvermittelt ließ sie sich vom Ast kippen, schwang in einem großen Bogen einmal um den Baum wieder zurück auf den Ast. Ihr Schwanz war mit einem Seil an der Spitze des Baumes festgeknotet.

»Wir sind da.«

»Prima«, antwortete ich und blieb im Wagen sitzen.

»Das ist ihr Haus. Ich warte hier«, brummte Inglés.

Ein halbfertiges Haus, zwei Etagen, eine neue Parabolantenne auf dem Dach. Nur die Fenster im Erdgeschoss hatten Scheiben. Ein paar Schritte durch Bauschutt, dann stand ich auf einer Veranda, auf der leere Coladosen wie verschossene Patronenhülsen herumlagen. Eine angelehnte Tür führte ins Haus.

Sie stand offen, es roch nach Urin und nassem Fell. Der Flur endete in einem großen Zimmer. Als ich mich an das Dämmerlicht gewöhnt hatte, sah ich die Puppen. Dutzende von billigen, großen Monstern, Müll aus China. Ich wollte weitergehen, als in dem Zimmer der Fernseher ansprang. Der Schreck jagte mir einen metallischen Geschmack in den Mund, ich riss instinktiv die Hände hoch, aber kein Schlag, kein Affe, nichts, was mich ansprang.

Nur eine dröhnende Stimme, die aus dem Puppenberg kam.

»Ah, sie hat sich also nicht getraut und dich geschickt. Den Messias, der Erlösung sucht.« Sie sprach ein etwas altmodisches, aber perfektes Portugiesisch.

Im flackernden Licht des Fernsehers sah ich ein altes, stark geschminktes Gesicht zwischen den Puppen und eine Hand, die eine Fernbedienung hielt.

»Ihretwegen bin ich vom Kreuz gestiegen«, antwortete ich. Irgendetwas setzte aus bei mir.

»Zu spät, Messias, fünfzig Jahre zu spät,« dröhnte sie zurück, »sonst hätte ich es dir so besorgt, du wärst froh gewesen, wieder am Kreuz zu hängen.«

Das Gesicht bewegte sich. Beim Lachen zog die Alte die Luft wie ein Schwein durch die Nase, ein paar Puppen schwankten, und ein Schwall von Uringestank kam mir entgegen. Sie hatte ein Programm erwischt, in dem die Sonne schien, und für einen hellen Augenblick konnte ich ihren fetten, in bunte Fetzen geknoteten Leib zwischen den Puppen erkennen.

Sie musste meinen Blick bemerkt haben, die Hand mit der Fernbedienung zuckte, es wurde dunkler im Zimmer. In der anderen Hand hielt sie eine Barbie-Puppe und fächelte sich mit den langen, blonden Kunsthaaren Luft zu.

»Zeig mir deine Peitsche, Messias, wenigstens das. Vielleicht erinnere ich mich ja.« Sie verschluckte sich, fing an zu husten.

Ich tastete nach einem Lichtschalter, fand keinen, beobachtete sie in dem flackernden Licht des Fernsehers.

Sie wedelte ärgerlich mit der Barbie-Puppe, als ich nicht antwortete. »Du willst doch was von mir?«

In dem matten Licht sah ich zwei winzige Mäuse aus dem Puppenberg auf mich zulaufen, dann waren sie verschwunden.

Jetzt war Schluss mit dem Schwachsinn. »Ich höre, du weißt was von Rossi? Und ich suche die Frau und den Jungen.«

»Rossi. Ja ja.« Sie plapperte vor sich hin, war kaum zu verstehen. Dann wurde ihre Stimme wieder klarer. »Er ist sehr stolz auf seine Peitsche.« Sie verschluckte sich wieder.

Ich wollte einen Schritt auf sie zu machen, aber der beißende Uringestank nahm mir die Luft.

»Wo ist Rossi?« Ich atmete so flach wie möglich.

»Zeig mir deine Peitsche.«

Ich machte den Fehler und holte tief Luft, als ich auf sie zugehen wollte. Wie Gift drang mir der Gestank in den Kopf, dunkle Nebelschwaden stiegen vor meinen Augen auf. Ich stolperte zurück.

Sie lachte wieder, in dem schwachen Licht schimmerten die hin- und herfliegenden Barbie-Haare. »Deine Peitsche. Sonst kannst du gehen.«

»Du siehst doch nichts. Es ist zu dunkel.«

»Meine Augen sind besser als deine. Deine Peitsche, Messias.«

Es muss dieser Moment gewesen sein, in dem ich resignierte. Einfach nur losließ. Oder den richtigen Weg fand. Wahrscheinlich war es auch nur der erbärmliche Gestank, der mich um den Verstand brachte. Ich öffnete meinen Gürtel, zog den Reißverschluss auf, holte mein Ding heraus und massierte es langsam. Sie gurrte wie eine liebeskranke Taube, dann zog sie wieder die Luft durch die Nase wie ein Schwein und lachte.

»Messias, Messias«, dröhnte sie. »Die Frau und ihr Sohn sind hier auf der Insel, bei den heulenden Bergen. Mach dir keine Sorgen. Die Motorradfahrer passen auf sie auf.«

Sie schwieg einen Moment. Der Puppenberg schaukelte rhythmisch hin und her. »Kümmere dich lieber um den Mann. Rossi. Er hat übrigens eine größere Peitsche als du.« Sie grunzte. »Sie hilft ihm nur nichts mehr.«

Sie röchelte weiter kurzatmig durch die Nase. Der Puppenberg bewegte sich heftiger.

Ich bewegte meine Hand schneller, in dem Dämmerlicht hörte ich sie heiser hecheln, mein Ding schmerzte unter ihrem Blick.

»Morgen früh bei Sonnenaufgang.« Ihre Worte kamen rau und abgehackt. »Sei oben auf dem Berg an der Bucht von Calhau, wo Rossi arbeitet.«

Sie verschluckte sich aufs Neue, lachte heiser. »Aber du willst doch viel mehr, Messias.«

Ich wurde langsamer. »Was sollte das sein?«, presste ich raus.

»Vergebung. Vom Kreuz genommen werden." Sie stammelte nur noch. »Erlösung. Und jetzt komm, Messias, komm ...«

Wie ich raus kam, weiß ich nicht. Inglés fuhr wieder durch die Berge, als ich zu mir kam. Ich saß hinten, hatte die Wagentür aufgezogen und ließ mir den Gestank aus den Klamotten und der Nase blasen. Mit einer Hand tastete ich vorsichtig über meine Hose, sie war zu.

Es war alles nicht wahr. Heulende Berge. Der reine Schwachsinn. Nur war es diesmal mehr als das. Sie hatte von Vergebung gebrabbelt. Von Erlösung. Sie konnte unmöglich wissen, weshalb ich hier war. Oder von Alex wissen. Aber sie wusste über Rossi Bescheid. Und die Sestre.

»Geht heute noch ein Boot?«, schrie ich durch den Fahrtwind nach vorn. Wenn ich am Morgen in Calhau sein wollte, musste ich zurück nach São Vicente.

Inglés drehte sich erschreckt um. »In zwei Stunden.«

Ich wollte Malu jetzt nicht sehen. Sie hätte den Uringestank gerochen. Aber sie wusste ja ohnehin alles.

Inglés fuhr mich zum Hafen. Wie in Trance saß ich wenig später oben auf den rostigen Aufbauten des Boots und ließ mich zurück nach Mindelo bringen.

Aus der Dämmerung schälten sich die Umrisse des Kriegsschiffes, das ich schon bei der Herfahrt gesehen hatte.

17

Die Alte hatte Recht behalten. Seine große Peitsche hatte Rossi nicht geholfen. Ich hatte dabei zugesehen, wie er noch einmal auf die Insel zurückgekehrt war und in einem aschelosen Blitz verglühte. Dann machten sich die Hunde über ihn her. Den Rest sammelten schließlich die Soldaten ein und brachten ihn auf die andere Seite der Insel.

Als das Theater um Rossi am Strand vorbei war, hatte ich mich nach Mindelo mitnehmen lassen, vier Säcke Rossi auf der Ladefläche.

»Schöne Arbeit, Max.«

Das Restaurant war voll, alle sprachen über Rossis Abgang. Die Martins hatten mir einen Platz reserviert. Ich aß Curryhuhn mit Reis, kippte noch ein paar Bier über den Fraß.

Ich hatte ihn nicht kommen sehen, aber plötzlich stand Jacob vor mir.

»Sieht eher nach dir aus«, antwortete ich.

Ich sah ihn mir an, feuchtes Gesicht, dunkle Schatten um die Augen, schweißverklebter Haaransatz. Das letzte Mal hatte ich ihn in Brüssel gesehen, in Ruis Restaurant, als er versuchte, Sarrazin zurückzuhalten. Jacob alterte schnell.

»Oder vielleicht doch nicht. Hat Sarrazin kein Geld mehr für Nachwuchs, oder musst du bis zur Rente durchhalten?«

Es zuckte in seinem Gesicht, als er sich neben mich setzte.

»Du wirst auch nicht jünger, Max.« Er musterte mich eine Weile, schließlich hellte sich sein Gesicht auf. »Eigentlich freue ich mich, dich wiederzusehen.«

Dann beugte er sich vor und sah sich meine Lippe an. Die Lippe brannte, eine kleine Wulst hatte sich gebildet, wo mich der letzte Funke von Rossi getroffen hatte.

»Hoffentlich nicht Ernstes?«

So war er immer gewesen. Freundlich, fast besorgt sahen mich seine dunklen Augen an.

Ich schüttelte den Kopf. »Ein Funke.«

Nachdenklich schob er eine Strähne hinters Ohr. »Hat doch nichts mit Rossi zu tun?« Als ich schwieg, hakte er nach. »Du warst nicht zufällig in der Nähe?«

»War ich. Du hättest es sehen sollen. Beeindruckend. Er hat sich einfach in Luft aufgelöst. Den Rest haben die Hunde gefressen.«

Jacob rührte in seiner Kaffeetasse, beobachtete das Treiben auf der Straße. Viel Leben war nicht mehr in seinen Augen. Er lehnte sich zurück. »Ich hörte, da waren Profis am Werk. Aber Sprengstoff war ja nie deine Sache. Deinem Bruder, dem würde ich so etwas zutrauen.«

Mir wurde heiß. Alex. Heute Morgen auf dem Berg war Alex wieder aufgetaucht. Ich spielte mit meinem Bierglas und ignorierte ihn.

»Nichts für ungut. Ich will keine alten Wunden aufreißen. Aber was sage ich Sarrazin?«, murmelte Jacob schließlich so leise, dass ich ihn kaum verstand. Das Restaurant war voller Menschen, alles redete durcheinander. „Was ist mit dem Jungen? Hast du was von ihm gehört. Oder von seiner Mutter?«

Jetzt grinste ich. »Ich arbeite dran. Wenn sie nicht vorher an irgendeiner Insel angetrieben werden.«

Jacob schüttelte leicht den Kopf. »Du weißt, wie Sarrazin ist. Viel Zeit bleibt dir nicht. Er nimmt sich deinen Partner vor. Oder eure Sekretärin. Clara.«

Meine Hand zitterte. Ich sah ihn mir an. Vielleicht war jetzt die Zeit gekommen, ihn zu erinnern. Einige Wochen nach Alex' Tod hatte Jacob mich in der Mensa der Technischen Uni in Berlin abgefangen. Um mir zu sagen, wie Leid ihm das alles tue. Dass die Geschichte in Spanien ein Alleingang Sarrazins gewesen sei. Als er schließlich aufstand, beugte er sich noch einmal zu mir hinunter. »Du hast was gut bei mir. Vergiss das nie.« Dann war er verschwunden.

Ich bekam die Worte kaum heraus. »Du wirst dafür sorgen, dass Sarrazin meine Leute in Brüssel in Ruhe lässt. Ich habe noch was gut bei dir. Schon vergessen?«

Er starrte vor sich hin, dann nickte er langsam. »Ich weiß nicht, ob ich das schaffe. Du musst einfach den Jungen finden. Und die Frau. Aber vor allem den Jungen.«

Einfach den Jungen finden. Ich sah mich im Restaurant um, nach irgendetwas, das ich in ihn reinprügeln konnte. Um mich herum blickte ich nur in entspannte Gesichter, hörte das Lachen und die Musik und spürte den Hauch der warmen Luft.

»Du sorgst dafür, dass er meine Freunde in Brüssel in Ruhe lässt«, wiederholte ich, als er aufstand.

Kaum war Jacob gegangen, trat Césario an meinen Tisch. »Sie kennen ihn?«

Ich nickte.

»Er war es, der mal hier war. Mit der Frau, die Sie suchen.«

»Mit der Sestre?«

»Wenn sie so heißt.« Er sah zur Tür, die hinter Jacob zufiel. »Alter Freund von Ihnen?«

Ich nickte langsam. »So alt, dass er eigentlich schon tot sein müsste.«

Aber jetzt war er hier. Sarrazin ließ seine Truppen aufmarschieren.

»Ich gebe einen aus.«

Das Restaurant hatte sich geleert, ich winkte Césario zu mir an den Tisch und zog ihm einen Stuhl heran.

Aber er sah auf die Uhr und schüttelte den Kopf. »Ein anderes Mal. Wir wollen heute zeitig schließen.« Wieder sah er auf die Uhr. Er wirkte nervös.

»Irgendein Problem?«

Er schüttelte den Kopf und schleppte sich die Treppe hoch. »Bleiben Sie ruhig noch«, rief er von oben, »Sie wissen ja, wo das Bier steht.«

Mitten auf der Treppe drehte er sich um, und ich sah den kleinen grünen Pfeil aus seiner Hand in Richtung Dartscheibe fliegen.

»Was haben Sie eigentlich sonst noch so drauf?«, rief ich ihm nach.

Er schnaufte nur, als er die letzten Stufen nahm und verschwand.

Ich nahm mir noch ein Bier und hörte meinen Gedanken zu. Alles lief gut, bewegte sich in meine Richtung. Rossi war erledigt. Den Jungen und die Sestre würde ich als Nächste finden. Die Alte in ihrem Puppenberg hatte etwas von brüllenden Bergen erzählt. So schwer konnte das nicht sein. Wenn ich den Jungen hatte, hatte ich Sarrazin. Ich schloss die Augen und sah sein Gesicht vor mir. Mit Sarrazin war ich durch. Ich würde ihn fertig machen. Und dann nichts wie weg. Mit Malu, wenn sie mitkäme.

Ich fragte mich, ob Alex das gefallen würde. Dann sah ich die brennenden Häuser in dem spanischen Dorf bei Arraitz.

Alex war tot.

Zum zweiten Mal ächzte die Treppe, dann schlug die Tür. Ich lag wach, Rossis Tod ging mir nicht aus dem Kopf. Die beiden Scheiben aus Kohlefaser, die in seinen Rücken und seine Brust einbaut waren. Die Profis, von denen Fonseca gesprochen hatte.

Jetzt quietschte die Tür wieder. Ich stand auf. Es war totenstill in der Stadt, dunkle Wolken verdeckten den Mond, nur ihre Konturen leuchten silbrig. Ich öffnete die Zimmertür, lauschte in den dunklen Flur hinaus. Es war nichts zu hören, aber ich roch etwas. Einen Augenblick dachte ich, es sei der Geruch der Alten in ihrem Puppenberg, der mir noch in der Nase steckte.

Aber es war etwas anderes. Es roch nach den zerfetzten Küken aus dem russischen Flugzeug. Ganz leicht nur, aber es war unzweifelhaft derselbe Geruch. Ich zog mich an und wartete. Es dauerte fast eine Stunde, bis ich die Tür wieder hörte. Ich stellte mich ans Fenster und sah hinaus. Es war einer der beiden Dicken. Vermutlich Césario. Er bewegte sich schnell und trug einen kleinen Rucksack.

Ich lief die Treppe hinunter, schloss leise die Tür hinter mir und folgte dem Schatten Césarios. Er lief zum Meer, dann auf einen langen Kai neben dem winzigen Hafen. Ich hielt Abstand und ging neben dem Kai hinunter zum Strand. Ein paar Schatten entluden ein Boot, schleppten Kisten auf einen Pick-up am Ufer. Ganz entfernt zog der Geruch von toten Küken durch die Nacht.

»Wir haben es«, sagte eine Stimme.

»Gut. Bis gleich«, antwortete Césario.

Der Pick-up fuhr los, ein paar Männer rumorten auf dem Boot, dann sprang der Motor an. Als das Boot davonfuhr, sah ich draußen in der Bucht die Positionslichter des Kriegsschiffes blinken.

»Dann los.«

Zwei Männer waren zurückgeblieben und gingen jetzt zügig in den Ort zurück. Vorsichtig folgte ich ihnen, aber sie ließen sich Zeit. Wir waren ganz in der Nähe der Pension angekommen, als die beiden übergangslos einfach verschwanden. Ich lief ein paar Häuser zurück, bis zu einer Toreinfahrt. Sie stand offen, in der Dunkelheit hatte ich sie übersehen.

Leise drückte ich das Tor einen Spalt auf und schlüpfte hindurch. Ich stand in einem Innenhof. Mehr war in der Finsternis nicht zu erkennen. Aber irgendjemand war mit mir in diesem Innenhof. Etwas Körperliches, Bewegungsloses. Mein Herz hämmerte, wieder bildete ich mir ein, die toten Küken zu riechen. Ich hätte besser im Bett bleiben sollen.

Langsam tastete ich mich an der Wand entlang, bis ich zu einer Tür kam. Sie war verschlossen. Ich tastete mich weiter, wieder dieses

Gefühl als sei jemand ganz nah. Ich fuhr herum, aber da war nichts außer der schattenlosen Dunkelheit. Dann stieß ich auf eine Kellertreppe und machte ein paar vorsichtige Schritte nach unten. Als ich die Bewegung hinter mir spürte, war es schon zu spät.

»Er hätte uns fast verloren«, sagte eine Stimme. Etwas Spitzes bohrte sich in mein Genick.

»Ist er vernünftig, was meinst du?« Der Mann sprach nicht mit mir, und auf einmal erkannte ich die Stimme. Es war der Mann mit der Puppe auf der Schulter.

Der Druck in meinem Genick wurde schmerzhafter, dann sprach er doch mit mir. »Langsam die Treppe runter.«

Wir kamen an eine breite Holztür.

»Leise klopfen. Vier Mal.«

Ich klopfte, und die Tür ging auf. Auch hinter der Tür war es dunkel. Dann leuchtete mir plötzlich eine Taschenlampe grell ins Gesicht.

»Also doch. Sie können es einfach nicht lassen.« Die Stimme von Césario.

Der Geruch nach den Küken war stärker geworden. Den spitzen Gegenstand im Nacken, machte ich ein paar Schritte in den Kellerraum hinein, die Tür wurde geschlossen. Ein paar Kerzen flackerten auf, eine Gaslampe sprang an.

Ich kannte sie alle. Césario sah mich mit traurigen Augen an, die beiden Russen aus dem Flugzeug hielten automatische Pistolen in der Hand. Sie lachten überrascht, als sie mich sahen. Der Schmerz in meinem Genick ließ nach, der Mann mit der Puppe auf der Schulter trat neben mich und klappte sein Stilett zusammen.

»Sie hätten in Ihrem Bett bleiben sollen«, sagte Césario.

»Ich konnte nicht schlafen.«

An der Wand waren ein gutes Dutzend Kisten gestapelt. Der Geruch der verrottenden Küken hing in dem Raum.

»Und warum haben Sie es nicht einfach versucht?«

»Der Geruch. Der Geruch hat mich neugierig gemacht. Sie haben vor kurzem schon mal danach gerochen. Wahrscheinlich war das die erste Fuhre.«

Césario roch an seinem Hemd und schwieg.

»Küjen«, sagte einer der beiden Russen. Es war der, der etwas Deutsch konnte, Nikolai.

»Küken«, sagte ich und nickte.

Er grinste mich an, steckte wieder seinen Zeigefinger in den Mund, blies die Backen auf und ließ seinen Fingen mit ein lauten Plopp hinausschnellen. Dann richte er seinen nassen Finger auf mich und sagte »Bomm". Mein Herz schlug schneller.

»Ist der Junge da drin? Oder seine Mutter?« Ich machte ein Schritt auf die Kisten zu, aber Césario hob die Hand.

»Unsinn.«

»Alles andere interessiert mich nicht. Das wisst ihr genau.« Ich blickte sie der Reihe nach an.

Césario nickte. »Leider wissen Sie jetzt mehr als nötig.«

»Ich habe es schon wieder vergessen.«

»Kann man das vergessen? Hundertausende denken an nichts anderes. Das viele Geld, der nächste Kick.«

»Interessiert mich nicht.«

Ich hatte mir so etwas gedacht. Sie waren aus Südamerika hergeflogen. Und wollten weiter nach Moskau. Ich war mir nur nicht sicher, warum sie die Drogen hier auf den Inseln stapelten. In den Kisten lagen mindestens dreihundert Kilo Kokain. Wohl war mir nicht bei dem Gedanken. Mich mit den Russen anzulegen, war das Letzte, was ich wollte.

Wir schwiegen. Césario beobachtete mich nachdenklich.

»Ich suche den Jungen«, sagte ich in die Stille hinein, »und die Frau. Mehr nicht. Ihr habt mir euren Flieger gezeigt. Mit den toten Küken. Sonst wäre ich jetzt nicht hier.«

Nikolai nickte aber er ließ den Blick nicht von mir.

»Helft mir die Frau zu finden, und ich verschwinde wieder.«

»Für uns ist einfach«, sagte Nikolai auf Deutsch, hob seine Waffe und zielte auf mein Gesicht. Mir wurde flau, ich drehte mich weg und setzte mich auf einen Holzblock, der an der Wand stand.

»Jetzt kippt er um«, sagte der mit der Puppe.

»Du weißt, wer er ist?«, wandte Nikolai sich an Césario.

Der nickte. »Ganz genau. Wo er wohnt. Seine Kollegen.«

Ich saß auf meinem Holzklotz und presste den Kopf zwischen die Hände. Ich wollte es nicht hören.

»Mensch Max«, Nikolai kam zu mir und klopfte mir auf die Schulter, »Kopf hoch.« Vor meinen Augen hing seine Hand mit der Waffe.

Ein Griff, und ich hatte sie ihm aus der Hand gerissen. Nikolai machte ein Schritt zur Seite, hob die Hände. Ich richtete die Waffe auf ihn, dann ließ ich sie wieder sinken, fasste sie am Lauf und gab sie ihm zurück.

»Scheiße«, sagte ich halblaut und setzte mich wieder.

Nikolai sah mich ruhig an, zielte auf den Boden vor meinen Füßen. Es klickte, dann noch einmal und noch einmal. Die Waffe war leer. Der Russe lachte leise, steckte die Pistole in den Hosenbund. Ich fing Césarios Blick auf, er zwinkerte mir zu. Mir war schlecht.

»Graças a Deus«, sagte der mit der Puppe.

Besser hätte ich es auch nicht sagen können.

Césario packte seinen Rucksack aus, und wir aßen Brot, in das kleine Würste eingebacken waren, dazu hatte er ein paar Flaschen Rotwein mitgebracht.

»Tut mir Leid«, sagte er, als er mir das Brot reichte.

»Schon vergessen.« Ich zitterte leicht, fand kaum die Kraft, mir ein Stück Brot abzubrechen.

»Sind die Ersatzteile für euren Flieger noch nicht da?«, fragte ich Nikolai.

Er schüttelte den Kopf. »Dauert Tage. Und viel Unruhe jetzt auf den Inseln." Er grinste und zielte schon wieder mit dem Finger auf mich. »Auch wegen dir.«

Deshalb hatten sie also den Flieger leer geräumt. Für den Fall, dass der Gestank nachließ und jemand neugierig wurde. Und unter den toten Küken die Kisten mit dem Kokain finden würde.

»Sie wissen, wo der Junge und die Frau sind?«, fragte Césario, nachdem ich mich etwas beruhigt hatte.

»Bei den brüllenden Bergen. Auf der Nachbarinsel, Santo Antão.«

Er nickte. »Aber Sie müssen sich beeilen. Malu kann Ihnen zeigen, wo das ist. Auch der Schwarze, der Sie die letzten Tage auf der Insel herumgefahren hat, weiß wo die heulenden Berge sind.«

Langsam ließ mein Zittern nach.

»Die Basken haben sie?«

Césario sah mich unbeweglich an.

»Die ETA-Leute haben sich da oben versteckt?«

Er nickte. »Leider. Früher war Mindelo voll von ETA-Flüchtlingen. Jetzt haben sie sich auf die Nachbarinseln verzogen. Das ist weniger kompromittierend für unsere Regierung. Seien Sie vorsichtig. Es sind gefährliche Leute.«

Alex würde mir helfen, schoss es mir durch den Kopf. Aber ich behielt es für mich. »Ich brauche Hilfe. Danach sind Sie mich los.«

Césario sah die beiden Russen an, dann wieder mich. »Wir tun was wir können. Das verspreche ich Ihnen. Aber halten Sie sich dran. Die Spanier mischen die Insel auf. Unsere Regierung sieht dabei zu. Sie will die Basken los werden. Die Frau und der Junge könnten zwischen die Fronten geraten. Sie sind das einzige Druckmittel, das die Basken noch haben. Versuchen Sie es in der Nacht. Nächste oder übernächste Nacht.«

Wir standen auf.

Nikolai legte mir den Arm um die Schulter. »Wenn du Wahrheit sagst, sehen wir uns bald wieder. Aber wir kennen uns nicht. Okay?« Er zog mich an der Schulter herum, bis ich ihm in die Augen sah. »Wir kennen uns nicht. Okay?«, wiederholte er.

Ich nickte.

»Und wenn du gelogen, wir finden dich. Überall.«

Ich schluckte. »Verstehe.«

Der mit der Puppe machte mir die Tür auf. Als ich wieder in der Dunkelheit stand, wurde ich das Gefühl nicht los, dass die Puppe mir noch immer hinterherstarrte.

Am nächsten Morgen lief ich hinunter zur Polizeistation am Fischmarkt. Ich musste zurück auf die andere Insel, nach Santo Antão. Aber Fonseca sollte wissen, dass ich weg wollte. Wenn ich eins jetzt nicht gebrauchen konnte, dann Schwierigkeiten mit Fonseca.

Zwei Weiße in dunklen Anzügen hingen in Fonsecas Büro am Telefon, ruderten aufgeregt mit den Armen, als ich durch die offene Tür trat. Ich blieb stehen und wartete, obwohl sie mich aus dem Zimmer haben wollten.

»Ich suche Fonseca.«

»Er ist nicht hier.«

»Immer noch drüben in Calhau?«

»Was geht Sie das an?«

Es war irgendeine Pfeife aus Brüssel, hergeschickt von der Europäischen Kommission. Keiner von Sarrazins Leuten. Ich bedankte mich und ließ ihn stehen.

An der Bucht von Calhau waren ein paar Männer in albernen Bermudashorts und Polohemden damit beschäftigt, das blaue Schild mit den zwölf Sternen der Europäischen Kommission aus dem Boden zu reißen. Ein einzelner Polizist ging über den Strand, einen Hund an der Leine und suchte den Boden ab. Ein letztes Mal, wie es schien.

Der Rest von Rossis Leuten hatte Verstärkung bekommen. Die verbeulten Container am Strand wurden fotografiert, die Windmessgeräte und die Satellitenschüsseln abgebaut. Ein paar Männer standen auf dem Strand, Computerausdrucke in den Händen, und verglichen Daten miteinander.

In Minos Bar traf ich Fonseca, umgeben von einer Gruppe müder Gestalten. Einer hielt seine Kamera auf ihn, eine blonde Frau streckte ihm ein Mikro entgegen. Als er mich sah, ließ er sie stehen.

»Presse«, murmelte er. »Gestern kam die Geschichte von Rossis Ableben überall im Fernsehen. Und immer war das Schild der Europäischen Kommission zu sehen.« Fonseca grinste in ihre Richtung. »Jetzt machen sie sich in Brüssel in die Hosen, und ihre Heinis müssen das schöne blaue Schild so schnell wie möglich rausreißen.«

Ich fragte mich, ob Pierre die Nachrichten gesehen hatte.

Orientierungslos kamen die Presseleute hinter Fonseca her. Er zeigte auf die Männer, die an dem blauen Schild der Kommission zerrten. Die Pressemeute trabte hinunter zum Strand. Langsam schlenderten wir hinter ihnen her.

»Wissen Sie schon, wer es war?«, fragte ich ihn.

»Vielleicht.« Mehr sagte er nicht.

»Ich muss wieder zurück nach Santo Antão.«

Er nickte vor sich hin. »Ich höre, Sie sind nah dran.«

Das alte Spiel. »Wenn Sie das so genau wissen, warum sind Sie denn nicht näher dran.«

»Schauen Sie mich mal an.« Er blieb stehen, hielt mich an den Schultern fest und sah mir ins Gesicht. »Fällt Ihnen was auf?«

Unter seinem grauen Haaransatz klebten Spuren von feinem Sand, seine Augen waren rot und müde.

»Nicht wirklich.«

»Es ist nicht so, dass ich mich nur schwarz geschminkt habe. Ich lebe hier. Sie sind bald wieder weg. Deshalb werden Sie das erledigen. So etwas ist nichts mehr für mich.«

Fonseca kickte ein paar Styroporkügelchen in den Wind. Sie waren das Einzige, das noch an Rossi erinnerte. Das Zelt, unter dem sie Rossis Reste und die der anderen Toten gestapelt hatten, stand zwar noch, aber Plastiksäcke waren keine mehr zu sehen. Selbst die Reste von Rossis Brustplatte waren verschwunden. Nur einige Hunde blieben hartnäckig. Immer mal wieder riskierte es einer, über das abgesperrte Gebiet am Strand zu laufen, die Nase dicht am Boden. Viel Erfolg hatte er nicht.

»Das ist nichts mehr für mich«, murmelte Fonseca leise.

Ein hellhäutiger Schwarzer kam aus dem Schatten des Zeltdachs auf uns zu, zog Fonseca zur Seite. Es dauerte nicht lange, und der Mann wurde laut, doch Fonseca schüttelte nur unbeteiligt den Kopf. Das Kamerateam wurde auf die beiden aufmerksam und setzte sich in Bewegung.

Ich ging zurück zu Minos Bar, ließ mir ein Bier geben.

»Bring' eins für dich mit«, sagte ich und setzte mich auf die Veranda.

Unten am Strand hatte Fonseca beide Hände in die Hosentaschen gesteckt, während der Schwarze auf ihn einredete. Das Kamerateam hielt drauf, Fonseca grinste in die Kamera, während der andere Schwarze ihr den Rücken zudrehte.

»Was haben die für ein Problem?«, fragte ich Mino, als er das Bier brachte.

»Die Regierung will die Reste der Leichen nach Praia fliegen, damit die Europäer sie dort untersuchen. Fonseca soll aber hier den Fall weiter bearbeiten.«

»Wieso nach Praia?«

»Da sitzt unsere Regierung.« Ich erinnerte mich an das heruntergekommene Diplomatenviertel in der Nähe des Hotels, in dem ich Malu zum ersten Mal getroffen hatte. »Fonseca will das nicht. Wenn er die Verantwortung hat, dann will er auch die Leichen behalten. Die Europäer sollen zu uns nach Mindelo kommen. Aber eigentlich will er, dass die Leute von der Regierung in Praia ihm den Fall abnehmen. Dann ist er ihn mitsamt der Leichen los. Aber das werden sie nicht tun. Niemals.« Er lachte. »Vor nichts haben die mehr Angst.«

Mino hatte sein Bier erledigt, ich wurde langsam unruhig. Fonseca stritt sich noch immer mit dem Mann am Strand. Ich ging runter zu den beiden, wartete, bis der andere mal Luft holte.

»Ich fahre zurück nach Santo Antão.«

»Nur zu«, war alles, was Fonseca sagte, »und schöne Grüße an Ihren Racheengel.«

»Wer war das?«, hörte ich den anderen fragen, als ich mich davon machte.

»Der Hauptverdächtige«, brummte Fonseca.

Er versuchte den Fall wirklich mit allen Mitteln loszuwerden.

Ich ging schneller, drehte mich noch einmal um. Der Kameramann schwenkte in meine Richtung. Ich winkte in die Kamera. Vielleicht sah Pierre mich ja in Brüssel im Fernsehen.

Jacob fing mich ab, als ich auf die Fähre wollte. Er stand neben der Menschenschlange, die sich langsam auf das Schiff nach Santo Antão schob. Seine Haare waren zu einem kleinen Zopf zusammengebunden, und er trug eine dunkle Sonnenbrille.

Ich ignorierte ihn, aber er stellte sich neben mich. Aus einem Reflex heraus drehte ich mich um und suchte nach Sarrazin.

»Keine Sorge, noch ist er nicht hier.« Er musterte mich freundlich. »Ich höre, du bist nah dran.«

Fonsecas Worte. Der seltsame Polizist betrieb eine interessante Informationspolitik. Er hatte schnell begriffen, dass er auf der Seite der größten Bataillone am sichersten mitlief. Meine Lippe begann wieder zu brennen, und ich fuhr mit der Zunge über die Wulst.

»Ist ja immer noch da.« Er beugte sich vor und betrachtete meine Lippe. »Hoffentlich ist es wirklich nichts Ernstes. Ich sage nur Afrika, Aids«, seine Hand machte eine fahrige Bewegung. »In manchen Ecken hier soll es jeder fünfte haben. Aber du passt ja auf.«

Meine Lippe begann sofort zu pochen. Tinas Mund, aber der war doch sicher okay. Und Malu erst recht. Das verschwommene Bild der Alten in ihrem Puppenberg. Das schwarze Loch in meiner Erinnerung, aber das konnte es nicht sein. Aids hatte doch einige Monate Inkubationszeit.

Die Schlange rückte langsam vor, zwei Frauen in hellen Hosenanzügen gingen an mir vorbei, geistesabwesend blickte ich ihnen nach. Europäerinnen, Spanierinnen vielleicht.

Dann hatte ich mich wieder im Griff.

»Ich könnte dafür sorgen, dass Sarrazin den Jungen und die Frau lebend nicht mehr wiedersieht.«

»Glaube ich dir.« Jacob zog mich vorsichtig aus der Menschenschlange, die auf das Schiff drängte. »Aber mach' keinen Unsinn. Sarrazin ist jedes Mittel recht. Er macht seine Drohungen wahr. Deinen Partner in Brüssel lässt er schon überwachen. Er will nur die Sestre und den Jungen. Dann ist der Spuk vorbei.«

»Denk' lieber dran, dass ich noch was gut habe bei dir«, fauchte ich ihn an. »Und Sarrazin kannst du ausrichten, dass sein Schatten schon kürzer wird.«

»Das weiß er.« Und dann sagte er so leise, dass ich ihn kaum verstand: »Er ist auf dem Weg.«

Aber so würde Jacob mir nicht davonkommen. »Freut mich«, gab ich zurück, »dann kann ich ihn ja fragen, warum du dich hier mit der Sestre getroffen hast, bevor sie verschwunden ist.«

Ein Schuss ins Blaue, aber er saß. Jacob wurde grau, richtete sich auf wie jemand, der gegen einen Krampf ankämpft, schüttelte den Kopf. »Schwachsinn.«

Ich grinste breit, als ich ihn so sah. »Ja sicher. Reiner Schwachsinn.«

Ich ließ Jacob stehen und ging zur Fähre.

Auf dem Boot saß ich wieder ganz oben und kaute auf meiner Lippe. Es war ganz eindeutig etwas gewesen, das von Rossis Explosion hochschleudert worden war, etwas Glühendes.

In der Bucht vor Mindelo lag noch immer das große, graue Schiff, das wie ein Kriegsschiff aussah. Kein Leben war auf dem Schiff, keine Flagge zu sehen. Wie ein Alligator lag es da, von dem man nur die bewegungslosen Augen sah.

Als wir anlegten, fielen mir die beiden Europäerinnen wieder auf, die mit mir auf das Schiff gekommen waren. Ihre hellen Leinenanzüge stachen aus dem bunten Gewimmel, als sie von Bord sprangen. Wieder warteten die zwei Motorräder am Ufer, die beim letzten Mal die beiden Männer abgeholt hatten. Auch die Frauen sahen nicht aus wie Urlauberinnen, schon gar nicht wie Einheimische.

Doch ich vergaß sie in dem Moment, als ich Malu sah.

Sie sahen aus, als gehörten sie zusammen. Es schmerzte, sie so zu sehen. Inglés stand an seinen Toyota gelehnt, Malu neben ihm, einen Hauch heller als er. Ihre muskulösen Oberarme glänzten in der Sonne. Sie unterhielten sich ruhig. Als die Menschen von Bord stürmten, warf Malu den Kopf nach hinten und lachte. Ich kämpfte gegen das Gefühl an, nicht dazu zu gehören. Doch dann machte Malu ein paar Schritte auf mich zu, und das Gefühl war verschwunden.

Sicher hätte sie mich auch geküsst, wenn ich nicht diese Wulst auf der Lippe gehabt hätte.

Inglés' Bus quälte sich die steile Straße hinauf in die Berge, aus dem Kassettendeck dröhnte ein alter Pulp-Song, »I Spy«.

»Das muss gut ausgesehen haben«, sagte Malu, als ich von Rossis Abgang erzählte. Dass ich Alex auf dem Berg getroffen hatte, behielt ich für mich.

»Der Tipp, wann Rossi in die Luft fliegen würde, kam von der Alten?«, wollte Malu wissen.

Ich nickte.

»Wie war sie?«

Prompt stach mir der Uringestank in die Nase. Die Sache mit meiner Peitsche verschwieg ich. »Seltsam. Sie hat Messias zu mir gesagt.«

»Und, was hat sie für die Information verlangt?«

»Nichts«, murmelte ich und starrte zum Fenster hinaus.

Dann dröhnte nur noch der Motor. Und Supergrass' »Sun hits the sky«.

»Ich steige aus,« brummte Inglés unvermittelt neben mir. Klar, dass sie mich nicht abgeholt hatten, nur um mir einen Gefallen zu tun. Er starrte auf die Straße, wir waren gerade in den ersten Nebel auf dem Kamm der Insel eingetaucht. Es war nass und kalt, aber ich versuchte erst gar nicht, die Fenster zu schließen. Malu zeigte keine Reaktion, wahrscheinlich wusste sie es schon.

»Nur noch eine Nacht, höchstens zwei«, versuchte ich meine Enttäuschung zu verbergen, »es ist bald vorbei.« Er hatte mich zwar belogen, aber er kannte sich auf der Insel aus.

Inglés schüttelte den Kopf. Blur lief jetzt, »On your own.« Die Musik würde mir fehlen.

»Und die Kohle? Ich lege noch was drauf.«

»Nützt mir nichts, wenn ich tot bin.«

»Okay, nur heute Nacht. Ich bin ganz nah dran.«

Vielleicht war das der Grund, dass Inglés ausstieg.

»Lass ihn«, mischte sich Malu ein, »ich komme mit.«

»Du warst zehn Jahre nicht mehr hier. Und mit Rossis Abgang ist für dich alles erledigt«, fuhr ich sie an.

»Wovor hast du Angst?« Ich fixierte Inglés von der Seite. »Ich könnte uns ein paar Waffen besorgen.« Meine Makarov hatte ich wieder, sicher ließ sich über Malu noch etwas organisieren. »Nur noch heute Nacht.«

Er schüttelte den Kopf.

»Sie haben ihm den Kopf eines Huhns und zwei tote Küken vor die Tür gelegt«, sagte Malu leise, »Inglés hat zwei kleine Kinder.«

Fast hätte ich es nicht geschafft. Mit aller Kraft kämpfte ich das Lachen nieder, verbarg mein Gesicht in den Händen. Sie kochten hier wirklich auf kleinster Flamme. Bei uns nahm man für so was wenigstens Rennpferde. Zumindest im Kino.

»Dein Lieblingshuhn?«, fragte ich Inglés.

»Arschloch«, zischte Malu von hinten.

Dann würde ich es eben allein erledigen. Alle sagten doch, ich sei nahe dran. Césario hatte gedrängt, heute Nacht oder morgen. Diese brüllenden Berge würde ich schon finden. Brüllende Berge, tote Hühner. Plötzlich roch ich wieder die toten Küken, die Alte in ihrem Puppenberg. Ich schüttelte den Kopf, fuhr mir durch die Haare. Jesus, womit hatte ich das verdient?

»Gut, du bist draußen.«

Inglés nahm den Blick nicht von der Straße. »Danke.«

»Die vier Reifen bekomme ich zurück«, schnappte ich.

Jetzt sah er zu mir herüber, drehte sich dann zu Malu nach hinten.

»Vergiss es«, sagte sie, »er macht Witze.«

Mir war nicht nach Witzen, aber ich ließ es durchgehen.

Als wir auf der anderen Seite der Insel waren, machte mir Inglés' Ausstieg schon weniger Sorgen. Außerdem gefiel mir die Idee, mit

Malu auf die Jagd zu gehen. Wenn nur die brennende Wulst auf meiner Lippe nicht wäre.

Unterwegs hielten wir, tranken das übliche Bier und wärmten uns in der Sonne auf. Unter uns leuchtete das unruhige Blau des Meeres. Eine ganz normale Insel im Atlantik.

»Wer hat ihm die Köpfe vor die Tür gelegt?«, fragte ich Malu, als Inglés sich hinter einen Busch verdrückte. Sie zuckte die Schultern.

»Jemand der verhindern will, dass du zu nahe an die heulenden Berge kommst.«

»Die Basken?«

»Liegt irgendwie auf der Hand.«

»Hat er genug Geld, um wegzukommen?«

»Das ist ihm egal. Er geht nach England. Wenn das hier vorbei ist, sehe ich mal, was ich für ihn tun kann. Wenn wir woanders wären, hätte er keine Angst. Aber hier werden die Leute von Fäden gezogen, die du nie siehst. Ich sehe sie auch nicht, jedenfalls nicht alle. Aber da kommen wir nicht gegen an. Auch Geld nicht.«

»Kennst du die heulenden Berge?«

»Ich denke schon.«

Inglés tauchte wieder auf, sah mich etwas unsicher an. Ich hielt ihm die Hand hin, er schlug drauf, sagte noch mal: »Danke, Mann.«

Er setzte sich wieder ans Steuer. Ein paar Kilometer später bogen wir auf die Küstenstraße ab. Die Straße war in den Hang geschlagen. Rechts von uns stieg eine steile Wand senkrecht in die Höhe und warf ihren dunklen Nachmittagsschatten über die Straße. Auf der anderen Seite rumorte tief unter uns das Meer.

»Was ist eigentlich mit deiner Lippe?«, fragte Malu und suchte meinen Blick im Rückspiegel.

Ich wollte antworten, da hörte ich es. Einen winzigen Augenblick dachte ich noch, es regnet. Ein feines Rauschen auf dem Autodach, im Reflex suchte ich noch das Meer nach der Gischt der Regentropfen ab. Doch da knallten schon die ersten Steine aufs Dach und vor uns auf die Straße. Ich riss das Gesicht nach unten, hielt schützend die Arme über Kopf und Genick. Der Wagen schlingerte, ein Schlag traf uns von unten, als wir über einen dicken Brocken rasten. Ich hörte Inglés' tiefe Stimme, etwas Schweres schlug neben meinem Kopf ein, und eine Woge von Glassplittern schoss über mich hinweg. Inglés fing den schlingernden Wagen ab, ein Stoß von der Seite warf mich vom Sitz, als der Toyota gegen die Felswand prallte. Aber wir fuhren noch, Inglés gab Gas, und der Spuk war vorbei.

»Scheiße, was war das?« Ich kam hoch.

»Steinschlag«, knurrte Inglés.

Dann sah ich das Loch über dem Rücksitz.

»Halt an!«, schrie ich, aber er raste weiter.

Malu hing vornübergebeugt im Sitz, ihr T-Shirt war an der rechten Schulter aufgerissen und blutverschmiert. Zu erkennen war nichts, nur ihre Haut wurde langsam feucht, wo das Blut aus den aufgeschürften Stellen drückte. Aber viel Blut war es nicht. Und die Wunde war weit weg von der Wirbelsäule

»Halt an!«, schrie ich wieder.

Inglés ignorierte mich, aber er ging vom Gas. Als die Straße breiter wurde, wendete er und raste zurück. Von hinten hielt ich Malus Oberkörper fest, der haltlos im Sitz hin und her schlingerte.

»Bist du wahnsinnig?«

Wir schossen wieder auf die Stelle zu, wo die Gesteinsbrocken auf uns gestürzt waren.

»Es passiert nie zweimal an derselben Stelle.«

Ein paar Steine krachten unter das Bodenblech, aber über uns blieb es ruhig. Ich hielt Malu umklammert, an der Kante des Lochs, das der Stein über dem Beifahrersitz ins Dach gerissen hatte, pfiff der Fahrtwind.

Malu stöhnte, ich konnte ihr Blut riechen, sie richtete sich auf, ihr Stöhnen wurde heftiger, schließlich sackte sie wieder weg.

Am Rand einer größeren Ansiedlung bremste Inglés vor einem blau und weiß gestrichenen Flachbau. Als wir Malu aus dem Wagen hoben, kamen uns schon zwei Schwarze mit einem Rollstuhl entgegen. Wir setzten sie hinein, und sie verschwanden mit ihr.

»Es passiert immer wieder.«

Inglés brach die letzten Reste der Scheiben aus dem Rahmen des Fensters, wir hatten den Bus inspiziert, aber nicht mehr gefunden als Beulen. Wenn man von dem Loch über dem Rücksitz und den zerborstenen Scheiben absah.

Seit fast einer Stunde saßen wir jetzt schon auf der steinernen Bank vor dem Krankenhaus.

»Du glaubst doch nicht, dass das ein Zufall war?« Ich hatte es schon einige Male versucht, aber Inglés war nie darauf eingegangen. Jetzt stand er auf und sagte nur: »Ich schau noch mal nach Malu.«

Als ich ihm ein paar Minuten später in das Krankenhaus folgte, war er verschwunden. Die langen Gänge glänzten leer und kühl. Die Tür zu einem Operationssaal stand offen. Die Einrichtung war spartanisch. Nur an der Decke über dem Operationstisch, da war was. Ich trat näher. An der Decke stand ein Satz, zu klein, um ihn von unten lesen zu können. Auch in den Ecken des Saals standen kurze Sätze in winzigen Lettern an der Decke.

Ich nahm mir einen Stuhl und kletterte hinauf, immer noch zu hoch. Ein Stahlregal stand an der Wand, ich zog mich vorsichtig hoch, es hielt. »Natürlich ist mir da ein falscher Ton, ein durchaus falscher Ton unterlaufen«, stand da auf Portugiesisch unter der Decke.

Auf dem Flur waren plötzlich Stimmen zu hören, ich glitt wieder zu Boden und stellte den Stuhl zur Seite.

Inglés erschien mit einem Schwarzen im Arztkittel, drahtig, schmales, scharf geschnittenes Gesicht. Seine glatten Haare waren dicht an den Kopf geölt. Ich schaffte es gerade noch, aus dem Operationssaal herauszukommen.

Er gab mir die Hand, sah mich an und nickte, als ob er mich wiedererkenne.

»Wenn jeder sieben Leben hat, dann hat sie heute drei verbraucht. Hätte es sie am Kopf getroffen, wäre sie jetzt tot.«

Er zündete sich eine Zigarette an, nahm einen tiefen Zug. Ich wartete darauf, dass er ausatmete, aber er schien damit leben zu können, nur einatmen zu müssen.

»Aber sie hat Glück gehabt. Der Stein hat sie an der Schulter getroffen. Nichts Ernstes. Nicht einmal das Schulterblatt ist verletzt. Ein bisschen angekratzt. Das schmerzt. Aber in ein paar Wochen wird sie nur noch eine kleine Narbe am Rücken an den Stein erinnern. Sie ist sehr kräftig, ein sehr muskulöser Körper.«

Sein Blick wurde lauernd, hing erst an Inglés, dann an mir, verlor schließlich das Lauernde wieder. Er zog an seiner Zigarette, ich glaubte einen Rest von Überraschung in seinem Gesicht zu sehen, als er sich von mir abwandte.

»Das hat man selten bei Frauen. Hier zumindest. Die Muskulatur hat das Schlimmste verhindert. Sie hat nur große Schmerzen. Die gesamte Oberkörpermuskulatur ist hart wie Stein. Ein Krampf.«

»Wie lange bleibt sie bei Ihnen?«, fragte ich.

»Drei, vier Tage wären gut. Aber so lange wird sie es nicht aushalten.«

»Können wir sie sehen?«

»Kurz. Ganz auf der Höhe ist sie nicht. Sie hat ein starkes Schmerzmittel bekommen und halluziniert. Der Schock.«

Dann sah er den Wagen vor der Tür stehen, ging einmal um ihn herum, machte die Beifahrertür auf und setzte sich in den Bus. Er zog an seiner Zigarette und sah ihr nach, als sie durch das Loch im Autodach nach draußen schnippte.

Schließlich bückte er sich und nahm einen Stein, so groß wie zwei Fäuste, vom Boden der Beifahrerseite. Blut klebte an ihm.

Der Arzt hielt ihn hoch.

»Sie sollten ihn aufheben. Bringt Glück.«

Malu lag mit geschlossenen Augen im Bett. Aber ihre Lider öffneten sich sofort, als sie uns hörte. Das samtige Schwarz ihrer Haut war grau, die kleinen Narben über den Wangenknochen schwarze Striche.

Ich stellte mich neben sie und nahm ihre Hand, die auf der Decke lag. Der Arzt machte einen schnellen Schritt nach vorn, zu spät. Sie verzog das Gesicht, als ich die Hand hob, und stöhnte leicht. Ich legte die Hand vorsichtig wieder zurück.

»Nicht anfassen«, murmelte der Arzt.

»Glück gehabt«, sagte ich zu Malu.

»Ja.«

Sie bewegte den Kopf nicht, ihre Augen waren glasig. »Was war nun?«, flüsterte sie.

»Womit?«

»Mit deiner Lippe.«

Ihre Lider klappten immer wieder zu, aber sie hielt sie mit aller Gewalt auf.

»Die Explosion«, antwortete ich. »Als Rossi hochging. Irgendwas wurde da in die Höhe geschleudert.«

Der Arzt stellte sich neben mich und sah sich meine Lippe an. »Eine kleine Verbrennung, sie heilt bereits ab.«

»Seraphim«, murmelte Malu mit geschlossenen Augen.

Ich beugte mich zu ihr hinunter, hörte sie leise murmeln.

»Da flog der Seraphim einer zu mir und hatte eine glühende Kohle«, sie schluckte, ihre Stimme wurde leiser, »Kohle in der Hand, die er mit der Zange vom Altar nahm und rührte meinen Mund an.«

Ich tätschelte ihre Hand. Inglés und der Arzt sahen mich fragend an, ich zuckte mit den Schultern. Malu atmete ein paar Mal flach als schliefe sie, dann murmelte sie weiter. »Und er sprach. Siehe, hiermit sind deine Lippen gerührt, dass deine Missetat von dir genommen werde und deine Sünde versöhnt sei.«

»Seraphim?«, murmelte ich ratlos.

»Engel. Mit sechs Flügeln, altes Testament«, sagte der Arzt sofort, »Jesaia.«

»Klar", gab ich zurück, »hätte ich wissen müssen."

Als wir schon an der Tür waren, hörten wir plötzlich ein deutliches »Inglés.« Mit zwei Schritten war er bei ihr, während der Arzt mich am Arm aus dem Zimmer zog.

»Was ist mit Ihnen?« Er steckte sich eine neue Zigarette an und inhalierte tief.

»Nichts. Warum?«

»Sie sehen mich so seltsam an. Ist Ihnen nicht gut?« Er schnippte die Zigarette in den Dreck und wollte mich zurück in das Krankenhaus ziehen. »Kommen Sie. Ich checke Sie schnell durch.«

Ich schüttelte seine Hand ab.

»Ich bin okay. Ich habe nichts.« Dann murmelte ich leise: »Natürlich ist mir da ein falscher Ton, ein durchaus falscher Ton unterlaufen.«

Er blieb wie angewurzelt stehen. »Waren Sie bewusstlos? Im OP?«

Ich schüttelte den Kopf. »Ich bin auf einen Stuhl gestiegen.«

»Oh nein.« Seine Enttäuschung war so heftig, dass sich seinen Augen mit Tränen füllten.

»Was sollen diese Sprüche?«, wollte ich wissen.

»Forschung. Meine Forschung.« Er gestikulierte resigniert in Richtung Himmel. »Manchmal tritt die Seele bei Schwerverletzten aus dem Körper, wenn sie dem Tod nahe genug sind. Sie sollen sich selber auf dem Operationstisch liegen sehen. Von oben, sie schweben darüber. Manchmal operiere ich hier Schwerverletzte. Wenn ich sie retten kann, frage ich sie, ob sie sich an einen dieser Sätze an der Decke erinnern. Das wäre eine Verifikation. Eine echte Verifikation.«

»Und das gibt es nur bei Schwerverletzten?«, wollte ich wissen.

»Dass sich jemand selbst sieht?«

Als ich nickte, bekam sein Blick wieder dieses Lauernde.

»Es gibt so etwas auch bei Gesunden. Heautoskopie. Passiert Ihnen so was?«

Pierre hatte das Wort vor Jahren zum ersten Mal erwähnt.

»Lassen Sie mich raten«, sagte der kleine Arzt, »es geht Ihnen nicht gut? Sie haben es öfter als Ihnen lieb ist?«

Da tauchte Inglés aus Malus Zimmer auf.

Der Arzt hielt mich fest. »Sie müssen wiederkommen. Wir müssen uns unterhalten. Bitte.«

Wortlos schüttelte ich ihn ab.

Inglés fuhr, ich hielt die Hand durch das Loch über dem Rücksitz in den Wind. Jemand hatte die Steine von der Straße geräumt. Als wir zu der Stelle kamen, lagen nur noch Splitter auf der Straße. »Vergiss das mit vorhin«, brummte Inglés, als wir über die Splitter fuhren.

»Was?«

»Das mit dem Aussteigen.«

»Ist schon okay. Sag mir, wo diese beschissenen Berge sind, und ich nehme Malus Wagen.«

»Ich komme mit.«

Das war es also, was Malu ihm mit letzter Kraft ins Ohr geflüstert hatte. Sie hatte ihn verpflichtet, mein Kindermädchen zu spielen.

»Lass es«, sagte ich, aber er blieb stur.

»Heute Abend um neun.«

Als ich ausstieg, sah ich, dass sich an seinem nachtblauen Haaransatz Schweißperlen bildeten.

Die Sonne war untergegangen und der Himmel völlig rot.

Wie Blut.

18

»Entspannt?«, fragte ich.

»Yeah, Mann.«

Inglés war pünktlich. Aber das war auch alles. Er saß in seinem Toyota, drehte einen üppigen Joint zwischen den Fingern, State of Bengal, Flight IC408 hämmerte aus seinem Tape-Deck. Ich suchte nach einer Flasche Grogue, fand keine und beruhigte mich etwas.

Er hielt mir die Grastüte hin. Ich winkte ab.

»Stammt aus der Gegend«, brummte er.

Ich entschied mich nicht auszurasten. »Ich dachte, wir hätten was vor.«

»Sicher.«

Er hielt ein paar Handschellen hoch und ließ ein Stilett mit einer wellenförmig geschliffenen Klinge aufspringen.

»Schönes Stück«, murmelte ich.

Der Motor sprang an, der Toyota ruckte nach vorn, den Joint im Mundwinkel, das Messer in der Hand, drehte Inglés die State of Bengal hoch. Er sah mich nicht an, sein Kopf zuckte zur Musik, Asche von seinem Joint fiel ihm auf die Hose. Als er in den zweiten Gang schalten wollte, brach seine kleine Welt zusammen. Er wusste nicht wohin mit dem Messer, der Joint wurde zu heiß, der Rauch biss ihm in die Augen.

Ich nahm ihm den Joint aus dem Mund, er roch gut, aber ich warf ihn aus dem Auto. Das Messer klappte ich zusammen und steckte es ein. Die Handschellen warf ich unter den Sitz. Dann zeigte ich ihm meine polnische Makarov und grinste.

Er sah mich an und zitterte. Inglés war fertig, bevor es überhaupt losging.

Gut eine Stunde später hatte ich die Orientierung verloren. Als im Scheinwerferlicht nur noch dichtes Gebüsch aufragte, parkte Inglés den Wagen und wir liefen los.

Nach drei Stunden verschwanden die Sterne. Eine kühle, düstere

Feuchtigkeit packte uns. Wir waren in die Wolke eingetaucht, die seit dem Abend den Kamm der Insel verhüllte.

Dann löste sich der Weg in ein trockenes Bachbett auf. Sehen konnten wir schon lange nichts mehr, die Dunkelheit fraß sich in den Kopf, die Geräusche verloren ihren Klang. In den Blättern unter unseren Füßen raschelte es.

Plötzlich fühlte ich, dass etwas vor mir stand. Etwas Großes, Lebendiges. Ich verfluchte mich, dass wir keine Taschenlampe mitgenommen hatten. Ich ließ Inglés' Stilett aufschnappen und griff mit der linken Hand ins Dunkel. Mein Handgelenk traf eine Stange. Ich packte sie, stieß mit dem Messer zu, ins Leere. Die Stange blieb, wo sie war, mit der Hand tastete ich an ihr entlang, bis ich die Bananen fühlte. Die Stange stützte eine beschissene Bananenstaude. Wir befanden uns in einer Bananenplantage.

Das Herz pochte mir in den Ohren. Wo war Inglés? Ich horchte auf seine Schritte, nichts. Eben noch hatte ich seinen Atem hinter mir gehört. Ich wartete, tastete den Boden ab und setzte mich.

Unruhe packte mich, Wut. Vielleicht auch nur die Angst. Ich holte meine Pistole aus der Tasche und stand wieder auf. Etwas Nasses, Samtiges legte sich auf mein Gesicht. Vor Schreck riss ich den Arm hoch, und die Pistole rutschte mir aus der Hand. Ich hörte sie fallen, ein leises, höhnisch klirrendes Geräusch, das aus allen Richtungen kam.

Blind tastete ich den Boden ab. Neben mir raschelte es, Ratten lieben Bananen, meine Hand zuckte zurück. Dann stieß ich mit dem Fuß an einen Stein, setzte mich wieder und warte, dass der Druck in meinen Ohren nachließ. Mein Fuß trat auf etwas Hartes. Die Makarov. Ich beruhigte mich wieder.

Ich saß wohl eine ganze Weile so da, jedenfalls kroch ein Frösteln an mir hoch. Leise rief ich nach Inglés, aus der Dunkelheit stöhnte es »Yeah, Mann«, dann seine Schritte. Sie kamen näher, er setzte sich neben mich auf die Wurzel eines Brotbaums, steif vor Angst. Ein schwacher Schimmer ging von seinen weißen Zähnen aus.

»Was ist?«

Er wühlte in seiner Tasche, zog eine Hand voll Scheine raus, hielt sie mir hin. Ich ahnte seine Hand in der Nacht eher, als dass ich sie sah.

»Nimm dein Geld. Ich kann da nicht hoch.«

»Und warum nicht?«

»Hör hin.«

Ein fernes Geräusch schwang durch die Nacht, der an- und ab-schwellende Ton eines Horns, ein lockendes, drohendes Heulen. Der Ton wurde mal schriller, mal dunkler, riss dann ab und schwoll sofort wieder an, überlagert von einem zweiten und dritten Heulen.

Die Angst griff aus der Dunkelheit nach mir, metallischer Ge-schmack schwamm wieder durch meinen Mund.

»Lächerlich«, stammelte ich.

Inglés antwortete nicht sofort, zog meine Hand zu sich runter. »Klar Mann, völlig lächerlich.«

Er drückte mir die Scheine in die Hand, schob sich mit dem Rü-cken an dem Baum hoch, seine weißen Zähne kamen mir langsam entgegen.

»Ich warte unten am Auto.«

Ich hielt ihn fest. »Allein finde ich nicht zurück.«

Er hustete. »Wir finden auch gemeinsam nicht zurück. Jedenfalls nicht, wenn ich weiter mitgehe.«

»Was soll das schon sein, ein Motor vielleicht, eine Säge oder so was.«

Als er nicht antwortete, packte ich seine Hand und drückte ihm die Scheine wieder in die Finger. »Wir treffen uns am Wagen.«

Ich hörte seinen Schritten in der Dunkelheit hinterher, dann war es still.

Jetzt war ich allein.

Ich kroch zu dem Bachbett zurück, stolperte durch das Unterholz bergauf, blieb immer mal stehen. Wenn sich mein Atem beruhigte, drang das ferne Heulen zu mir durch.

Die kleine Pfütze bemerkte ich erst, als meine Hände und Knie nass wurden. In der Dunkelheit folgte ich dem Rinnsal bergan, über moosige Stufen ging es in die Höhe.

Bewegte ich mich, war das ferne Heulen verschwunden. Nur mei-ne Angst nicht. Ich hockte mich hin, spuckte aus, als könnte ich sie los werden. Schließlich summte ich vor mich hin, ich brauchte Ge-sellschaft.

Wenn ich als Kind in den Schrank meines Großvaters kroch, bot mir die Dunkelheit Schutz. Aber das hier war eine andere, feindliche Finsternis. Sie fraß sich in den Kopf, schnürte mich ein, mit jedem Pulsschlag zog sie ihr Netz enger.

Es flackerte vor meinen Augen, eine blasse Gestalt löste sich aus dem Dunkel. Alex hob die Hand, winkte mir zu, sagte irgendetwas, was ich nicht verstand. Ich hörte mich leise »Alex« rufen, »Alex.« Warum antwortete er mir nicht?

Da griff eine weiche Hand nach meinem Hals. Ich schlug um mich, traf ein paar Blätter, biss mir auf die Lippen, um nicht zu schreien. Irgendetwas hielt mein Hosenbein fest, und ich fiel vornüber in die Dunkelheit. Schmerz schoss mir in die linke Leiste, ein Stein, etwas Stacheliges. Ich warf mich zur Seite, zog vorsichtig eine Dornenranke unter mir weg, als ein Schauer über meinen Arm lief. Ein Tier kroch an ihm hoch. Bewegungslos kauerte ich in der Nacht, hielt den Arm vom Körper ab. Mit einer plötzlichen Wut schlug ich mir auf den Arm, nichts, ich schlug um mich, Tränen brannten in den Kratzern, die mir die Sträucher in die Haut gerissen hatten.

Auf allen Vieren hockte ich in der Nacht.

»Alex«, wisperte ich, »Alex, hilf mir.«

Der stechende Schmerz in meiner Leiste brach endlich den Bann. Ich richtete mich auf, zog die Nase hoch, erschreckt über den Lärm, den das in der schwarzen Stille machte, und horchte in die Nacht.

Von weit oben heulte es durch die Dunkelheit.

Mit beiden Händen versuchte ich, mein Hosenbein von dem Dornengestrüpp freizumachen, schließlich riss ich mich mit einer wütenden Bewegung los. Aus dem Rinnsal war jetzt ein kleiner Bach geworden, wenig später tropfte mir das Wasser auf den Kopf. Ich stand vor einer Wand aus nassem Moos.

Über mir, durch das Tropfen des Wassers hindurch, schwoll ein lang gezogenes Summen an, wurde leiser, ging in ein Pfeifen über, dann ein Blöken.

Was sollte es schon sein, der Wind vielleicht? Aber es war nicht der Wind, und ich wusste es. Ich zitterte, mein Hemd und meine Hose waren völlig nass. Von oben wehte ein feiner Wasserschleier herab. Von oben, wo das Heulen herkam.

Wenn es aufhörte, war es vielleicht ein Flugzeugmotor, dessen Geräusch der Wind hertrug. Ich versuchte, etwas zu erkennen, ein

Licht am Himmel. Aber da war nur der Wasserschleier, der mir in die Augen wehte.

An der moosigen Wand war kein Hochkommen. Ich tastete nach rechts, die Wand stieg zwar noch immer steil an, war aber voller Wurzeln und Sträucher.

Ich kletterte los. Mit der Anstrengung kam die Wärme zurück und die Zuversicht. Ich packte die Wurzeln, suchte Halt, zog mich nach oben, das Heulen wurde lauter, schwoll an und wieder ab, mal schneller, mal langsamer.

An einigen Stellen zog ich mich senkrecht in die Höhe, hielt mich nur mit den Händen, nichts, wo ich mit den Füßen hintreten konnte. Ich lachte albern vor mich hin. Wenn ich oben war, würde ich Alex die Meinung sagen.

Auf einmal veränderte sich die Dunkelheit. Auch das Blöken und Heulen war jetzt ganz nah. Ich blickte hoch und sah die Sterne über mir. Ich war durch den nassen Nebel hindurchgeklettert. Über mir tauchte der Mond den Rand einer einzelnen Wolke in magnesiumhelles Licht.

Das Heulen war jetzt ganz nah, unregelmäßig an- und abschwellende Töne, bisweilen brach einer unvermittelt ab, setzte dann mit einem dumpfen Blöken wieder ein.

Einige Meter über mir zeichnete sich die Kante des Abhangs gegen den Nachthimmel ab. Mein Herz machte seltsame Sprünge, das unkontrollierte Zittern in den Beinen setzte wieder ein. Ich ruhte mich ein paar Atemzüge lang aus, dann kletterte ich weiter, schob endlich die linke Hand über die Kante, bekam einen Stein zu fassen, schob die rechte nach und zog mich hoch.

Ein ungeheures Gejaule sprang aus der Nacht auf mich zu.

Das kalte Licht des verhangenen Mondes tauchte sie in ein totes Grau, fünf Gestalten, in helle Tücher gewickelt, die Gesichter von kalkigem Weiß. Sie standen auf einer Anhöhe, weit auseinander, die Körper völlig bewegungslos. Nur ein Arm kreiste in gleichmäßiger Bewegung über ihren Köpfen. Jetzt hob eine der Gestalten den anderen Arm, und wechselte die lange Kordel von der linken in die rechte Hand, ohne die kreisende Bewegung zu unterbrechen. Sie hatten löchrige Steine und Hörner an den langen Kordeln, von Kühen oder Ziegen.

Es war, als peitschten sie den nächtlichen Himmel aus, der mit Heulen und Blöken antwortete.

Jetzt tauchten aus der Dunkelheit drei neue Gestalten auf, ließen ihre Arme kreisen, bis ihre Hörner in das Geheul einstimmten. Zwei andere griffen mit beiden Händen die Kordel, zogen sie ein, während sie das Horn weiter kreisen ließen. Der Ton wurde schriller und schriller, dann brach er ab.

Im Schatten der Büsche robbte ich in das Wäldchen am Rand der Wiese und beobachtete die grauen Gestalten. Es waren einige Frauen darunter, von der Seite konnte ich unter ihren Umhängen ihre Brüste sehen, während sie den Arm über ihren Köpfen kreisen ließen.

Die beiden, die aufgehört hatten mit dem Gejaule, verschwanden im Wald. Vorsichtig folgte ich ihnen, doch das Dunkel verschluckte sie. Ich hielt die Richtung, in die sie gegangen waren, die Arme ausgestreckt wie ein Blinder.

Viel brachte es nicht. Zweimal wich ich im letzten Moment einem Baum aus, doch dann lief ich in einen Draht, der genau auf der Höhe meiner zerkratzen Leiste gespannt war und kippte vornüber in den weichen Waldboden. Ich tastete nach dem Draht, er war rostig, aber ohne Stacheln. Meine Leiste brannte wie Feuer, wahrscheinlich steckten noch Dornen von meinem Sturz drin. Ich hörte meine Zähne knirschen. Vorsichtig wälzte ich mich auf die Seite. Liegen bleiben, einfach liegen bleiben, das wär's doch.

Ich rieb mir übers Gesicht. Die Wulst auf meiner Lippe pochte. Langsam quälte ich mich auf die Knie, zog mich an einem Ast hoch. Allmählich schwemmte das Adrenalin den Schmerz weg.

Von da an lief es wie von allein. Ein Weg, die Dunkelheit des Waldes wich zurück und aus dem schwachen Licht des unsichtbaren Mondes wuchsen die Umrisse von zwei Häusern. Eins war größer, ein bedrohlicher schwarzer Fleck, das andere ein kleiner Bungalow.

Hinter einem Baum am Rand des Waldes ruhte ich mich aus und beobachtete die Häuser. Nirgendwo brannte Licht. Ich würde mit dem Bungalow anfangen. Ein paar Mal atmete ich tief durch, dann rannte ich los, kam heil über ein Stück Wiese und stand mit pochendem Herzen vor einer Tür. Die Klinke gab nach, die Tür schwang auf, ohne jeden Laut.

Ich lehnte mich an die Wand des Hausflurs, versuchte, langsam zu atmen und in der Dunkelheit etwas zu erkennen, ging in die Knie und kroch auf allen Vieren den Gang entlang. Die erste Tür stand weit auf, fahles Mondlicht fiel auf Regale mit Tellern und Tassen. Auf dem Tisch leuchtete das Ladegerät eines Laptops.

Ich kroch weiter zur nächsten Tür. Sie war angelehnt, mit der Schulter drückte ich dagegen, widerstandslos bewegte sie sich zur Seite.

Schon wollte ich weiterkriechen, als ich das Geräusch hörte. Langsam richtete ich mich auf. Erst dachte ich, es sei das Scheuern meiner feuchten Hosenbeine. Doch da war es wieder. Ein leichtes Rascheln, etwas Schleifendes.

Ohne mich zu rühren, starrte ich in das dunkle Zimmer. Allmählich konnte ich ein Bett an der gegenüberliegenden Wand ausmachen. Eine schemenhafte Gestalt richtete sich auf. Der Schatten streckte die Hände nach mir aus. Ich ging in die Knie. Wahrscheinlich richtete er eine Waffe auf mich.

Doch der Schatten bewegte sich weiter, glitt aus dem Bett. Mit einem Satz war ich bei ihm, prallte gegen etwas Weiches, taumelte zurück. Ich wollte schreien. Aber es wurde nur ein hohler, unartikulierter Laut, der Schrei eines Träumenden. Ich versuchte es noch einmal, stürzte nach vorn, eine Hand fasste mir ins Gesicht, ich riss den Kopf zurück und knallte mit dem Hinterkopf gegen die Wand.

Gott sei Dank. Es war vorbei. Aus. Ich lächelte, als ich das Bewusstsein verlor.

19

Vor meinen Augen flackerte es hell, wie ein Film, der hängenbleibt und vor der heißen Glühbirne verschmort. Ich blinzelte und schlug die Augen auf. Vor mir stand das kleine Klaviergenie und beobachtete mich ruhig. Er steckte in einer verdreckten hellen Hose und einem gelben Pullover, der ihm ein paar Nummern zu groß war. Die Hände hatte er hinter dem Rücken verschränkt.

»Er wacht auf«, sagte er.

Am Tisch saß der Mann mit der toten Hand und kämmte sich mit der Konzentration einer Fliege, die sich putzt.

»Tatsache?«, fragte er, ohne mit dem Kämmen aufzuhören.

Ich lag auf einem Feldbett, richtete mich langsam auf und griff an meinen Hosenbund. Die Makarov war weg. Der mit der toten Hand sah mich erwartungsvoll an, steckte seinen Kamm in die Jacke. Als die Hand wieder hervorkam, hielt sie eine Pistole.

»Was soll das?« Ich hatte Mühe, etwas herauszubringen. Mein Mund fühlte sich an wie Pergament.

»Er passt auf uns auf«, antwortete der Junge ernsthaft.

Ich schwang die Beine über den Rand der Pritsche.

»Du bist Jean-Luc.« Ich klopfte auf den Platz neben mir. Er setzte sich. »Ich bin Max. Ist deine Mutter auch hier?«

»Nebenan. Sie schläft.«

»Sind wir beide vorhin in dem Zimmer aneinander geraten?«

Der Kleine schüttelte den Kopf. »Das war meine Mutter. Sie hatte eine Wahnsinnsangst. Sie hat gedacht, es ist ein Tier. Ein Wolf. Oder ein Bär.«

»Ich bin mir nicht sicher, wer mehr Angst hatte«, sagte ich.

Plötzlich lächelte er.

»Es war ja auch sehr dunkel.«

Dann sah er mich erwartungsvoll an. »Was machen wir jetzt?«

»Wir hauen ab. So schnell wie es geht.«

»Soll ich meine Mutter wecken?«

»Das hat Zeit.«

Der mit der toten Hand grinste uns an und stand auf. Er ging zu einem Interkom an der Wand, drückte auf den Knopf, und da waren sie wieder, diese seltsamen harten Laute, die ich das erste Mal in meinem Leben von Alex gehört hatte.

Sofort kam eine Frau ins Zimmer, Pistole in der Hand, und der mit dem toten Arm schob mich zur Tür hinaus.

»Geh'n wir«, sagte er.

Es wurde langsam hell. Das größere der beiden Häuser erwies sich im Licht des Morgens als ein vom Verfall gezeichnetes Herrenhaus, bröckelnder Putz, Säulen vor einem Portal, dessen Treppenstufen teilweise eingebrochen waren. Irgendwo brummte ein Generator. Die Häuser standen, umgeben von Bäumen, auf einer kleinen Hochebene, die nach allen Seiten steil abfiel.

Ich sah mich um. Unter uns ein Meer von grauen Wolken, aus dem einzelne Bergspitzen in die Morgendämmerung ragten. Von dort unten konnte man die Häuser sicher selbst bei klarem Wetter nicht sehen. Auch die beiden großen Parabolantennen auf dem Dach nicht.

Wir gingen über die Wiese in das größere Haus. Der Einarmige steckte seine Waffe ein und lächelte mich an.

»So nah vorm Ziel hauen Sie ja wohl nicht ab.«

Im Inneren des Hauses waren alle Spuren von Verfall beseitigt. Unten im Haus kamen wir an einem geräumigen Zimmer vorbei, die Tür stand offen. An einem Tisch an der Wand blinkten zwei große Rechner, auf dem Bildschirm Karten der kapverdischen Inseln.

Als wir den Bildschirmen näher kamen, erkannte ich eine Art Wetterkarte, auf der von Südosten her ein Tiefdruckgebiet auf die Inseln zuwanderte. Im Lauf der Jahre hatte ich mir einiges über Computer angeeignet. Wer immer die Leute hier waren, sie hatten sich mit dem Besten vom Besten ausgerüstet.

Und dazwischen stand mein Notebook.

Zu sechst saßen sie um den Tisch. Die beiden Russen saßen ganz außen. Ich sah an ihnen vorbei ohne ein Zeichen des Wiedererkennens. Jeder von ihnen hatte eine Flasche Bier vor sich stehen.

Die anderen waren Südeuropäer, dunkelhaarig, harte, müde Gesichter, alle um die vierzig. Einer von ihnen war das Rattengesicht mit dem Schlangenledergürtel, der versucht hatte, mir in meinem Hotel in Paria das Genick zu brechen. Der Mann neben ihm trug einen kurzen schwarzen Bart, sein Gesicht kam mir bekannt vor, ich wusste nur nicht woher. Neben seinen Füßen stellte ein schwarzer Hund die Ohren auf, als er mich sah.

Dann sprach der Mann, und ich erinnerte mich. Er war einer der beiden Typen, die vor mir ins Flugzeug nach Mindelo eingecheckt hatten. Und die Baskisch gesprochen hatten.

Unwillkürlich sah ich mich in dem Raum um.

»Fangen wir mit Ihrem Namen an.« Es war einer der Basken. Sein Englisch war hart, ich verstand ihn fast nicht.

»Danco. Max Danco «

Erwartungsvoll sah ich sie an. Wahrscheinlich würde Alex gleich mit einem »Gut gemacht, Kleiner« zu Tür reinkommen. Mich in den Arm nehmen.

Aber die Tür blieb zu.

»Und?« Kein Erkennen, keine Reaktion.

»Danco. Der Name müsste Ihnen doch was sagen. Fragen Sie Alex. Ich weiß, dass er hier ist.«

Ich grinste zuversichtlich, während er ein paar Worte mit den anderen wechselte. Sie fixierten mich unbeteiligt.

»Welcher Alex?«

»Alex Danco. Mein Bruder. Er ist einer von Ihnen«, ich zögerte, »von euch. Schon seit Jahren.«

Zu spät fing ich den warnenden Blick der beiden Russen auf. Es tat höllisch weh, so früh am Morgen, wenn der Körper noch nicht warm gelaufen ist. Der mit der toten Hand schlug mir mit seiner funktionsfähigen Faust von hinten in die Niere. Ich ging in die Knie. Richtig getroffen hatte er die Niere zwar nicht, eher den Beckenknochen, aber es reichte.

Der Baske gab einen knurrenden Laut von sich, rief etwas in seiner Sprache. Sie schoben mir einen Stuhl hin und setzten mich darauf. Mein linkes Bein war lahm von dem Schlag. Vorsichtig bewegte ich die Zehen, und langsam kribbelte das Leben in die Muskeln zurück.

Der Baske hatte seinen Blick nicht von mir genommen.

»Wir können dieses Spiel beliebig lange fortsetzen", murmelte er.

Ein unfrohes Lächeln spielte um seinen Mund.

Die anderen Basken sahen mich ungerührt an, im Blick der Russen entdeckte ich eine gewisse Sorge. Der schwarze Hund hatte sich aufgerichtet.

»Beliebig ist vielleicht übertrieben. Sagen wir, solange Sie es aushalten.«

»Und dann packen Sie mich voll Sprengstoff und werfen mich ins Meer. Oder schlagen mir mit einem Stein den Schädel ein, damit es so aussieht, als sei ich in einen Steinschlag gekommen?«

Jetzt lächelte er. »Keine Sorge. Wir würden Sie einfach ins Meer werfen.«

Ich sah das grinsende Rattengesicht neben ihm, und auf einmal war mir Vieles klar.

»Nicht vielleicht doch das Genick brechen?«, fragte ich, »wie bei der Schwarzen am Strand?"

Übergangslos verschwand sein Lächeln. Wieder fing ich einen warnenden Blick der Russen auf. Eine unangenehme Stille entstand. Ich versuchte, in ihren verschlossen Blicken zu lesen, doch ich wusste auch so, was passiert war. Sie hatten Rossis Auftritt mit Malus Schwester beobachtet, später hatten sie die Frau getötet, um Stimmung gegen Rossi und die Raketenbasis zu machen.

»Darf ich noch was fragen?«, versuchte ich dem Schweigen ein Ende zu machen.

Der Mann, der mich verhört hatte, antwortete nicht, sah mich nur an.

»Der Name Alex Danco sagt Ihnen wirklich nichts?«

»Sie legen es wirklich darauf an, im Meer zu landen.«

Abwehrend hob ich die Hände. Um keinen Preis wollte ich vor Sarrazin abtreten. Sarrazin wollte ich mir noch gönnen.

»Ich bin auf der Suche nach dem Jungen und der Frau«, sagte ich schnell und machte eine vage Kopfbewegung in Richtung auf das andere Haus, »Theresa Sestre. Jemand bezahlt mich dafür, dass ich sie finde. Das ist alles.«

Was sollte ich ihnen die ganze Geschichte erzählen?

Ein heftiger Windstoß packte das Haus, das Fenster hinter dem Spanier flog auf, er stand auf und schloss es. »Es geht langsam los«, murmelte der Mann neben ihm, als er sich wieder setzte.

»Wer sucht sie?«

»Er heißt Sarrazin.«

»Ihr Mann?«

»Glaube ich kaum. Er ist vor allem an dem Kind interessiert.«

Die vier Spanier sahen mich nachdenklich an. Dann redete Nikolai auf sie ein, erst leise, dann wurde er lauter. Ich verstand nicht, was er sagte, aber seine Stimme hatte einen drohenden Unterton. Die Basken wurden unruhig.

»Sarrazin ist drüben auf der anderen Insel, in Mindelo«, sagte ich,

»seine Leute auch. Er ist bei uns eine große Nummer. Er wird die Geschichte bestätigen.«

»Und wer hat Ihnen gesagt, dass Sie das Kind und die Frau hier oben finden?«

»Eine fette Alte auf der anderen Seite der Insel.«

Erregt sprang er auf, sein Stuhl fiel um. Der schwarze Hund schoss erschreckt zur Seite. Nikolai sagte ein paar scharfe Worte zu den Basken, sah auf die Uhr, dann verhandelten sie leise miteinander. Nikolai wirkte aufgeregt, dann mischte sich auch noch der zweite Russe ein. Die Basken versuchten offenbar, die beiden Russen zu beruhigen. Ohne Erfolg. Nikolai und sein Begleiter wurden lauter, ihr Ton herrischer. Sie machten Druck, die Basken wirkten verunsichert.

»Wir sehen uns das mal an«, sagte der, der mich verhört hatte, schließlich. »Dann entscheiden wir, was wir mit Ihnen und den beiden anderen machen.«

Ich zuckte mit den Achseln. Als mich der mit der toten Hand aus dem Stuhl zog, fuhr mir der Schmerz durch das linke Bein. Die beiden Russen würdigten mich keines Blickes. Ihre Bierflaschen ließen sie stehen. Aber als die Basken schon zur Tür raus waren, kam Nikolai zurück und nahm die Flaschen an sich. Als er an mir vorbeikam, sagte er leise und auf Deutsch: »Die Makarov. Fingerabdrücke runter und hier lassen.«

»Was hat er gesagt?«, fragte der mit der toten Hand.

»Er legt mich um, wenn ich gelogen habe.«

Die tote Hand lachte leise.

Jean-Luc lag auf der Pritsche und döste. Als ich zur Tür hereinkam, richtete er sich auf und blickte sich ein Moment verwirrt um, dann schien er wieder zu wissen, wo er war. »Hauen wir ab?«

»Noch nicht. Aber bald.«

»Ich sag meiner Mutter Bescheid.«

Er riss die Zimmertür auf und starrte in den Lauf einer Pistole. Es schien ihn nicht besonders zu beeindrucken.

»Ich will zu Theresa.« Er schob die Frau, die die Waffe hielt, zur Seite und verschwand in einem Zimmer auf der gegenüberliegenden Seite des Flurs.

»Das ist Max. Er holt uns hier raus. Das ist Theresa Sestre, meine Mutter.«

Ein Kind mit Umgangsformen. Jean-Luc sah erwartungsvoll zwischen seiner Mutter und mir hin und her. Sie trug eine braune, dicke Cordhose, darüber einen Wollpullover mit Rollkragen. Die Sachen sahen nicht aus, als gehörten sie ihr. Ihre schwarzen Haare hatte sie hoch gesteckt.

Ohne große Begeisterung nickte sie mir zu. Dann wandte sie sich an Jean-Luc. »Geh nach nebenan. Versuch, etwas zu schlafen.«

Unentschlossen sah er sie an, blickte dann zu mir.

»Wenn wir abhauen, wecken wir dich«, beruhigte ich ihn.

»Lieber etwas früher«, sagte er und verschwand.

»Sarrazin schickt Sie.«

Es war eine Feststellung, keine Frage. Damit war ihr Interesse an mir beendet. Ich nickte und ließ es dabei.

Vor dem Haus sprangen ein paar Motorräder an. Vom Fenster aus sah ich fünf Männer und eine Frau aufsteigen, die beiden Russen waren dabei.

»Er findet mich überall. Aber er will Jean-Luc, nicht mich«, sagte sie und setzte sich in einen Sessel. Sie sah müde aus, resigniert, auf eine seltsame Art unbeteiligt. Ihre helle Haut war von der ungewohnten Sonne gerötet, die wachen Augen unter den etwas zu groß geratenen, dunklen Brauen blickten ins Leere.

Es war heller geworden, aber über den Morgenhimmel hatte sich ein Dunstschleier gelegt. Heftige Windböen rüttelten an den Fenstern, dann war es wieder vollkommen windstill.

»Schaffen Sie es wirklich, uns hier rauszuholen?«

»Was weiß ich.«

»Die Leute sind gefährlich. Alles ETA. Sie nennen sich Gudaris, Soldaten des Vaterlands«, sagte sie leise. »Sie ruhen sich hier aus. Schon seit den siebziger Jahren tun sie das.«

Das machte Sinn. Rossi so punktgenau in die Luft zu jagen, das ging nicht ohne Spezialisten. Fonseca hatte gewusst, dass die Platten, die in Rossis Körper eingebaut waren, aus Spanien stammten. Er hatte von Anfang an gewusst, wer Rossi aus dem Verkehr gezogen hatte.

»Und jetzt ist Schluss damit? Wenn hier die Raketenanlage gebaut wird, kann niemand mehr Terroristen auf der Insel gebrauchen?«, fragte ich.

Sie nickte.

»Es gibt einen Deal. Zwischen der hiesigen Regierung und der Kommission in Brüssel. Das Aufräumen überlassen sie dem spanischen Militär. Sie hoffen, dass es ohne Aufsehen klappt.«

»Das Schiff in der Bucht von Mindelo?«

»Ist es schon da?«, fragte sie zurück.

»Ein bisschen spät. Rossi ist tot, uns haben sie als Geiseln. Wenn es wirklich ETA-Leute sind, sind wir so gut wie hinüber. Die Spanier werden sie ausräuchern, ob die Basken ein paar Geiseln haben oder nicht.« Ich war zu müde, um Zuversicht zu verbreiten.

Unten vor dem Haus heulten die Motorräder auf und verschwanden im Wald. Nur kurz waren die Motoren noch zu hören, dann war es wieder still.

Langsam drehte ich mich zu Teresa Sestre um. Schon als sie hereingekommen war, hatte ich das seltsame Gefühl, sie schon einmal gesehen zu haben, lange vor dem Klavierkonzert.

»Es muss noch ein anderer Mann hier sein, ein Deutscher. Etwas älter als ich.« Es kostete mich Überwindung, aber es musste sein.

»Jemand, den sie hier festhalten?«, fragte die Sestre.

»Nein. Ich glaube, er gehört zu den ETA-Leuten.«

Ihre Augen weiteten sich vor Schreck, ihre Hände zitterten kurz, dann hatte sie sich wieder im Griff, und sie schüttelte den Kopf. »Nicht dass ich wüsste.«

Wir sahen einander an.

»Sie trauen mir nicht, weil Sarrazin mich geschickt hat.«

Sie antwortete nicht, aber eine plötzliche Müdigkeit legte sich über ihr Gesicht.

»Sie sind nicht nur hier, weil Sie einen Kontrollbericht über Rossis und den Raketenstartplatz schreiben müssen.«

Sie fuhr in ihrem Stuhl hoch, doch bevor sie antworten konnte, flog die Tür auf, eine Frau kam herein. »Schluss mit dem Gequatsche!«

Sie stieß die Sestre in Richtung Tür.

»Wenn Sie es nicht schaffen, uns beide hier rauszubringen«, sagte sie auf Deutsch, als sie an mir vorbei stolperte, »dann nehmen Sie wenigstens den Jungen mit.«

Unruhig stand ich am Fenster und zählte sie. Immer wieder. Es waren sechs, darunter vier Frauen. Es musste zu machen sein. Irgendwie.

Ich horchte hinaus. Irgendetwas war anders als sonst. Es dauerte eine Weile, bis ich dahinter kam: Das Zirpen der Zikaden war verstummt. Der Himmel war überzogen von einem diffusen, blendenden Dunst, hinter dem die Sonne verschwand. Ich öffnete das Fenster, es war absolut windstill.

Der Hunger trieb mich schließlich aus dem Zimmer.

Jetzt am Tag war die Hysterie der Nacht weit weg, die Gespenster der Finsternis waren in ihre Höhle verschwunden und warteten auf die nächste Gelegenheit.

Als ich die Tür öffnete, stand ein Mann im Flur, die Pistole in der Hand. Der Mann mit dem Schlangenledergürtel. Die Pistole in seiner Hand hob sich leicht, als ich auf ihn zukam. Eine zweite steckte in seinem Gürtel. Meine Makarov. Fingerabdrücke runter, hatte Nikolai gemurmelt. Grußlos ging ich an ihm vorbei nach unten.

Vor dem Haus saß der mit der toten Hand. Er sah mich kommen, doch bevor er aus seinem Stuhl kam, trat ich ihn vor die Brust. Er kippte samt Stuhl um, rollte aber geschmeidig auf dem Rasen über den Rücken ab, war sofort wieder auf den Beinen und schrie mich in dieser Sprache an, die sie hier oben alle sprachen.

Ich brauchte einen Moment, bis mir klar war, dass das Geschrei dem Kerl mit dem Schlangenledergürtel galt, der hinter mir stand und mit seiner Pistole auf meinen Kopf zielte, die Mündung zwei Handbreit hinter meinem Ohr.

Ich hob langsam die Arme. Der mit der toten Hand kam auf mich zu, klopfte sich den Dreck vom Anzug. Der mit dem Schlangenledergürtel ließ die Waffe sinken.

»Sind wir quitt?«

»Warten wir's ab.«

»Hunger?«, grinste er.

Im unteren Teil des Hauses war eine Küche, sogar zwei Espressomaschinen. Der mit dem Schlangenledergürtel, Pistole unter der Achsel, lehnte neben der Tür.

»Sehen Sie sich vor ihm vor. Sonst bricht er Ihnen noch das Genick.« Der mit der toten Hand machte eine Kopfbewegung in Richtung des Mannes.

Ich zuckte mit der Schulter. »Er hat es schon einmal versucht und nicht geschafft.«

»Glück gehabt«, sagte er, der mit dem Schlangenledergürtel grinste böse.

Dann sahen sie mir beim Essen zu, der mit der toten Hand machte mir sogar einhändig Kaffee. Das brachte mich etwas aus dem Gleichgewicht. Jemand, der mir Kaffee machte, konnte kaum vorhaben, mich umzubringen. »Wo sind die anderen?«

»Unterwegs. Ihre Geschichte überprüfen. Die Russen wollen das so. Und wenn die das so wollen, dann geht daran kein Weg vorbei.«

»Und Sie lassen sie hier?«

»Mit einer Hand fährt sich schlecht Motorrad. Ich komme hier nur auf dem Rücksitz weg.«

Er stand an die Wand gelehnt, hinten in der Ecke der Hütte in einer etwas unnatürlichen Pose. Sein Penis stand weit vom Körper ab. Ich machte einen Schritt auf ihn zu, aber er hatte den Kopf abgewandt und sah mich nicht. Erst als ich ihn fast berührte, fiel mir seine seltsame Haut auf. Er war aus Pappe. Oder dickem Papier. Der Alte, der auf der Müllhalde gelegen hatte, war eine Pappmaché-Figur.

»Es gibt wahre Künstler hier auf den Inseln.« Der mit der toten Hand stand hinter mir in der Wellblechhütte. »Sie machen diese Figuren zum Karneval, im Februar. Natürlich nicht solche Figuren. Aber auf Anfrage eben auch solche. Wir waren uns sicher, dass Rossi daran nicht einfach vorbeifährt. Auch wenn er hinter Ihnen her war in dieser Nacht.«

»Deshalb sind Sie mitgefahren. Damit er auch ganz sicher an der Müllhalde aussteigt. Nachdem es beim ersten Mal nicht geklappt hat.«

Der Mann sah mich mit einem nachdenklichen Lächeln an.

Außer der Pappmaché-Figur standen noch vier Motorräder in der Hütte, Geländemaschinen. An der Decke hingen Kletterseile. Im hinteren Teil der Hütte standen zwei Metallböcke mit einer einfa-

chen Holzplatte. Sie hatte dunkle Flecken an den Rändern. Auf dem
Boden davor weiße Styroporkügelchen. Hier also hatten sie Rossi auf
seinen letzten Auftritt vorbereitet.

Ich drehte mich um. Zwei Frauen hatten sich zu dem Einarmigen
gesellt, gestikulierten mit ihren Pistolen. »Raus hier!«

Draußen wurde der Himmel langsam dunkel, in dem bleiernen
Grau knisterten die elektrischen Entladungen eines fernen Gewitters.

»Halten sie Sie eigentlich auch gefangen, oder gehören Sie zu
ihnen?«, fragte ich den Mann mit der toten Hand.

»Hast du gehört, was er gesagt hat?«, wandte er sich an eine der
Frauen, ohne mich aus dem Blick zu lassen.

Sie sah mich an. »Was glaubst du wohl, zu wem er gehört, nachdem man ihm im Gefängnis in Bilbao den Arm hat abfaulen lassen?«

Langsam ging ich um das Haus und zählte sie wieder. Ich hatte
mich nicht geirrt. Vier Frauen, der mit dem Schlangenledergürtel
und der mit der toten Hand. Alle bewaffnet. Keinen Moment ließen
sie mich aus den Augen. Sie lösten sich ab, aber immer hielt sich jemand in meiner Nähe.

»Schon eine Leistung, da hochzuklettern.«

Wieder das harte Englisch. Eine der Frauen war neben mir auf der
Wiese aufgetaucht, auf der sie gestern Abend die Hörner hatten sin-
gen lassen. Sie hatte volle, kastanienbraune Haare, die sich in der
gewittrigen Luft kräuselten, ein wachsames, entschlossenes Gesicht.
Es war eine von denen, die mit mir die Fähre auf die Insel genommen hatten und von den Motorrädern abgeholt worden waren. Eine
großkalibrige Pistole steckte in ihrem Schulterholster.

»Man muss nur wollen.«

Ich sah hinunter. Fast senkrecht fiel die Steilwand ab, überwach-
sen mit grünen Sträuchern und Kletterpflanzen. An einer Seite stürzte ein schmales Rinnsal in die Tiefe, löste sich auf in einen Vorhang
aus Wassertropfen.

»Haben Sie es mal versucht?«, fragte ich sie.

»Nein.«

In einem Felsen, ein paar Meter von der Kante entfernt, entdeckte ich drei einzementierte Stahlringe. Zum Abseilen. Wie man sie in

den Bergen findet. Dafür also hatte sie die Kletterseile im Motorrad-schuppen.

Ich sah mir die Frau an. Zog ihr mit den Augen die Bluse vom Leib. Dachte an Malu. Hoffte, dass sie schon wieder gesund war.

»Was soll die Nummer mit den singenden Hörnern?«

»Eine Form der Meditation.« Spott zog ihre Mundwinkel in die Höhe. »Und den Schwarzen jagt es Angst ein. Die Weißen haben sich früher auf diese Art verständigt, als sie hier in den Bergen nach ent-laufenen schwarzen Sklaven gejagt haben. So was prägt. Das bleibt in den Genen.«

Als ich wieder hinuntersah, zog sie ihre Waffe aus dem Holster. »Zurück zum Haus.«

Ich blickte sie an, hob die Hände. Ihre Augen sahen mich kalt an, ein Schritt auf sie zu, und ich war tot. Der oberste Knopf ihrer Bluse stand auf.

Versuchen konnte ich sie ja, die Nummer mit der Peitsche.

Ich machte ein Schritt von ihr weg, ließ die Arme sinken, heftete meine Augen wieder auf ihre Bluse. »Okay, keine Sorge, ich will am Leben bleiben. Und vielleicht kann es ja noch ganz schön hier oben werden.«

Mein Blick nervte sie. Aber sie schloss auch den Knopf nicht. Stattdessen hob sie die Waffe. »Zurück zum Haus, los!«

»Ihre sind die schönsten.«

Ich bewegte mich nicht von der Stelle, ihr Blick wurde einen Moment unsicher, aber sie fing sich schnell.

»Ich habe Sie gestern Nacht gesehen. Als Sie die Steine haben kreisen lassen. Ich hab da drüben im Wald gelegen. Von der Seite hab' ich sie gesehen, Ihre Brüste. Sie waren die Schönsten.«

Ich steckte eine Hand in die Hosentasche und spielte an meinem Ding, Malus Zunge vor Augen, ihren Kopf über mich gebeugt. »Ich habe von Ihnen geträumt.«

Die Waffe senkte sich einige Millimeter. Ich sah ihr in die Augen.

»Aber das bleibt unter uns«, meine Stimme war heiser, »Ihr Freund ist sicher eifersüchtig.«

Ich hoffte, sie bemerkte die Beule in meiner Hose. Wenn ich woll-te, konnte ich ganz ordentlich Gas geben. Wenn ich als Kind Angst vor der Schule hatte, redete ich mir so lange ein, ich hätte Fieber, bis ich mit Schüttelfrost im Bett lag.

Ihre Waffe senkte sich noch einen Millimeter, blieb da, als ich einen Schritt auf sie zumachte.

»Oder kämpfen die Männer hier oben um euch, und jede Nacht darf ein anderer deine Brustwarzen küssen. Während du die Wunden liebkost, die er sich im Kampf um dich zugezogen hat?«

Noch ein Wort, und sie fing an zu lachen. Ich machte einen schnellen Schritt nach vorn, holte aus. Vielleicht schaffte ich es, ihr die Waffe aus der Hand zu schlagen. Dann würde ich weiter sehen. Sie sah den Schlag kommen, duckte sich blitzschnell. Ich verfehlte die Waffe, aber meine Hand krachte wie eine Axt vor ihren Hals, ich bildete mir ein, dass ihre Luftröhre knirschte. Sie kippte zur Seite, ich erwischte die Hand mit der Waffe, drückte sie auf den Boden. Ich wand ihr die Waffe aus der Hand, hörte sie röcheln, mein Gott, sie lebte noch, versuchte zu sprechen. Ich machte einen Schritt weg von ihr, die Waffe in der Hand. Sie lag auf dem Rücken, rang nach Luft und trommelte mit den flachen Händen auf die Erde. Ich sah mich um. Schweiß brach mir aus allen Poren und floss mir in die Augen. Ich packte ihren Fuß, ein Krampf lief durch ihren Körper. Am Rand des Abhangs ließ ich sie los, ihre aufgerissen Augen sahen mich an. Sie röchelte, schlug unkontrolliert nach meinem Fuß, als ich sie über den Rand des Abhangs schob. Ich sah ihr nach, wie sie lautlos nach unten flog. Äste brachen, als sie durch das Blätterdach schlug.

Benommen stand ich über dem Abhang, sah an mir hinunter, das Blut rauschte in meinen Ohren. Ich schüttelte mich und drehte mich um. Einen Moment glaubte ich, eine Bewegung in dem Wäldchen gesehen zu haben. Ich sprintete in den Schutz der Bäume, meine Hände zitterten. Als ich im Internat mit dem nassen Socken zugeschlagen hatte, war ich ruhiger gewesen.

Ich hockte mich an einen Baum und atmete tief durch. Ich empfand nichts, war völlig leer. Nur mein Herz raste. Weiter. Ich musste auf der Welle bleiben. Meine Augen badeten in Adrenalin. Ich richtete mich auf und ging langsam zum Haus zurück. Tief zog ich die Luft in die Lungen. Ich würde die Sache auf die Spitze treiben, dann lief alles von selbst. Allmählich kam ich wieder zu mir. Ich fuhr mit der Hand über das Gras, um mir den Schweiß von den Handflächen zu reiben.

Drei Frauen noch, ein Mann und der mit der toten Hand. Ich hoffte, dass sich nicht noch irgendwo jemand verborgen hielt. Dann hatte ich die Sestre und ihr Söhnchen. Später würde ich weitersehen. Die Waffe der Frau verbarg ich unter meinem Hemd.

Schon im Wald hörte ich sie rufen. Als ich auf die Lichtung vor den beiden Häusern trat, zielten ihre Waffen auf mich. Der mit dem Schlangenledergürtel, begleitet von einer Frau. Ich hob wieder die Hände.

»Wo ist Rosa?«

Ich legte einen Finger vor den Mund. »Seid leise. Sie treibt es da vorn mit einem eurer Leute im Gras.«

Ich ritt hoch oben auf meiner Adrenalinwelle und machte es mir wohl ein bisschen leicht.

»Was soll der Schwachsinn.« Sie hielten Abstand, ihre Pistolen auf meine Brust gerichtet.

»Ich zeig's euch.« Jetzt musste ich es auch durchziehen. Ich drehte mich um und lief zurück in den Wald.

»Bleib' stehen«, rief der mit Schlangenledergürtel, »oder du stirbst.«

Ich war auf der Höhe des ersten Baums. Tränen schossen mir in die Augen, dann packte mich eine kalte Wut. Wenn ich abtreten musste, dann nicht allein. Ein Sprung zur Seite, ich presste mich hinter den Baum und riss die Waffe unter meinem Hemd hervor. Die beiden standen noch immer mitten auf der Wiese. Ich feuerte, bis die Waffe leer war. Die Frau erwischte ich mitten im Gesicht, den Mann ins Bein, dann in die Brust. Er lebte noch, als ich über die Wiese zum Haus rannte. Im Vorbeilaufen warf ich die Pistole weg und riss ihm meine Makarov aus dem Gürtel.

Er grinste mich voller Hass an. »Du schaffst es nicht«, stöhnte er.

»Du auch nicht.« Ich schloss die Augen, drückte noch einmal ab, nur um ganz sicher zu gehen.

Mit keuchendem Atem presste ich mich an die Hauswand. Zwei Frauen noch und der mit der toten Hand. Aber sie hatten den Jungen und die Sestre. Gleich würden sie um die Ecke kommen, und das war's dann. »Scheiße«, ich fluchte leise vor mich hin, wischte mir die Tränen aus den Augen. So nah dran. »Scheiße, Scheiße.«

Über mir klapperte ein Fenster.

»Danco«, rief der mit der toten Hand von oben, ohne sich aus dem Fenster zu beugen, »Danco, bist du das?«

Aus dem Zimmer über mir kam ein unterdrückter Schrei. »Max?«

Die Sestre. Und da wusste ich, wer sie war. Ich biss mir auf die Lippen. Sie schrie noch einmal. »Max?«

»Danco, zeig' dich«, brüllte der Mann. »Ich zähle bis drei, dann werfe ich den Jungen aus dem Fenster. Wir können immer noch einen Deal machen.«

Ich sog an meiner Lippe, kaute auf der Wulst. Sie war so gut wie abgeheilt.

»Eins ... zwei ...«, brüllte der mit der toten Hand über mir.

»Halt, ich bin hier«, schrie ich, hielt mich aber weiter eng an der Hauswand.

»Zeig' dich.«

Er würde mich wie einen Hasen abknallen. So kurz vor dem Ziel.

»Eins...zwei...«

Ich steckte die Makarov hinten in den Gürtel, rannte drei Schritte mit erhobenen Händen aus dem Schatten der Hauswand auf die Wiese.

Im Fenster standen die beiden Frauen, ihre Pistolen auf mich gerichtet. Hinter ihnen leuchtete das strohige Haar des Mannes, seine Arme waren nicht zu sehen.

»Bist du allein?«, hörte ich seine Stimme durch das Rauschen in meinen Ohren.

»Ja«, heulte ich, ließ mich auf die Knie sinken.

»Okay. Na dann.«

Ich hörte zwei gedämpfte Schüsse in dem Zimmer, wieder schrie die Sestre. Ich warf mich zur Seite, sprang auf und stürzte zurück in den Schutz der Hauswand.

»Danco?«

Über mir tauchte erst die tote Hand, dann der Kopf des Mannes auf. Ich riss meine Pistole aus dem Gürtel und zielte auf ihn.

»Danco, dreh' jetzt nicht durch. Wir müssen hier weg. Komm nach vorn, zur Tür.«

Ich zögerte. Er hätte mich auf der Wiese erledigen können, wenn er gewollt hätte. Ich lief ums Haus, er kam mir entgegen, die Waffe in der gesunden Hand.

»Was ist mit den beiden Frauen?«

Er wackelte mit dem Kopf, machte eine vage Bewegung mit seiner Pistole.

»Warum dann das Spielchen?«, fauchte ich ihn an.

»Ich musste sicher sein, dass du das warst und kein anderer. Irgendwann wären sie schon drauf gekommen, dass ich zur anderen Seite gehöre.«

»Wo ist die Sestre?«, fragte ich ihn.

»Hier.«

Sie kam um die Hausecke auf mich zu. Es fiel mir schwer, ihr ins Gesicht zu sehen. Ich lehnte mich an die Hauswand. Thea, nicht Bea – so hatte Alex damals seine Freundin angeredet, als er sie heimlich am frühen Morgen verabschiedet hatte. Und deshalb war Sarrazin so ausgerastet, als ich ihm damals den Namen genannt hatte, selbst wenn es der Falsche war. Theresa Sestre war Sarrazins Tochter. Deshalb hatte er in seiner Wut so auf mich eingeprügelt. Hatte einfach seine Wut an Alex, seiner Tochter, an mir ausgelassen.

Ich verschränkte die Hände über dem Kopf, als ich ihre Stimme hörte.

»Max«, sagte sie leise. »Max?«

Ich nahm die Hände runter. Theresa stand vor mir, schwarze Schatten um die Augen.

Sie musterte mich, dann schüttelte sie den Kopf. »Alex hat immer gesagt, du würdest ihm sehr ähnlich sehen.« Dann nahm sie mein Gesicht in die Hand. »Dann sähe er heute also so aus.«

»Jean-Luc?«, fragte ich leise.

Sie nickte.

»Hat Alex ihn jemals gesehen.«

Sie schüttelte den Kopf. »Er ist in Spanien gestorben. Bevor Jean-Luc auf der Welt war.

»Ich weiß«, antwortete ich leise, sagte: »Es war meine Schuld. Ich habe die Polizei dorthin gelockt.«

Ihre Augen weiteten sich. »Das hast du all die Jahre geglaubt?«

»Es stimmt ja auch.« Ich wich einen Schritt zurück.

Sie folgte mir und trat ganz nah an mich heran. »Das hat er dir eingeredet. So ist Sarrazin. Aber es stimmt nicht. Es war viel schlimmer.

Er hatte seine Leute auf mich gehetzt. Auf seine eigene Tochter. Sie haben mich nie aus den Augen gelassen.«

Sie richtete sich auf, ihre Stimme war jetzt kalt und unbeteiligt. »Wir hatten schon zwei Tage in dem Dorf gewohnt. Wir waren zu viert, zwei spanische Freunde von Alex hatten das Haus organisiert. Alles kleine Lichter, Kuriere, die zwischen der ETA und linken Gruppen in Deutschland, Italien und Frankreich den Kontakt hielten. Mir war morgens regelmäßig schlecht. Ich war im dritten Monat. Als ich das erste Mal allein zur Apotheke ging, haben sie mich abgefangen. Dann ließ Sarrazin das Haus zusammenschießen. Mit dir hat das nichts zu tun. Sie haben sie hingerichtet. Hingerichtet«, wiederholte sie, die Augen geschlossen.

»Lasst uns abhauen.« Jean-Luc tauchte hinter dem Haus auf, gefolgt von dem mit der toten Hand. Der Man bat Theresa um eine Zigarette, sie zündete sie ihm an und reichte sie ihm. Seine Hand zitterte leicht.

»Übrigens«, sagte er, »Oscar.«

Ich gab ihm die Hand.

»Ich brauche noch zwei Minuten«, murmelte er und verschwand im Haus. Ich lief hinter ihm her. Er saß an einem der Rechner und hackte verzweifelt mit einer Hand auf der Tastatur herum. Es sah aus wie eine E-Mail. Dann zog er seine Waffe und schoss in den Rechner.

Ich zeigte auf mein Notebook, das zwischen den Rechnern stand. »Den auch, nur zur Vorsicht.«

Splitter flogen durch den Raum.

»Was ist mit der Makarov?«, fragte er.

»Ich dachte, du hättest den Russen nicht verstanden.«

Er grinste mich an. Ich zog die Makarov aus dem Hosenbund, wischte sie gründlich ab und schob sie unter einen Tisch.

»Sie ist registriert. Wahrscheinlich sind ein paar spanische Polizisten damit erschossen worden. Wenn du den Russen in die Quere gekommen wärst, hätten sie der Polizei einen Tipp gegeben.«

»Ich bin soweit«, sagte ich.

Vor dem Haus stand der Junge mit Theresa und streichelte geistesabwesend den schwarzen Hund.

»Die Motorräder«, sagte ich zu Oscar, aber sein Blick hielt mich fest.

»Vergiss es.« Er hielt seine Hand in die Höhe.

Ich sah Theresa an. »Schon mal ein Motorrad gefahren?«

Sie schüttelte den Kopf.

»Die Seile.« Ich lief zum Schuppen, Oscar hinterher. Er schien alle Waffen eingesammelt zu haben, die er finden konnte. Ich griff nach den Kletterseilen, er zerschoss die Reifen der Motorräder. Jean-Luc stand vor dem Schuppen und hielt sich die Ohren zu.

Es waren sechs Seile, die in dem Schuppen hingen, aber kein Sitzgurt, nur die Seile.

»Gibt es im Haus Gurte?«

Oscar zuckte apathisch die Schultern. Viel war nicht mehr mit ihm anzufangen.

»Was ist los?«

»Ich schieße nicht jeden Tag zwei Frauen in den Rücken.«

Ich sah meine Hände an, hörte das Röcheln der Frau, die ich den Hang hinunter geworfen hatte. Bloß nicht dran denken. Wortlos packte ich ihm drei Seile in den Arm und nahm die anderen.

Vor der Hütte nahm Theresa ihm die Seile ab, er jagte vorneweg, die Pistole in der Hand. Wir rannten durch das Wäldchen, der schwarze Hund und Jean-Luc hinter uns her.

Leichter Nieselregen hatte eingesetzt.

An dem Felsen mit den Stahlringen warf ich die Seile ins Gras. »Schon mal abgeseilt?«, fragte ich den Jungen

Jean-Luc nickte.

Ich glaubte ihm nicht ganz. »Geht das denn mit deinen Pianistenfingern?«

Er hielt mir seine Hände entgegen, ganz normale Kinderhände. Abgesehen davon, dass er seine Fingernägel nicht abfraß, sondern sauber hielt.

»Aber wir hatten einen Sitzgurt«, sagte er dann.

Ich sah Theresa an, dann Oscar.

Sie schüttelte den Kopf, er schlackerte mit seinem Arm.

Ein Seil knotete ich an einem der Stahlringe fest, warf das andere Ende den Abhang hinunter und ließ mich am Seil etwas über die Kante hinab. Das Seilende verschwand unten im Wald, es musste einfach reichen.

»Du bist die Erste.«

Theresa sah mich blass an, dann lächelte sie.

»Das geht schon gut« sagte Oscar, als ich ihr das Seil um die Brust knotete.

Ich ließ sie ab, einmal schrie sie kurz auf, dann war sie unten und knotete sich aus dem Seil. Mit Jean-Luc ging es noch schneller.

Der Regen wurde stärker, fiel aus einem trüben dichten Nebel. Ich zog das Seil hoch, wollte Oscar einknoten, als er meinen Arm festhielt. Jetzt hörte ich es auch, durch das Geräusch der Regentropfen klang das Knurren von Motorrädern.

Ich warf alle Seile bis auf zwei über die Kante, fieberhaft knotete ich die Enden der beiden Seile zusammen, fädelt eins durch den Ring am Fels. So konnte ich die Seile von unten abziehen, und sie kamen uns nicht hinterher.

»Kannst du dich mit einem Arm ablassen?«

»Noch nie probiert.«

»Kannst du dich mit einem Arm an mich klammern?«

»Ich habe ja noch zwei Beine.«

Er sprang mir auf den Rücken, ich schlang uns die Seile zwischen den Beinen durch, warf sie dann über die Schulter und ging langsam rückwärts auf die Kante zu.

»Hast du die beiden toten Frauen wenigstens gut versteckt?«

»Unterm Bett.«

»Darauf kommt niemand.«

Das Letzte was ich sah, als ich mich mit Oscar abließ, war der Kopf des schwarzen Hundes, der unbeweglich hinter uns herschaute.

Der Regen hatte die Seile glitschig gemacht, aber es ging. Außerdem war es Oscars Rücken, der die Reibung der Seile aushalten musste. Ich hörte ihn stöhnen, aber er ließ nicht los, und seine Beine quetschten mir die Nieren ein. Unten ließ er sich mit einem unterdrückten Schrei von meinen Rücken fallen. Theresa half ihm auf, Jean-Luc und ich zogen am Seil, es gab nach, und ich konnte sehen, wie uns der Knoten entgegenkam.

Doch plötzlich bremste das Seil. Der Regen prasselte jetzt auf das Blätterdach über uns, trotzdem bildete ich mir ein, ich könnte ihre Stimmen hören. Neben mir schlug etwas durch die Blätter. Sie schossen auf uns.

Dicht an die Wand gepresst, hängte ich mich mit aller Kraft an das Seil. Jean-Luc kletterte auf meine Schultern, hielt sich am Seil fest und sprang herunter. Es half nichts. Sie hatten es blockiert. Wenn sie es jetzt noch an ein Motorrad banden, dann würden sie mich hochziehen. Ich konnte zwar loslassen, aber sie hatten dann das Seil. Und wenn sie uns hier folgten, hatten sie uns schnell.

»Nimm eine volle Kanone und schieß das Seil durch.«

Oscar ließ das Magazin seiner Waffe in Theresas Hand fallen, entlud dann seine zweite Waffe, und füllte alle Patronen in ein Magazin. Dann presste er sich neben mich an die Felswand und sah vorsichtig nach oben. Regen schlug ihm ins Gesicht.

»Je weiter oben du das Seil triffst, umso weniger bleibt ihnen.«

Jean-Luc hielt sich wieder die Ohren zu. Oscar nickte, atmete tief durch, machte zwei Schritte von der Wand weg und leerte das Magazin.

Meine Ohren klingelten von den Schüssen, Theresa und ich zogen am Seil, dann ein Ruck, wir lagen am Boden, und das Seil fiel uns entgegen. Oscar warf die Waffe auf den regennassen Boden. Schüsse klatschten neben uns in das Blätterdach, aber sie konnten uns nicht sehen, hielten nur blindlings in den Wald hinein. Wir machten uns davon.

Ein Streifschuss riss mir die Jacke auf. Dann warf uns eine Explosion fast um, sie versuchten es mit Handgranaten. Aber wir waren schon zu weit weg, das tief eingeschnittene Tal bog allmählich nach links ab. Als wir hinter einem Baum ausruhten, schob ich mit einem Stock die Blätter über uns zur Seite. Die Felswand, an der wir uns abgelassen hatten, war schon nicht mehr zu sehen.

»Sie müssen um die ganze Insel herumfahren«, sagte Oscar, »das dauert Stunden bei dem Wetter.«

Er sah aus wie eine nasse Katze.

»Was ist eigentlich mit deinem Arm?«, fragte Jean-Luc.

»Ein Verkehrsunfall. Ein beschissener Verkehrsunfall.«

Keiner von uns konnte das Grinsen unterdrücken.

Bei Tageslicht, selbst bei dem strömenden Regen, war es ein ganz normaler, lichter Wald aus Palmen und Laubbäumen, die ich nicht kannte. Dazwischen Bananenstauden mit ihren riesigen Blättern, die heftig im Wind schwankten, immer wieder einmal ein Brotbaum, am Rand des Tals vereinzelte Kaffeesträucher. Ab und zu fiel noch ein Schuss, wir warfen uns hinter Bäume, blieben einen Moment liegen, aber sie konnten uns unmöglich sehen. Nur unser hechelnder Atem war zu hören, während wir weiterliefen, und das Rauschen des Regens in den Blättern über uns.

Dann ein unterdrückter Schrei, Oscars wild herumschwingende Hand hatte sich in einem Dornengestrüpp verfangen und ihn umgerissen. Jean-Luc kicherte albern, half ihm aber sofort auf, verstaute die Hand in seiner Jackentasche, und wir hetzten weiter.

Dann lichtete sich der Wald, und wir sahen unter uns Inglés' roten Toyota. Ich jubelte laut, als wir den Hang durch den Regen auf das Auto zuliefen.

Malu saß am Steuer. Aber nicht allein. Neben ihr saß ein Mann. Eine kleine Puppe hockte auf seiner Schulter und sah uns entgegen.

20

Der Regen peitschte horizontal gegen das Auto, die dichten Wolken hatten es dämmrig werden lassen. Malu fuhr, neben ihr saß der Mann mit der Puppe auf den Schultern.

»Was macht der hier? Und wo ist Inglés?«, wollte ich wissen.

»Er ist mit Inglés ins Krankenhaus gekommen. Inglés hat mit seiner Familie den letzten Flieger genommen. Hier geht nichts mehr. Sie haben einen Zyklon angesagt, einen Wirbelsturm.«

»Schön, dass Sie es geschafft haben«, sagte der mit der Puppe.

»Gruß an die Russen«, sagte ich. »Sie haben den Basken Druck gemacht, damit sie losfahren und meine Geschichte überprüfen. Sonst wären wir jetzt tot.«

Er lächelte. »Jetzt noch nicht.«

»Die Russen helfen den Basken, sicher auf die Inseln zu kommen?«

Er nickte. »Und wieder zurück. Ohne die Flugzeuge der Russen sind sie erledigt.«

»Da arbeitet ihr ja gerade dran.«

»Sie sind zu weit gegangen«, sagte er nur.

Ich stellte die beiden Frauen einander vor. Dann schwiegen wir. Das Loch über dem Rücksitz, das der Stein gerissen hatte, war notdürftig abgedeckt, aber trotzdem tropfte es der Puppe auf den Kopf.

Nach einer Weile drehte der Mann sich zu mir um. »Inglés hat mir etwas für Sie mitgegeben. Er hat gesagt, Sie könnten sie gebrauchen.«

Er reichte mir die Handschellen, die Inglés beim letzten Mal dabei gehabt hatte. Sie waren offen. »Schlüssel gibt es keine«, sagte er, »wenn sie zu sind, sind sie zu.«

Wir froren in unseren nassen Kleidern. Die Strecke führte unmittelbar am Hang entlang, tief unter uns brüllte das Meer. Malu fuhr langsam, hielt sich am Berg, aber der Regen schwemmte den Weg davon. Tiefe Rinnsale hatten sich gebildet, ab und zu schoss ein wütender Sturzbach von oben herab. Immer wieder setzte der Wagen auf. Wenn wir jetzt steckenblieben, war es aus.

»Was macht die Schulter?«, erkundigte ich mich bei Malu.

»Es geht.« Eine Sturmböe packte den Wagen, warf ihn hin und her. Sie fing ihn ab. Ihr Gesicht blieb unbewegt. Hinten im Wagen zog Theresa Jean-Luc den nassen Pullover aus. Malu beobachtete sie im Rückspiegel, dann suchte sie mit der Rechten in einer Tasche, die zwischen den Beinen des Mannes mit der Puppe stand. Sie zog ein Hemd heraus und warf es Theresa zu.

»Wie ist es gelaufen?«, fragte der mit der Puppe schließlich.

»Cool«, sagte Jean-Luc und klapperte mit den Zähnen, während er die Puppe anstarrte.

»Das Wetter ist auf unserer Seite«, sagte Oscar, während er aus dem Fenster sah, eine nasse Zigarette zwischen den Lippen. »Sie werden Schwierigkeiten mit ihren Motorrädern haben.«

»Es gibt noch einen anderen Weg«, murmelte der Mann mit der Puppe, »aber ich weiß nicht, ob sie ihn mit ihren Motorrädern schaffen.«

Der Regen peitschte den Toyota hin und her. Als er mit den Vorderrädern in einem ausgespülten Loch versank, heulte der Motor kurz auf, dann waren wir durch.

Allmählich wurde der Weg breiter. Dann flaute der Wind unvermittelt ab, und es regnete nur noch. Die dicken Tropfen trommelten aufs Dach.

»Der Sturm kommt wieder«, sagte Malu, »Wirbelstürme sind hier selten, aber wenn sie einmal da sind, dann ist es die Hölle.«

»Scheiße, da sind sie.«

Die Sestre stieß einen unterdrückten Schrei aus, Jean-Luc fuhr hoch. Der mit der Puppe hatte plötzlich eine schwere Pistole in der Hand. Vor uns schälte sich ein kleiner Bus aus dem dichten Regen und blockierte die Straße.

Doch Oscar legte Malu beruhigend die Hand auf die Schulter. »Nur die Ruhe. Fahr' einfach ran.«

Der Bus war leer. Oscar stieg aus, sah sich im strömenden Regen nach allen Seiten um und hob den gesunden Arm. Aus dem dichten Gebüsch sprangen ein paar vermummte Männer in dunklen Kampfanzügen, die Gewehre im Anschlag. Einer ging auf Oscar zu, umarmte ihn, und die anderen ließen ihre Waffen sinken.

Oscar kam mit einer kleinen Maschinenpistole zurück, der Bus rollte zur Seite. Malu fuhr an.

»Wer war das?«, wollte Jean-Luc wissen und sah sich interessiert die Maschinenpistole an.

»Eine Putzkolonne«, sagte Oscar freundlich.

»Eine Putzkolonne?« Jean-Luc sah seine Mutter an.

»Erklären Sie's ihm ruhig«, sagte sie.

»Sie räumen den Dreck auf, den wir da oben hinterlassen haben. Sie sammeln die Basken ein, die euch festgehalten haben und nehmen sie mit nach Spanien.«

»Die Toten auch?«

»Gerade die. Sie haben ein Kriegsschiff in der Bucht liegen, da kommen alle hin. Ins Kühlfach. Später gibt es dann mal ein Feuergefecht in Frankreich oder Spanien, bei dem ein paar Basken hochgehen. Da werden dann die mitgebrachten Leichen verteilt. Kein Mensch kommt drauf, woher sie stammen.«

»Das reicht jetzt«, zischte Theresa.

Jean-Luc schien das kalt zu lassen. »Verstehe«, murmelte er.

»Das ist Politik.« Oscar war nicht zu bremsen. »Kein Gesichtsverlust für die Regierung hier auf den Inseln. Kein diplomatisches Gehampel. Ein paar Staatsbesuche, noch mehr Entwicklungshilfe, die den Bach runter geht.«

Ein mannshoher, losgerissener Busch lag auf dem Weg, Malu bremste, der Wagen rutschte in den Busch. Ich stieg aus und zerrte ihn zur Seite. Völlig durchnässt kletterte ich wieder in den Wagen.

»Und warum gerade jetzt?«

»Die Aktion läuft schon länger. Aber nach den Terroranschlägen in den USA haben wir uns beeilt. Zumal eine Menge Basken laut gejubelt haben, als die Flieger in Manhattan eingeschlagen haben. Und dann haben die ETA-Leute vor einem Jahr zusammen mit ein paar Unabhängigkeitsaposteln in Französisch-Guyana eine europäische Ariane-Rakete beim Start abgeschossen. Seitdem sind die Europäer auf der Suche. Rossis Leute haben schon andere Inseln abgeklappert. Hierro zum Beispiel, auf den Kanaren. Dann haben sich die Afrikaner angeboten. Den Deal kennen Sie besser.« Er sah zu Theresa.

»Fünfzig Jahre Pacht für die Bucht von Calhau«, sagte sie.

Oscar nickte. »Aber es gab ein Problem. Gerade hier auf den Inseln hat die ETA seit Jahren ihre Schlupfwinkel. Also haben alle nach einem Ausweg gesucht.«

»Und das hier ist jetzt der Ausweg?«

»Genau. Die Raketenstartanlage wird hier gebaut. Dafür kassieren wir die Basken. Das war der Deal.«

»Es gibt eine Menge Einheimische, die mit ihnen Geschäfte machen«, sagte ich.

»Es werden immer weniger. Je mehr sie wissen, umso mehr Angst haben sie vor ihnen. Die Basken nehmen sich zu viel raus.«

Vorsichtig schielte er zu Malu herüber, sah dann den Mann mit der Puppe an, der leicht den Kopf schüttelte.

»Da ist einer.« Jean-Luc kniete auf dem Rücksitz und starrte zum Heckfenster hinaus. Regenwasser strömte in dicken Schlieren über das Fenster.

Oscar riss die Maschinenpistole hoch.

»Wo?« Malu ging vom Gas.

»Fahr weiter«, fuhr Oscar sie an.

»Da hinten«, sagte Jean-Luc und zeigte in den Regen.

Zu sehen war nichts.

»Was hast du gesehen? Ein Motorrad?«

Jean-Luc wischte die Scheibe ab. »Ich weiß nicht, aber da war was.«

Malu blieb vor einer Weggabelung stehen. »Nach rechts wäre der kürzere Weg.«

Der mit der Puppe stieg aus und sah sich den Weg an.

»Hilf mir mal.« Er winkte mich raus, wir rissen ein paar Sträucher zur Seite. Unter den Sträuchern hatte der Regen einen tiefen Spalt in den Weg gewaschen.

»Zwei Männer suchen nach dir«, sagte er leise zu mir, »ich dachte, die anderen müssen das nicht wissen. Einer mit langen weißen Haaren. Der zweite ist älter, Glatze, dicke Brille. Sie sind hier auf der Insel.«

»Danke.«

»Unmöglich«, rief er Malu dann zu, »der Spalt ist zu tief und zu breit für uns.«

Es war völlig dunkel, als wir endlich die asphaltierte Straße erreichten und auf die ersten Hütten stießen.

»Ihr solltet von der Insel verschwinden«, sagte Oscar, »ich kann euch mitnehmen. Auf dem Boot, mit dem unsere Leute gekommen sind. Da seid ihr sicher.«

Ich schüttelte den Kopf. »Ich bleibe.« Im Rückspiegel suchte ich Malus Blick »Kann ich in dein Haus zurück?«

»Ich komme mit«, antwortete sie nur.

»Dann bleibe ich auch.« Jean-Luc sah erwartungsvoll in die Runde.

»Vergiss es«, sagte ich, »du und deine Mutter, ihr geht mit Oscar.«

Die Sestre lächelte mich an. Ich fing Malus Blick auf, wie sie Theresa im Rückspiegel beobachtete.

Übergangslos setzte der Sturm wieder ein. Abgebrochene Zweige und herausgerissene Büsche wirbelten aus der Nacht durch das Licht der Scheinwerfer und verschwanden wieder. Ein toter Hund lag auf dem Weg. Malu versuchte ihm auszuweichen, doch in diesem Moment packte uns der Sturm, und der Toyota schrammte an einer unsichtbaren Mauer entlang. Im ganzen Ort brannte kein Licht, der Strom war ausgefallen. Ein paar Meter vor Malus Haus lag eine umgestürzte Palme auf der Straße.

»Malu«, rief Theresa von hinten, »ich brauche zehn Minuten mit Max. Allein.«

Dann sah sie Oscar an, der sich die Maschinenpistole auf den Schoß legte.

Er nickte. »Zehn Minuten. Wir warten hier.«

Malu, die Sestre und ich hangelten uns an der Hauswand entlang, der Sturm peitschte uns das lehmige Wasser aus den Pfützen ins Gesicht. Es dauerte nicht lange, und wir waren wieder nass bis auf die Haut. Ab und zu hörten wir im Getöse des Sturms ein Klirren oder einen Schlag. Scheiben, die zu Bruch gingen, irgendetwas, das umstürzte. Meter für Meter kämpften wir uns durch den Orkan, schließlich hockten wir uns hinter ein schwankendes Auto. Als ich mich umdrehte, sah ich den Mann mit der Puppe, wie er die umgestürzte Palme untersuchte, die uns den Weg versperrt hatte.

Dann holte der Sturm Atem, und wir rannten weiter zu Malus Haus. Mit tränenden Augen stemmten wir uns gegen das Brüllen des Orkans. Ich stand hinter Malu, klammerte mich mit beiden Händen an das schmiedeeiserne Gitter des Türfensters, während sie versuchte, den Schlüssel ins Schloss zu bekommen.

»Ich bin oben«, sagte Malu, kaum hatten wir das Haus betreten. Sie verschwand.

Theresa und ich wickelten uns in ein paar Decken, ich zündete einen kleinen Paraffinofen an. Alles war feucht von der Seeluft.

In dem winzigen Zimmer saß ich Theresa gegenüber, während das ganze Haus bebte. Die Wellen vor den Fenstern im Erdgeschoss brüllten wie Tiere aus einer anderen Welt.

Wir hatten beide Angst, das erste Wort zu sagen.

»Danke«, sagte sie schließlich.

Ich musste lächeln.

»Nicht dafür.« Theresa nahm meine Hand. »Hast du wirklich geglaubt, dass du Alex hier findest?«

Ich schaffte es nicht, sie anzusehen. »Er hatte mir geschrieben. Dachte ich. Es war eine Einladung. Zu dem Klavierkonzert in Jean-Lucs Schule. Vor Weihnachten.«

»Sieh mich an«, sagte sie. »Dein Bruder ist tot. Dafür hat Sarrazin gesorgt.«

Mir war plötzlich trotz der Decke kalt. »Er ist dein Vater.«

»Mein Vater ist er schon lange nicht mehr. Er ist immer wieder angekommen nach Alex' Tod. Aber ich bin fertig mit ihm.«

»Was soll das dann jetzt?«

Theresa starrte auf meine Hände, die sie umklammert hielt. »Jahrelang habe ich nichts von ihm gehört. Erst als Jean-Luc mit dem Klavierspielen angefangen hat, ist er plötzlich wieder aufgetaucht. Hat sich in unser Leben gedrängt. Wir sind ihn nicht mehr losgeworden.«

Ich sah sie an, wartete.

»Sarrzain war selbst mal ein guter Klavierspieler«, sagte sie leise, »bevor er sich anders entschieden hat. Jetzt will er Jean-Luc zu einem großen Pianisten machen. Ihn auf ein Elitekonservatorium in Russland schicken, dann in die USA. Jeden seiner Schritte überwacht er. Jean-Luc hat Angst vor ihm.«

Sie presste meine Hände zusammen, dass es weht tat.

»Du bist nicht hier, um Rossi zu kontrollieren. Jedenfalls nicht nur«, sagte ich in die Stille hinein.

Überrascht sah sie mich an und ließ meine Hände los. »Du weißt, wo ich arbeite?«

»Europäische Kommission. Büro für Betrugsbekämpfung. War nicht schwierig herauszufinden.«

»Und weshalb bin ich dann hier ?«, fragte sie leise.

»Wegen ihm. Wegen Sarrazin. Und Jacob hat dir geholfen, ihn herzulocken.«

Sie ließ meine Hände los. Ihre Augen bekamen wieder diesen kalten, abwesenden Glanz.

»Ich habe den Kontakt zu Jacob nie verloren. Irgendwann, als das mit Sarrazin wieder losgegangen ist, hat er gesagt, er könne vielleicht etwas arrangieren. Wie wir Sarrazin loswerden könnten. Es gäbe da jemandem, dem er noch einen Gefallen schuldig sei.« Etwas Trotziges lag in ihren Augen. »Sarrzain sollte nie wieder zurückkehren. Dafür wollte Jacob sorgen.«

»Dafür sollte ich sorgen. Den Gefallen war er mir schuldig.«

Sie fasste wieder nach meinen Händen, zwang mich, sie anzusehen.

»Das wusste ich nicht.« Sie lächelte traurig. »Aber es hat ja sowieso nichts geklappt wie geplant. Jacob wollte mich mit einem Boot abholen lassen, doch dann haben mich die Schwarzen entführt. Als

Vergeltung für Malus Schwester. Und sie wenden sich an die Basken. Sie sollen ihnen helfen. Ausgerechnet an die Basken.« Jetzt lachte sie bitter.

»Der Mann mit dem Schlangenledergürtel, der hat die Frau am Strand getötet, richtig?«

Theresa nickte. »Sie wollten Stimmung machen gegen Rossi und seine Leute. Das ist ihnen ja auch gelungen. Deshalb haben sie Malus Schwester umgebracht. Wahrscheinlich hatte sie nicht mehr als eine Beule von ihrem Sturz...«

Ein unterdrückter Schrei unterbrach sie. In der offenen Tür stand Malu, unbeweglich, mit aufgerissen Augen. Jean-Luc hatte sich nicht getäuscht. Sie waren uns gefolgt, hatten uns sogar überholt. Malu machte ein Schritt ins Zimmer, und wir sahen die Waffe mit dem Schalldämpfer, die auf ihren Kopf zielte.

Hinter ihr standen zwei Männer, einer von ihnen war der Baske, der mich am Morgen auf dem Berg verhört hatte.

»Kein Wort!«, sagte er. »Noch jemand im Haus?«

Ich schüttelte den Kopf, dann trat er vor und schlug mir seine Waffe ins Gesicht, ich schmeckte Blut. Tränen schossen mir in die Augen, aber Schmerz fühlte ich kaum. Der Mann setzte zu einem zweiten Schlag an, doch sein Begleiter hielt ihn zurück.

»Später", sagte er. »Wir brauchen ihn noch.«

»Ihr Schweine«, sagte Malu leise, »ihr elenden Schweine.«

Sie lachten. »Sei froh, wenn wir dir nicht auch das Genick brechen.« Dann fesselten sie uns mit Klebeband die Hände. »Wir gehen hinten raus.«

Sie trieben uns vor sich her. Malu entriegelte eine Tür, die mit Plastikfolien abgedichtet war. Hinter der Tür hörten wir das Meer brüllen.

Dann standen wir am Strand. Wellen brachen aufs Ufer, die Gischt hüllte uns ein, der Regen peitschte uns ins Gesicht. Ein Schrei hätte man nicht einmal ein paar Meter weit gehört.

Sie stießen uns vorwärts, vorbei an den Häusern am Ufer, weg vom Dorfeingang, wo Oscar mit dem Wagen wartete.

Wir kamen an einem Berg von Fischnetzen vorbei. Aus einem ragte der Lenker eines Motorrads.

»Weiter«, knurrte einer der Basken und schubste Malu nach vorn.

»Fass mich nicht an, du armseliger Wichser«, fauchte sie.

»Du kommst schon noch dran«, sagte der Baske, und zielte mit seiner Waffe auf sie.

»Lass das!«, schnauzte ihn der andere an.

Der Mann wollte noch antworten, sein Mund hatte sich schon geöffnet, da zerlegte sich sein Gesicht, riss auseinander, die Stirn platzte zur Seite. Ich warf mich auf dem Boden, und noch im Fallen stürzte eine zweite Gestalt leblos über mich.

Malu und Theresa wälzten die Leiche des zweiten Basken von mir herunter, ich kam auf die Knie, und wir rissen uns die Klebebänder von den Händen.

Und dann sah ich ihn. Er saß auf dem Dach eines Hauses. Von seiner massigen Figur spritzten die Regentropfen ab wie von einem Buddha aus Jade, dem kein Orkan dieser Welt etwas anhaben kann. Neben Césario stand der Mann mit der Puppe auf der Schulter. Césario reichte ihm ein Gewehr und hob die Hand zum Gruß, dann waren die beiden verschwunden.

»Wo ist der mit der Puppe«, fragte ich Oscar, als wir zurück zum Bus kamen.

»Er hat sich die umgestürzte Palme angesehen und dann gesagt, wir sollten nicht auf ihn warten.«

Ich lief zu der Palme, im Stamm waren die Kerben einer Axt deutlich zu erkennen.

Theresa sah mich an, bevor sie in den Wagen stieg.

»Bring es zu Ende«, sagte sie leise, »auch wegen ihm.« Mit dem Kopf machte sie eine Bewegung in Richtung Jean-Luc. Dann setzte sie sich ans Steuer.

»Passt auf, dass Sarrazin und seine Leute euch nicht erwischen«, sagte ich in den Wagen hinein.

»Keine Sorge«, rief Oscar, griff in seinen Hosenbund und hielt mir eine Pistole entgegen. »Viel Glück.«

»Wir sehen uns in Brüssel«, sagte ich zu Jean-Luc, »dann spielst du mir was vor.« Immerhin war ich sein Onkel.

»Wenn ich Lust habe«, gab er zurück und ließ die Pistole nicht aus den Augen. Ich glaube, er wäre lieber hier geblieben.

»Bis bald«, sagte Theresa leise und ließ den Motor an.

Im Licht der Gaslaterne schimmerte Malus brauner Körper bläulich, wie die Haut eines Androiden. Genauso hatte sie ausgesehen, als ich sie zum ersten Mal im Neonlicht des Flughafens gesehen hatte, nachdem wir auf den Inseln gelandet waren. Sie stöhnte leicht, als ich mich neben sie legte und ihre Schulter berührte. Ich streichelte ihre Androidenhaut, die kleinen Narben auf ihren Wangenknochen.

»Sieh mich an.«

Ich sah Malu an, sie strich mir mit dem Finger über die kleine Wulst auf meiner Lippe, wo mich Rossis letzter Funke getroffen hatte.

»Lass es«, sagte sie, »Es ist doch vorbei.«

Ich schüttelte den Kopf. »Vorbei ist es erst, wenn es für mich vorbei ist.«

21

»Unten im Haus ist jemand.«

Ich schnappte nach Luft. Eine warme Hand nahm mir den Atem. Es war noch immer windstill, Tageslicht schimmerte durch die Jalousien. Über die Linie ihrer Hand hinweg sah ich in Malus aufgerissene Augen.

Ich glitt aus dem Bett, warf ein paar trockene Sachen über. Hektisch suchte ich die Pistole, die mir Oscar zugesteckt hatte.

»Wohin?«, wisperte sie.

»Aufs Dach.«

Unten im Haus fiel etwas um, ein unterdrückter Fluch war zu hören. Solche dilletantische Figuren hätten Sarrazin früher nicht mal die Brille putzen dürfen.

Leise liefen wir nach oben. Noch immer verbarg eine Wand aus Dunst den Horizont. Sie hatte etwas Hypnotisches und schien langsam über das Meer zu wandern. Nach oben wurde die Wolkenwand heller, über uns gähnte ein Loch. Blauer Himmel. Das Zentrum des Orkans.

Auf dem Dach gab es keine Möglichkeit, sich zu verstecken. Aber Malu wollte sich nicht verstecken, sie wollte weg.

»Der Blitzableiter.«

Eine Metallspitze ragte an der zum Meer gewandten Seite des Daches auf. Ich sah hinunter, eine dicke Leitung, die unten im Erdreich verschwand.

»Er hält.«

»Dann runter.«

Malu schwang sich über die niedrige Mauer, die um das Dach lief und kletterte nach unten. Es dauerte ewig mit ihrer schmerzenden Schulter. Ich stellte einen der weißen Plastikstühle vor die Tür zum Dach. Wenn Sarrazins Leute sie aufmachten, würde ich das Geräusch hören, wenn der Stuhl zur Seite flog.

»Komm schon«, rief Malu von unten.

Aber ich hatte nicht vor zu fliehen. Ich kletterte über die Mauer und hangelte mich gut einen Meter außen am Haus nach unten, duckte mich hinter die Mauer, so, dass ich vom Dach aus nicht zu sehen war. Mit den Füßen fand ich Halt in einer schmalen Rille an der Wand, hielt mich mit der linken Hand am Blitzableiter, die Pistole in der Rechten.

Auf dem Dach scharrte der Plastikstuhl. Schnelle Schritte, sie waren zu zweit. Ich schwang mich aus der Hocke hoch, ein Typ stand unmittelbar vor mir auf dem Dach und kehrte mir den Rücken zu.

Mir fehlte die Übung, Menschen in den Rücken zu schießen. Ich zögerte einen Augenblick zu lange, der Zweite hatte mich hochkommen sehen und schoss. Schmerz riss mir die linke Hüfte auf, ich drückte ab, erwischte ihn an der Hand, seine Waffe flog davon. Der Mann, der mir den Rücken zugekehrt hatte, wirbelte herum, schlug nach mir, verfehlte mich. Anstatt zu schießen, schlug ich ihm im Reflex die Pistole in den Magen.

Er stolperte zur Seite, stürzte gegen die flache Mauer, verlor das Gleichgewicht und fiel vom Dach.

»Malu«, schrie ich, »mach' ihn fertig!«, und stürmte über das Dach. Der andere Typ hatte sich hochgerappelt und kroch auf seine Pistole zu.

»Lass es.«

An seiner rechten Hand fehlten zwei Finger, aber er hielt sich gut. Reines Glück, dass ich ihn überhaupt getroffen hatte.

Hinter dem Haus hörte ich Malu schreien.

Ich winkte den Typen mit meiner Pistole weg von seiner Waffe. »Solltet ihr uns umlegen?«

Er schüttelte den Kopf. »Nur zu Sarrazin bringen. Wenn wir den Jungen nicht bei dir finden.«

»Und was ist mit Theresa Sestre?«

»Er will den Jungen«, stöhnte er und starrte auf den blutigen Rest seiner Hand.

»Was, wenn ihr ihn gefunden hättet?«

Er antwortete nicht. Ich hob seine Waffe auf, steckte sie ein. Sarrazin hätte uns umlegen lassen, Malu, die Sestre, mich.

Malu schrie wieder.

Ich dirigierte Sarrazins Knecht zum Blitzableiter am Rand des Daches. »Du kletterst jetzt da runter« schnauzte ich ihn an.

Mit schmerzverzerrtem Gesicht ließ er sich an dem Blitzableiter ab, seine zerschossene Hand an den Körper gepresst.

»Stop!«, brüllte ich, als er auf halber Höhe war.

Malu stand unten am Wasser. Der Typ, der vom Dach gefallen war, kroch auf allen Vieren auf sie zu. Er schien den Sturz überlebt zu haben, aber so ganz auf der Höhe war er nicht mehr. »Schlag ihm einen Stein auf den Kopf!«, herrschte ich sie an.

Sie reagierte nicht, sondern ging langsam Schritt für Schritt zurück, hinunter zum Wasser, blickte dabei immer wieder aufs Meer.

Draußen auf dem glatten Wasser baute sich eine einsame Welle auf, nichts Dramatisches, vielleicht einen Meter hoch. Sie kam näher, Malu machte noch ein paar Schritte rückwärts, der Mann kroch hinter ihr her, versuchte nach ihr zu greifen. Blut lief ihm übers Gesicht.

Malu stand jetzt fast bis zu den Waden im Wasser, der Mann kroch näher, griff wieder nach ihr, sie wich zurück.

Lautlos wie ein Ölteppich rollte die Welle heran, Malu stand plötzlich bis zur Schulter im Wasser. Die Welle schwappte auf den Strand, Malu schwankte, aber sie blieb stehen.

Als sich das Meer wieder zurückzog, war der Mann verschwunden.

»Weiter.«

Der Typ kletterte den Blitzableiter hinunter, mit einem spitzen Schrei fiel er die letzten Meter.

»Bedank' dich bei Sarrazin.«

Er schien mich kaum zu hören vor Schmerzen, wie in Trance hielt er mit der Linken seine zerschossene Hand von sich weg, während sich sein Oberkörper vor und zurück bewegte.

»Wenn Sarrazin den Jungen lebend wiedersehen will, soll er herkommen,« rief ich hinunter, »und dann die Straße weiterfahren, bis sie zu Ende ist.« Ich zeigte auf die Straße, die unter den Palmen am Ufer aus dem Ort heinausführte. »Da ist ein großer Felsen. Wie eine Nase. Und er soll allein kommen.«

Ich hielt meine Waffe auf den Mann gerichtet, bis Malu vom Strand verschwunden war und wieder hinter mir auf dem Dach auftauchte.

»Wann ist Flut?«, fragte ich Malu.

Sie sah an mir vorbei.

»Wann Flut ist?«, schrie ich.

Geistesabwesend blickte sie aufs Meer. »Gegen eins«, murmelte sie.

»Sag Sarrazin, er soll gegen halb eins da sein«, rief ich nach unten.

Wortlos schwankte er davon.

Ich ließ ihn laufen und drehte mich zu Malu um.

»Sauber«, sagte ich. Tränen liefen ihr aus den Augen und fingen sich in den kleinen Narben auf ihren Wangen. Ihr Blick wanderte über mein Gesicht, als suche sie etwas. Dann machte sie kehrt und ließ mich auf dem Dach stehen.

»Malu«, rief ich noch, aber sie sah nicht einmal mehr zurück. »Malu«, brüllte ich, als sie schon verschwunden war, »warte auf mich.«

Blut klebte an meinem Bein, ein Zittern packte mich, ich biss die Zähne zusammen. Meine Beine gaben nach, ich musste mich auf einen der weißen Plastikstühle setzen. Schließlich klang das Zittern ab. Ich ging nach unten. Malus Sachen waren verschwunden, aber sie hatte Verbandsmittel auf das Bett gelegt. Es war eine glatte Fleischwunde, kaum mehr als ein Riß oberhalb der linken Hüfte. Ich kippte etwas Jod drauf, verlor kurzfristig den Überblick vor Schmerzen. Dann verband ich die Stelle und beruhigte mich, indem ich meine restlichen Patronen zählte, immer und immer wieder.

Es waren mehr als ich brauchte, siebzehn, um genau zu sein. Und dann hatte ich ja noch die Waffe von Sarrazins Knecht.

Malu würde sicher gleich wieder auftauchen.

Ich zählte die Patronen noch einmal.

Aber Malu blieb verschwunden.

Gegen Mittag stieg ich wieder aufs Dach. Von hier aus würde ich Sarrazin sehen und er mich. Ich saß auf einem der Plastikstühle, die Füße auf der Mauer, und sah der grauen Wand über dem Meer dabei zu, wie sie sich langsam drehte, um die Inseln herum. Ich fixierte die Wand und nach einer Weile hatte ich das Gefühl, als würde sich Insel drehen.

Wenn ich Sarrazin erledigt hatte, würde ich Malu suchen und mit ihr von diesen Inseln verschwinden.

Ein paar Menschen zeigten sich vor ihren Häusern. Als sie mich oben auf dem Dach sahen, blickten sie weg. Der Wind frischte auf, und die Straße leerte sich wieder, Jalousien wurden zugeklappt, Fenster und Türen verriegelt.

Endlich tauchte der Pick-up auf der Küstenstraße auf. Ich wusste sofort, dass es Sarrazin war. Mein Herz schlug ein paar Mal leer in der Brust, bevor es seinen alten Rhythmus wiederfand. Als der Pick-up am Haus vorbeifuhr, erkannte ich Sarrazins Gesicht hinter der Scheibe. Jacob fuhr. Dann eben beide. Durch den Dunst, der vom Meer aufstieg, sah ich ihnen nach. Ganz langsam schloss sich das blaue Loch am Himmel.

Ich steckte meine Waffe in den Hosenbund. Als ich meine Jacke anzog, schlug etwas Metallisches gegen meine Brust. Die Handschellen von Inglés. Ich warf noch einen Blick in Malus Zimmer. Leer, nichts erinnerte mehr an sie.

Langsam ging ich die Treppe hinunter, vor dem verhängten Spiegel zögerte ich, zog das schwarze Tuch zur Seite. Ein Schatten tauchte hinter mir auf, ich wirbelte herum, Malu. Aber da war niemand. Ich stierte in meine Augen, nicht das, was man unter blühendem Leben verstand. Aber etwas glühte in ihnen. Und wieder tauchte dieser Schatten hinter mir auf. Ich starrte in den Spiegel, das war nicht Malu, das war Alex. Ich lauerte darauf, dass er noch einmal zurückkam. Ich wartete, suchte über meine Schulter hinweg im Spiegel das düstere Treppenhaus ab. Doch der Schatten kehrte nicht zurück.

Ich trat auf die Straße und warf die Tür hinter mir zur. Die Palmen mit ihren Blättern oben an den hohen Stämmen sahen aus wie riesige Libellen, die senkrecht auf ihren Körpern standen und mit den Flügeln schlugen. Die Sonne schimmerte als milchiger Fleck durch den Dunst.

Wenn das Auge des Sturms weiter gewandert war, war hier alles vorbei. Vielleicht waren dann auch die Palmen weggeflogen.

Ich redete laut mit mir selbst, suchte die Berge ab, ob irgendwo Sarrazins Schakale lauerten. Eine seltsame Sicherheit überkam mich. Mehr als sterben konnte ich nicht. Doch auf einmal sehnte ich mich wieder nach Brüssel, nach meinem Büro, nach den zynischen Sprüchen von Pierre. Vielleicht schaffte ich es ja doch noch nach Hause.

Ich lief schneller, bis hinter einer Biegung die Felsnase im Dunst auftauchte. Der Pick-up stand ein paar Meter entfernt auf dem Weg. Ich sah auf die Uhr. Jede Menge Zeit. Als ich näher kam, riss der Himmel auf, und ein Lichtstrahl fiel auf den Rückspiegel des Wagens. Wie damals, als ich an dem Klavierabend vor der Schule in Brüssel gewartet hatte.

Die Tür ging auf, und Jacob stieg langsam aus. Er sah mir entspannt entgegen, reagierte nicht einmal, als er meine Waffe sah.

Ich hatte Angst. Langsam hob ich meine Waffe, zielte auf sein Gesicht.

»Was ist mit Alex?«

»Was soll mit ihm sein, Danco? Was schon?« Er lächelte, fast war da so etwas wie Mitleid in seinem Gesicht. »Wach endlich auf.« Der Wind zerrte an seinen weißen Haaren, mit einer Hand hielt er sie aus dem Gesicht, mit der andern drückte er meine Waffe zur Seite. »Er ist tot. Verbrannt. Vor über dreizehn Jahren. Du warst dabei.«

Ich ließ die Waffe sinken, das Brennen in meinen Augen wurde stärker, Tränen liefen mir über das Gesicht.

»Du lügst, Jacob. Ich habe eine Karte von ihm bekommen. Die Einladung zum Klavierabend. Er ist hier. Ich ...« Ich brach ab. Ich habe ihn gesehen, wollte ich sagen. Aber ich brachte es nicht heraus.

Jacob schüttelte traurig den Kopf. »Danco, das ist doch alles längst vorbei. Er ist tot. Die Karte war von mir. Ich hab gewusst, dass du drauf anspringst. Aber jetzt ist es vorbei.«

»Du hast die Karte auch wieder verschwinden lassen.«

»Es war besser so. Bevor Sarrazin sie gefunden hätte.«

Ich sah durch ihn hindurch, Alex tauchte auf, wie wir an irgendeinem Strand in Spanien saßen, hinter Bikinis hersahen und von der Zukunft träumten. Was uns jetzt noch fehlt, hatte er gemurmelt, sind zwei vernünftige Frauen. Dann hatte er sich mit ausgebreiteten Armen auf den Sand zurückfallen lassen. »Was für ein Leben«, hatte er gesagt.

Ich steckte die Pistole weg und sah Jacob in die Augen.

»Du hast mich hergelockt. Und Sarrazin. Du und die Sestre.«

Jacob nickte langsam. »Du weißt warum. Du hattest noch was gut bei mir.«

»Warum jetzt?«

»Wegen Jean-Luc. Er will das Kind für sich. Und wegen Theresa. Das alles muss endlich ein Ende haben.« Jacob wandte sich ab und sah aufs Meer hinaus. »Sarrazin ist krank. Er hat mehr Menschen auf dem Gewissen als nur deinen Bruder. Je kränker er wurde, umso schlimmer ist es geworden. Es kann nicht mehr so weitergehen.«

»Und da hast du an mich gedacht?«

Er schwieg, wandte seinen Blick nicht vom Meer ab.

Ich fror. »Einen, der für dich die Drecksarbeit macht.«

Er sah mich wieder an. »Du hast es so gewollt«, sagte er kalt, »vergiss das nicht.« Er stieg wieder in den Pick-up.

»Und wenn ich die Drecksarbeit erledigt habe, dann machen mich Sarrazins Leute fertig, die hier überall in den Büschen sitzen.«

»Ich bin der Letzte«, sagte Jacob. Leise zog er die Autotür zu.

Tränen standen mir in den Augen, ich konnte kaum das Zifferblatt meiner Uhr erkennen. Gleich eins.

Es wurde Zeit. Die Flut kam.

Sarrazin hockte unten am Wasser auf den vom Meer unterspülten Lavafelsen. Unter den ausgehöhlten Felsen konnte ich das Meer rumoren hören. Wasser gurgelte zwischen Felsspalten. Hier ungefähr hatte Inglés mir von seinem Vater erzählt.

Sarrazin atmete schwer. Sein Gesicht glänzte feucht, aber es war nicht die Gischt der Wellen, sondern kalter Schweiß. Seine Haut war von kränklichem Gelb, mit einzelnen grauen Flecken, wie Scherben. Eine Landkarte des nahen Todes. Seine Augen flackerten hinter den dicken Gläsern.

Ich sah mich um. Irgendetwas fehlte mir in diesem Moment. Alex.

»Also Danco, was ist?«

»Ich dachte, vielleicht käme Alex vorbei.«

Irritiert sah er mich an, dann machte er eine fahrige Handbewegung. »Asche, Danco, Asche.« Ein geistesabwesendes Lächeln huschte über sein Gesicht. »Wie Brot haben wir sie damals gefressen.«

Plötzlich hielt er eine kleine glänzende Pistole in der Hand und richtete sich schwerfällig auf. »Wo ist der Junge?«

»Den habe ich. Und du bekommst ihn nicht.«

Das Du fiel mir nicht leicht. Doch als ich es heraus hatte, spürte ich einen schwachen Triumph. »Theresa habe ich auch.«

Er ging nicht einmal darauf ein. »Wo ist er?«, wiederholte er und drückte ab. Felssplitter spritzen mir ins Gesicht.

Ich machte zwei Schritte zur Seite, weiter nach unten, auf das felsige Ufer zu. Unter uns in den Felshöhlen dröhnte das Meer. Und da war auch das Loch, das Inglés mir gezeigt hatte. Unmittelbar hinter Sarrazin schwappte Wasser aus dem Fels. Die Flut stieg.

Alle fünf Wellen, hatte Inglés gesagt, wenn die Flut da ist.

Ich hob einen Stein auf, seine Waffe zielte auf meinen Kopf.

»Wo ist er?« Der nächste Schuss würde mich treffen.

Ich sah Sarrazin an und knallte den Stein mit aller Gewalt auf den Fels. Es dröhnte dumpf. »Du stehst drauf.«

Eine Welle rollte heran. Ich machte einen Schritt von ihm weg. »Hinter dir ist der Einstieg.«

Die zweite Welle. Ich hielt Abstand und ging vorsichtig um ihn herum, bis der Einstieg zwischen uns lag.

Die dritte Welle. Ich bückte mich. »Kommt raus«, schrie ich in das Loch im Fels, »alle beide.«

Sarrazin ließ mich nicht aus den Augen.

Die vierte Welle. Ich kniete mich vor das Loch. »Da sind sie.«

Sarrazin blieb misstrauisch, aber er kam vorsichtig einen Schritt näher. »Zurück«, fauchte er heiser.

Die fünfte Welle. In dem Moment, als Sarrazin sich vorbeugte, wollte ich mich auf ihn stürzen, aber auch wenn er halbtot war, seine Instinkte funktionierten. Seine Waffe zielte auf meine Brust. Unter uns in der Höhle zischte das Wasser.

Scheiß-Inglés.

Ich sah es in Sarrazins Augen. Das war's für mich. Gestorben. Mein Oberkörper verkrampfte sich, ich kniff die Augen zusammen, gleich würde mich der Aufprall der Kugel umreißen. Tränen schossen mir aus den Augenwinkeln.

Doch da schwoll unter meinen Füßen das Rumoren des Wassers zu einem wilden Zischen an. Ich riss die Augen auf, sah wie sein Zeigefinger sich um den Abzug der Pistole spannte.

»Glaub mir«, schrie ich, »er ist da unten.«

Er wollte nach unten sehen, aber da schoss ihm ein Wasserstrahl unters Kinn, riss ihm die Brille vom Gesicht.

Die sechste Welle. Es war die sechste. Scheiß-Inglés. Nicht mal zählen konnte er.

Die Fontäne war schwächer als erwartet, aber es reichte. Ich sprang vor, schlug Sarrazin die Pistole aus der Hand.

Er taumelte leicht und setzte sich auf die Felsen.

»Wo ist er?« Sarrazin würde nie aufgeben.

»Wo ihn niemand findet. Wo er sich die Hände blutig kratzen kann an den Felsen und in Ruhe verhungern.«

Ich holte tief Atem, hob seine Brille auf, ein Glas war zersplittert. Ich gab sie ihm zurück, er sollte sehen, was auf ihn zukam. Dann hob ich seine Pistole und zielte auf seinen Kopf.

»Wo ist der Junge?«, wiederholte er. Salzwasser tropfte ihm vom Gesicht.

»Du hattest mir versprochen, dass du nichts unternimmst, bevor ich mit Alex gesprochen hatte. Erinnerst du dich?«, sagte ich und trat ihm gegen die Schulter. Sarrazin fiel auf den Rücken.

»Erinnerst du dich?« Wieder trat ich nach ihm, er versuchte meinen Fuß festzuhalten, aber es fehlte ihm die Kraft.

Er rappelte sich hoch. »Wo ist Jean-Luc?«

»Er verreckt gerade.« Ich verschluckte mich, hustete. »Außerdem ist seine rechte Hand gebrochen. Ein offener Bruch. Man kann die Knochen sehen.« Ich fing an zu lachen.

Sarrazin richtete sich auf, sein Atem ging stoßweise, dann hustete er und wischte sich mit dem Ärmel über den Mund. Als er ihn wieder herunternahm, hatte der Ärmel braunrote Flecken.

»Du lügst, Danco«, keuchte er.

»Sei dir mal nicht zu sicher«, schrie ich und trat wieder nach ihm. Er wich mir aus, kam hoch und warf sich auf mich. Ich fing ihn mit der Schulter ab, schlug ihm in den Magen. Er torkelte und fiel von den Felsen ins Wasser. Es war nicht tief, kaum mehr als ein halber Meter. Als ich hinter ihm hersprang, schlugen mir die Handschellen in meiner Jacke gegen die Brust. Sarrazin lehnte gegen einen Felsen, versuchte sich aufzurichten. Als ich auf ihn losging, sah ich den schweren Eisenring, den Inglés' Vater in den Fels getrieben hatten. Ich trat Sarrazin in die Seite, er sackte vor dem Fels zusammen. Dann zog ich seinen Arm durch den Ring und schloss die Handschellen um seine Handgelenke.

»Wo ist Jean-Luc?« Seine Brille war verschwunden, die Augen traten ihm aus dem Kopf. Ich roch seinen faulen Atem.

»Wenn die Ratten ihn nicht geschafft haben, dann sorge ich dafür.«

Ich kletterte zurück auf die Felsen. Noch schwappten die Wellen zwei Handbreit unter Sarrazins Kinn. Einen Moment sah ich ihn an. Das Wasser stieg, bildete ich mir ein. Vielleicht auch nicht. Mir war es egal.

Ich wischte mir das Salzwasser aus den Augen, suchte die Berge nach Alex ab, ein Reflex, der schneller kam, als ich ihn unterdrücken konnte.

Oben auf der Straße kam Jacob auf mich zu.

»Was soll das?«, brüllte er durch den Sturm.

»Ich habe keine Lust mehr«, schrie ich zurück.

»Es ist deine letzte Chance.« Sein Gesicht war verzerrt.

»Mach es selber,« keuchte ich, »wenn er bis dahin nicht ertrunken ist.«

Einen Augenblick lang stierte er mich an. Als er an mir vorbei wollte, packte ich ihn an der Jacke. Er versuchte sich loszureißen, doch ich zog sein Gesicht ganz nah zu mir heran.

»Mach du den Rest, wenn du willst. Das bist du ihm schuldig. Trotz allem.«

Ich stieß ihn zurück, seine weißen Haare flatterten im Wind. Langsam ging er in Richtung Meer. An dem Felsen, wo Sarrazin ins Wasser gefallen war, blieb er stehen. Als ich weiterging, hörte ich eine große Welle ans Ufer krachen.

»Nichts, was sich nicht beheben ließe,« sagte Césario Martins gerade zu seinem Vater, als ich ins Hotel zurückkam. Überall in den Straßen von Mindelo lagen zersplitterte Dachschindeln, unten am Strand hatte der Zyklon einen Baum umgerissen und die Marktstände am Stadtrand verwüstet.

Er saß mit seinem Vater an einem Tisch. Der Typ mit der Puppe stand an der Bar. Als er mich sah, stand er auf, setzte sich die Puppe auf die Schultern, grüßte und sagte im Vorbeigehen: »Schön, dass es gut ausgegangen ist.«

»Für Sie?«, fragte ich. Wenn er eins nicht war, dann verwirrt.

»Für Sie ja auch«, antwortete er und verschwand.

Der junge Martins stand auf und holte meinen Pass hinter der Theke hervor. »Habe ihn aufbewahrt. Fonseca ist im Moment sehr beschäftigt.«

»Was wird jetzt aus den Raketen in Calhau?«, fragte ich den Dicken.

»Aus welchen Raketen?«

Er sah mich an, dann verzog sich sein Gesicht zu einen breiten Lächeln. Er nahm eine seiner Dartspfeile und warf ihn mitten ins rote Zentrum der Scheibe.

Ich brachte den Fiat zurück, Césario begleitete mich, und der Typ der Leihwagenagentur nahm den demolierten Kotflügel des Fiat nicht einmal zu Kenntnis.

Das Kriegsschiff war aus der Bucht verschwunden.

»Guter Schuss, übrigens«, sagte ich, als wir zurückgingen.

»Ich weiß«, murmelte er.

Dann holte ich mir ein Flugticket, und setzte mich an den Strand. Hoch oben über uns brummte ein Flieger durch den diesigen Himmel. Von da oben würde man nicht mehr sehen als einen Haufen Steine, der gleichgültig im Meer lag.

Als die Sonne untergegangen war, sah es aus als brenne eine Stadt hinter dem Horizont.

Ich dachte an Malu.

Am Abend luden mich die Martins zum Essen ein, erzählten von ihren Vorfahren, Juden aus Nordafrika. Kein Wort über die Raketen, über ihre Geschäfte, kein Wort über Malu.

In der Nacht schlief ich lange und traumlos, zum ersten Mal, seit ich auf den Inseln war. Ich nahm mir ein Taxi zum Flughafen. Als wir an einem umgestürzten Baum am Hafen vorbeikamen, spielten zwei Kinder mit einer Meerkatze, deren Schwanz an einem langen Seil an einem der Äste befestigt war. Ich rieb mir die Augen, aber sie waren noch da, als ich wieder hinsah.

Ein kleiner Jet verschwand gerade im Himmel, als das Taxi hielt, der Rest von Rossis Leuten zog ab.

Am späten Nachmittag hatte ich es dann auf die größte Insel geschafft, auf der ich auch angekommen war. Als der Flieger in Richtung Piste schlingerte, sah ich aus der Luft, dass die Iljuschin der Russen verschwunden war.

Den ganzen Tag suchte ich nach Malu, ohne Erfolg. Auch am späten Abend, als ich in den Flieger zurück nach Frankfurt eincheckte, war sie nicht zu sehen.

Als die Boeing abhob, fuhr ich mir mit der Zunge über die Lippe. Die Wulst, die das glühende Etwas von Rossi auf meiner Lippe hinterlassen hatte, war weg.

Und dann, als der Flieger von den Nachkommen des Zyklons durchgerüttelt wurde, sah ich Malus Hand doch noch, wie sie sich ein paar Reihen vor mir in den Vordersitz krallte.

Ich hatte noch den ganzen Flug. Ich würde ihr die Sache mit der sechsten Welle erzählen. Dass Inglés nicht mal bis sechs zählen konnte.

Nachwort

Die Schatten der Vergangenheit

Im Fußballstadion von Pamplona standen am dritten September-
wochenende 2001 die Menschen auf, um in einer Schweigeminute
der Toten des 11. September zu gedenken. Aber sie schwiegen nicht.
Ein großer Teil der Zuschauer begann, gellend zu pfeifen oder laut
zu schreien.

Pamplona liegt im Baskenland, und die Basken schrien sich ihre
Wut gegen die Amerikaner aus der Seele. Die ETA-nahe Zeitung Gara
sprach mit Blick auf die Anschläge auf das World Trade Center davon, dass die USA jetzt ihre eigene, bisher anderen verabreichte
Medizin schlucken müsse.

Die Aktivitäten der Basken im nordwestlichen Spanien und süd-
westlichen Frankreich sind eine Art vergessener Terror in Europa.
Gut achthundert Menschen sind bisher durch den Terror der ETA
gestorben, der Sache der Basken aber hat das nicht geholfen, die
Ablehnung der ETA in der Region steigt.

Es ist ein Terror, der außerhalb Spaniens und Frankreichs nur
wenig wahrgenommen wird, weil er nur selten das Land verlässt.
Aber er ist eng vernetzt mit anderen Terrorgruppen. Vor allem in den
sechziger und siebziger Jahren baute die ETA Kontakte zu allen revo-
lutionären Bewegungen dieser Welt auf, zur RAF in Deutschland,
der IRA in Irland und zu zahllosen Gruppierungen in Italien, Südamerika und Afrika. Aber die Anschläge der ETA beschränken sich
in der Regel auf Vertreter der spanischen oder französischen Regie-
rungen im Baskenland.

Immer wieder gab es Gerüchte, die ETA habe versucht, in Französisch-Guyana an der Ostküste Südamerikas – rechtlich ein franzö-
sisches Departement – eine europäische Ariane-Rakete in die Luft zu
jagen. Das aber dürften die Fremdenlegionäre verhindert haben, die
die Startanlagen der Ariane bewachen. Vielleicht hat es auch geholfen, dass die Amerikaner den Spaniern Hilfe im Kampf gegen die
ETA gewähren – vor allem Zugang zu Geheimdienstinformationen,
die die USA durch ihr weltweites Abhörsystem Echeleon gewonnen
haben.

Immer wieder sollen sich sich ETA-Mitglieder aus Spanien und Frankreich auf die Kapverden geflüchtet haben. Mitte der siebziger Jahre lösten sich die Kapverden aus der Kolonialherrschaft Portugals, und aus dieser Zeit soll auch das stillschweigende Entgegenkommen der Inseln gegenüber ETA-Flüchtlingen stammen. Und man kann sich kaum eine bessere Gegend zum Untertauschen vorstellen als die schwer zugänglichen und nicht zu überwachenden Inseln mit ihren vielen natürlichen Häfen und kleinen Landepisten.

Wenn Max Danco auf den Kapverden auf eine verunsicherte und unter Druck stehende ETA-Gruppe trifft, dann überrascht das wenig. Vor gut einem Jahrzehnt wurde die letzte marxistische Regierung des Landes von einer bürgerlich-liberalen abgelöst. Seitdem versucht die Regierung, die Inseln mit Hilfe von Weltbank, Internationalem Währungsfonds und Europäischer Union aus ihrem wirtschaftlichen Elend zu befreien. Doch dafür müssen harsche wirtschaftliche und politische Bedingungen erfüllt weden. Das Beherbergen terroristischer Organisationen kommt da nicht gut an.

Auch für den Aufbau einer Raketenrampe liegen die Insel durch ihre Nähe zum Äquator ideal. Noch allerdings halten die Europäer an ihrem Startplatz in Französisch-Guyana fest.

Obwohl es mit den Kapverden wirtschaftlich langsam bergauf geht, verlassen – so wie Malu und Inglés – noch immer viele Menschen die Inseln. Fast eine Dreiviertelmillion Kapverdianer arbeitet heute im Ausland: Das sind fast doppelt so viele Menschen wie zurzeit auf den Inseln leben. Und wie bei Malu und Inglés fließt in den Adern der meisten Sklavenblut. Denn im 16. und 17. Jahrhundert wurden die Sklaven vom afrikanischen Kontinent auf diesen Inseln zusammengepfercht, bevor man sie in die alte und neue Welt verkaufte.

Auch das mag ein Grund dafür sein, weshalb man auf den Inseln Befreiungsbewegungen eine gewisse politische Sympathie entgegenbrachte. Zumal auch das portugiesische Mutterland die Kapverden zu Strafkolonien verkommen ließ, die selbst im 20. Jahrhundert noch von dramatischen Hungersnöten heimgesucht wurden.

So sind die winzigen Inseln vor der Küste Westafrikas heute ein Abbild der Politik der verbrannten Erde, mit der Europa seine afrikanischen Kolonien überzogen hat. Ohne strategische Bedeutung und ohne große Bodenschätze, sind die Kapverden ein Land, für das sich kaum jemand interessiert, sieht man von den paar Touristen ab, die zum Surfen nach Sal kommen.

Seine Schuld am Elend dieser Inseln trägt Europa auf seine Weise ab: Es zahlt. Der größte Teil der Entwicklungshilfe für die Kapverden, den IWF, Weltbank und die Europäische Union insgesamt leisten, kommt aus Europa. Anfang 2003 kam wieder eine marxistische Regierung auf den Kapverden ans Ruder. Aber auch sie wird die Uhr nicht mehr zurück drehen können. Für die ETA haben die Kapverden als Ruheraum ausgedient.

Wolfgang Mock, im Juli 2003

Wolfgang Mock arbeitet als Journalist für Industrie- und Wirtschaftspolitik, seine Interessensschwerpunkte sind Luft- und Raumfahrt. Von Haus aus ist er Historiker, er hat mehrere Bücher und wissenschaftliche Aufsätze zum britischen Imperialismus und zur deutschen Emigration nach 1933 publiziert. 1996 erschien sein von der Kritik hoch gelobter Debütkrimi *Diesseits der Angst*, seither veröffentlichte er etliche Krimi- und erotische Kurzgeschichten. Wolfgang Mock ist passionierter Mountain-Biker und China-Reisender. Er lebte viele Jahre in London, heute wohnt und arbeitet er in Düsseldorf.

Reihe M.

Dass gute Unterhaltung und anspruchsvolle Genreliteratue kein Widerspruch sein müssen, beweist die Krimi-*Reihe M*. Mit milieustarken Thrillern, psychologisch überzeugenden Whodun-its und harten Großstadtkrimis bietet *Reihe M* Spannung pur für Krimifans und solche, die es werden wollen. *Reihe M* wagt literarische Experimente und fühlt den Puls der Zeit. Auch Krimis, die à la Akte X mit dem Mysteriösen spielen, haben in der Reihe ihren Platz. Hier gibt es keine Themen, die zu heiß für einen Krimi sind. *Reihe M* – das sind Krimis des 21. Jahrhunderts.

Bei der *Reihe M* spielen die Autorinnen und Autoren die Hauptrolle. Hier schreiben Theaterleute und Bäcker, Philosophen und Taxifahrer, langjährige Profischreiber und Debütautoren, die oft auf den abenteuerlichsten Wegen zum Krimi gefunden haben. *Reihe M* setzt bewusst auf deutschsprachige Aurorinnen und Autoren: Die Reihe will neue Talente entdecken, sie fördern und mit ihnen das Einerlei des Krimimarkts um aktuelle, engagierte Geschichten, um außergewöhnliche Verbrechen und sympathische sowie originelle Heldinnen und Helden bereichern.

Die neue Sachbuchreihe im Taschenbuch

ISBN 3-86189-608-7   8,90 € [D] / 14,10 sFr

Schopenhauers Lachen entspringt einem äußerst subtilen Humor, einem sarkastischen und bärbeißigem Witz. Seine provozierende Angriffslust ist gefürchtet, nichts und niemand entgeht ihr. Selbst die Erörterung der tiefsten philosophischen Probleme verknüpft er auf unnachahmliche Weise mit den menschlichen Alltäglichkeiten.

»Vor Gericht und auf hoher See sind wir in Gottes Hand« lautet eine in Juristenkreisen beliebte Redewendung. »Recht haben und Recht bekommen« sind zweierlei, weiß Wolfgang Schüler, selbst Rechtsanwalt, aus eigener Erfahrung zu berichten.

ISBN 3-86189-606-0   7,90 € [D] / 14,10 sFr

ISBN 3-86189-607-9   7,90 € [D] / 14,10 sFr

Ein junger Mann ist fest entschlossen, seine drei Schwestern zu beseitigen. Monatelang bereitet er die Tat vor und plant die unumgängliche Flucht. Eines Tages erscheinen ihm die Umstände günstig und er handelt.

»Erfreulicherweise endet die gut lesbare Darstellung nicht da, wo die meisten Heß-Biografien enden, sondern geht auch ausführlich auf den Nürnberger Prozess und die Jahre im Spandauer Gefängnis ein.«
(Dresdner Neueste Nachrichten)

»Jetzt räumt ein neues Buch mit dem Mythos Heß und dem Märchen vom Friedensstifter auf!«
(BILD)

»Aus den Gutachten über Mord und Totschlag ist so ein Lesebuch zur Zeit-, Sozial- und Kriminalgeschichte des vergangenen Jahrhunderts geworden.«
(dpa)

»Pflichtlektüre für angehende Juristen, Kriminalisten und Krimiautoren – und alle, die die dunklen Seiten von Berlin kennen lernen möchten.«
(Zitty Berlin)

Mehr Bücher unter **www. militzke.de**

Die neue Krimireihe im Taschenbuch

ISBN 3-86189-504-8 7,90 € [D] / 14,10 sFr

Karen Nichols ist neu im Geschäft. In ihre Detektei in Los Angeles kommt eine Frau, als sei sie einem Hollywood-Film der vierziger Jahre entsprungen. Karen soll ihren Freund ausfindig machen, der spurlos verschwunden ist. Sie folgt der Spur des Profi-Zockers ins Spielerparadies Las Vegas.

ISBN 3-86189-506-4 7,90 € [D] / 14,10 sFr

»Halbe Engel« vereint neun Geschichten um das Polizeirevier Friedrichshorst. Vom Kriminalkommissar über den revierseigenen Automechaniker bis zur Putzfrau sind alle vertreten, die auf dem Revier arbeiten.

ISBN 3-86189-505-6   7,90 € [D]/14,10 sFr

Ein Toter wird im Kuppelbau eines sowjetischen Ehrendenkmals gefunden – ein Mitglied des Polizeisportvereins, Kampfsporttrainer für Straßenkinder. Das Motiv für den Mord ist nicht zu finden. Im scheinbar ganz normalen Leben des Toten gibt es nur eine son derbe Person, Elmar aus Baku. Die Spur führt nach Aserbaidschan ans Kaspische Meer.

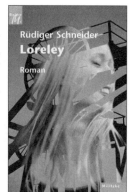

ISBN 3-86189-508-0   7,90 € [D]/14,10 sFr

Ein Schüler eines Bochumer Gymnasiums springt von einem stillgelegten Förderturm in den Tod. Die Aussage eines frühpensionierten Studienrates, die »Loreley« habe auf dem Förderturm gestanden, veranlasst Kriminalhauptkommissar Berninger, sich trotzdem des Falles anzunehmen.

Mehr Krimis unter **www. militzke.de**

Bibliografische Information
Der Deutschen Bibliothek
Die Deutsche Bibliothek verzeichnet diese
Publikation in der Deutschen Nationalbibliografie;
detaillierte bibliografische Daten sind im Internet über
http://dn.ddb.de abrufbar

1. Auflage
© Militzke Verlag, Leipzig 2003

Lektorat: Lisa Kuppler
Umschlaggestaltung: Dietmar Senf
Satz und Layout: Christina Brückner
Gesetzt aus der Stone Serif und Stone Sans
Druck und Bindung: Offizin Andersen Nexö Leipzig GmbH

ISBN 3-86189-507-2